Hansjörg Martin wurde 1920 in Leipzig geboren. Nach dem Schulabschluß studierte er an der Kunstakademie seiner Vaterstadt die Fächer Gebrauchsgraphik und Buchillustration, war 1941–45 Soldat und dann nach- und nebeneinander Clown, Schaufensterdekorateur, Leiter des Volksbildungswerkes einer norddeutschen Stadt, Bühnenbildner, Lehrer, Gebrauchsgraphiker, Chefredakteur einer Werkszeitschrift und Dramaturg. 1965 machte er sich als freier Autor selbständig.

Martin hat über 20 erfolgreiche Kriminalromane verfaßt (sie wurden in insgesamt 12 Sprachen übersetzt) und ist auch durch zahlreiche Kinder- und Jugendbücher sowie durch Fernsehfilme für Kinder bekannt geworden. Er schreibt außerdem für Illustrierte und Magazine, insbesondere für den »Stern«.

Hansjörg Martin

Herz-schlag

Roman

Originalausgabe

Wilhelm Goldmann Verlag

Made in Germany · 9/80 · 1. Auflage · 1.–20. Tsd.

Umschlagentwurf: Atelier Adolf & Angelika Bachmann, München
Umschlagfoto: Manfred Schmatz, München
Gesamtherstellung: Mohndruck Graphische Betriebe GmbH, Gütersloh
Verlagsnummer: 3951
Lektorat: Göhler/Schulte · Herstellung: Gisela Ernst
ISBN 3-442-03951-7

»Der Tod ist ehrwürdig als Wiege des Lebens, als Mutterschoß der Erneuerung. Vom Leben getrennt gesehen, wird er zum Gespenst, zur Fratze — und zu etwas noch Schlimmerem. Denn der Tod als selbständige geistige Macht ist eine höchst liederliche Macht, deren lasterhafte Anziehungskraft zweifellos sehr stark ist . . .«

Settembrini zu Hans Castorp
in dem Roman »Der Zauberberg«
von Thomas Mann

Dies ist ein Roman. Somit sind Vorgänge und Figuren fiktiv. Das heißt jedoch nicht, daß sie zufällig sind, und es heißt nicht, daß auch die Gefahren, die geschildert werden, erdachte Gefahren sind.

I

Die Diagnose

I

Der Stuhl ist unbequem. Er hat einen kunstlederbezogenen Sitz, und Paul Stein rutscht, wenn er sich anlehnt, nach vorn, sitzt dann geknickt, wie ein nur halb aufgeklapptes Taschenmesser, und spürt sehr bald seinen noch nicht ganz ausgeheilten Hexenschuß — »Bandscheibenschaden«, wie das heutzutage vornehmer heißt.

Richtig gepflegt werden kann ein Bandscheibenschaden, wie auch manch andere körperliche Beschwerde dieser Art, nur bei Menschen mit Vermögen.

Dr. Harald Sachse hat in der Mehrzahl vermögende Patienten.

Er hat sich diese Zielgruppe ausgesucht, und er fährt, was die Rendite angeht, offensichtlich recht gut dabei.

Daß er trotzdem ein guter Arzt geblieben ist, spricht für ihn. Daß sein politischer Blick, seine Weltanschauung darunter gelitten haben, ist nicht verwunderlich — aber traurig.

Damals, vor mehr als dreißig Jahren, als er und Stein zusammen auf der Schulbank saßen, war auch Harald Sachse ein engagierter Idealist gewesen, einer aus der bündisch-romantischen Ecke: Feuer, Fahne, Ehre und so . . . Und: »Tod dem Tyrannen!«

Sie gehörten zu denen, die ganz kurze, bis einen Zentimeter unter die Schamhaftigkeit reichende, mit Speckschwarte kunstvoll glänzend gemachte Lederhosen trugen, in der Messertasche am rechten Oberschenkel einen Finnendolch, weißwollene Kniestrümpfe mit Bommeln.

Sie standen an Freitagabenden vor der Thomas-Kirche, wenn die Motette vorbei war, und hatten Spaß an der kleinen, kindlichen Demonstration der fünfzig, achtzig Jungen und Mädchen, die sich dort regelmäßig trafen und allein durch ihre Anwesenheit allen, die es wissen wollten, kundtaten: »Wir sind da! Wir sind dagegen! Wir lassen uns nicht gleichmachen, unterkriegen, nationalsozialisieren!«

Da wurden Gerüchte getauscht und Bücher. Wiechert, Jean Giono, Tusks *Heldenfibel*, Hausmanns *Lampioon* . . .

Vieles war Spiel, Sport, Reiz der Gefahr, nicht unbedingt Überzeugung, sondern eher Lust an der Opposition, um der Opposition willen.

Man ließ ihnen anfangs etwas Narrenfreiheit, ließ sie an der langen Leine laufen, aber man beobachtete sie genau. Gelegentlich gab es mal irgendwo eine Haussuchung, dieser und jener wurde von der Schule geworfen, doch eine ernste Gefahr sahen die Herrscher des Dritten Reiches offenbar nicht in der romantischen Opposition.

Und als dann der Krieg kam, wurde sowieso alles anders.

Alles . . .

Von der damaligen Auflehnung gegen Bestehendes ist bei Harry — Dr. Harald Sachse — nichts geblieben. Es ist ihm nichts geblieben als die alte Anhänglichkeit an die paar, die der Krieg und die Zeit übriggelassen haben. Und selbst diese Anhänglichkeit ist bröcklig geworden zwischen Familienpflichten und Geldverdienen.

Paul Stein ist auf dem scheußlichen Stuhl wieder nach vorne gerutscht, spürt sein Kreuz und richtet sich vorsichtig auf.

Wo bleibt Harry nur?

Vielleicht hat er in einem seiner anderen Behandlungsräume einen komplizierten Fall. Vorhin, als Stein kam, machte er einen ungewohnt ernsten Eindruck.

Nicht wie sonst: »Hallo, Palle, alte Rothaut!« oder so.

Und nicht wie sonst im Gesicht das schmaläugige Zwinkergrinsen, Mischung aus Verschwörung und Selbstkritik, Kritik auch am hochglanzpolierten Praxisrummel. Nichts davon im Gesicht.

Ein gut geschnittenes Gesicht, wenn auch der Speck des erfolgreichen Reicheleutedoktors die Konturen ein bißchen unscharf gemacht hat, wie auf einem verwackelten Foto.

»Setz dich schon rein«, hat er gesagt. »Ich komme gleich!«

Da sitzt Paul Stein nun und wartet.

Draußen scheppert das Telefon. Die Sprechstundenhilfe sagt irgendwas Undeutliches; dann legt sie wieder auf.

Dr. Harald Sachses Schreibtisch ist ziemlich ordentlich. Den Kalenderblock hat er mit seiner winzigen, unleserlichen Schrift bekritzelt, ebenso ein paar Zettel, die von einer großen Wäscheklammer aus Teakholz zusammengehalten werden.

In das schöne Holz ist in goldenen Buchstaben der Name eines Kopfschmerzmittels eingeprägt. Sinnig.

Es liegen noch mehr so eigenartige Dinge herum. Werbegeschenke verschiedener Arzneimittelfirmen: das Miniaturmodell von einem Stück menschlichen Rückgrats zum Beispiel. Aus knochenfarbenem Kunststoff, beweglich, als Briefbeschwerer. Man kann die acht Zentimeter Wirbelsäule hin- und herbiegen. Dabei knirscht es ganz leise und widerlich.

Paul Stein zieht verwirrt und angeekelt die Hand zurück und setzt sich abermals aufrecht auf den Stuhl, denn er ist wieder nach vorne gerutscht.

Dieser Stuhl ...

Auf einem Stoß von Rezepten und Karteikarten liegt eine kinderfaustgroße, geschlossene Glaskugel, die mit einer klaren, öligen Flüssigkeit gefüllt ist. In der Flüssigkeit schwimmen, nein, schweben seltsam geformte Gebilde, rote und grüne. Das könnten vergrößerte Gonokokken sein oder Tuberkeln oder irgendwelche sonstigen Krankheitserreger.

Stein versteht gar nicht, was Harald da draußen treibt, verdammt noch mal! Er kann ihn doch hier nicht stundenlang auf dem unbequemen Stuhl hocken lassen!

Stein steht auf und geht ein paar Schritte hin und her. An den Wänden des Sprechzimmers hängen keine Bilder. Nur ein Kalender ist da und so ein kombiniertes Thermo-Hygro-Barometer. Es zeigt zwanzig Grad Celsius an. Die Luftfeuchtigkeit ist normal. Der Luftdruck beträgt . . .

Stein hat vorige Woche schon einen ganzen Vormittag hier verbracht. Aber da ist doch wenigstens was los gewesen: Röntgen mit Kontrastbrei, EKG und Blut aus dem Ohrläppchen und noch mal Röntgen ohne Kontrastbrei und Blut aus einer Vene am linken Arm und abklopfen, abhören, Blutdruckmessen, dazwischen zehn Kniebeugen . . . und so weiter und so weiter.

Alles, was man mit einem Mann macht, der sich nicht so ganz auf dem Groschen fühlt, dauernd müde ist, keinen rechten Appetit hat, keine Lust auf Sachen, auf die er sonst immer Lust gehabt hat — manchmal sogar ein bißchen zuviel.

Paul Stein ist das alles unerklärlich.

Er muß viel arbeiten. Heute eine Reportage für eine Illustrierte, morgen ein Interview für eine Tageszeitung, übermorgen ein Feature für den Funk.

Das liegt daran, daß er ein »freier« Journalist ist und auch bleiben möchte, obschon diese Freiheit eine Fiktion ist. Denn er hat nicht *einen* Chef, wie andere Leute, sondern ein Dutzend Chefs und manchmal noch mehr als ein Dutzend.

Jeder Redakteur, jeder Lektor ist sein Chef. Und die meisten lassen es sich auch anmerken, versäumen nicht, es ihn wissen zu lassen, daß sie das, womit sie ihn beauftragen, eigentlich sehr viel besser selbst schreiben könnten und auch würden, wenn sie nur nicht hinter ihrem Schreibtisch sitzen müßten, sondern endlich die Ruhe und Zeit für eine wirklich schöpferische Arbeit fänden, die ihnen doch, ach! so sehr unter den Nägeln brennt . . . na ja.

Trotzdem: Paul Stein arbeitet gern.

Er hat Spaß an den wechselnden Aufgaben und findet es aufregend, heute über einen Mann nachzudenken, ihn beschreiben zu müssen, der mit spinnigen Bombendrohungen die Post nervös macht, und morgen eine junge Pastorin interviewen zu müssen, die massiven Ärger in ihrer Gemeinde und bei ihrer christlichen Obrigkeit hat, weil sie in einer Predigt etwas gegen den Baulöwen gesagt hat, der die Landschaft und die Leute in dieser Landschaft und in ihrem Kirchsprengel kaputtmacht.

An solchen Sachen hat Stein Freude — und hier und da bildet er sich sogar ein, mit seiner Arbeit etwas zu ändern und Denkvorgänge auszulösen.

Wenn auf eine Sendung, auf eine Reportage viele böse Hörer- oder Leserbriefe kommen, dann ist er besonders zufrieden, dann hat er das Gefühl, ins Schwarze getroffen zu haben. Ja, ins Schwarze . . .

In den letzten Wochen, ja Monaten jedoch hat Paul Stein zunehmend Mühe gehabt, das Pensum zu schaffen, das er schaffen muß, wenn sein Ofen rauchen soll. Und das er früher immer geschafft hat.

Deshalb hat er Harald angerufen und ihn gebeten, ihn mal durch seine Mühle zu drehen.

Wahrscheinlich kommt das alles bloß von einer allgemeinen Überarbeitung. Dann soll Harald ihm eben ein paar Vitamine verschreiben, oder — nein, etwas Ernsthaftes kann es nicht sein, denn er hat ja keinerlei Schmerzen.

Woher soll denn so was auch kommen?

Aber diese ereignislose Warterei in diesem Sprechzimmer auf diesem Stuhl, auf dem man nicht sitzen kann ...

Vielleicht rät ihm ja der Freund und Doktor, mal ein paar Wochen auszuspannen, spazierenzugehen, zu lesen, zu schlafen, den Wolken nachzugucken oder eine richtige Kur zu machen.

Stein weiß nicht, ob er das überhaupt könnte. Richtig raus aus dem Trott ist er, genaugenommen, seit Jahren nicht gewesen, weil immer irgendwas dazwischengekommen ist.

Vorigen Sommer zum Beispiel war er mit Ille, seiner Frau, und Babette, seiner Tochter, vier Wochen in Jugoslawien gewesen. Ihr großer Junge, den sie vor zwei Jahrzehnten in einem Anfall von Russophilie Leo — nach Tolstoj — getauft haben, Leo also war nicht dabei. Er trampte, zum stillen Kummer seiner Mutter, irgendwo in Europa herum.

Es war schön dort an der Adria. Das sympathisch-schlampige Hotel lag unmittelbar am Strand. Von der vorgebauten Terrasse aus konnte man direkt in das klare Wasser springen. Aber Paul Stein ist weder viel gesprungen, noch hat er auf den weißen Steinen in der Sonne gelegen, denn er hatte fünf Tage vor Antritt der Reise einen eng terminierten Drehbuchauftrag angenommen.

Fünfundzwanzigtausend Mark — ja du lieber Himmel, die konnte er doch nicht einfach sausen lassen! Ganz abgesehen von der Chance, damit vielleicht stärker ins große Fernsehgeschäft zu kommen, wenn das ein guter Film würde. Und es konnte ein guter Film werden. Die Story war interessant, falls der Regisseur sich einigermaßen ans Buch hielt und nicht zwei Rollen strich und drei neue hineinschrieb, weil vielleicht die Cousine seiner Favoritin untergebracht werden mußte ...

Der Autor weiß in dieser Branche ja nie vorher, welche Wandlungen sein Drehbuch erfahren wird.

So hatte Stein also hinter den Jalousien im einigermaßen

kühlen, dämmrigen Hotelzimmer zweiundzwanzig von achtundzwanzig Urlaubstagen an der Reiseschreibmaschine gesessen und getippt. Manchmal hatte er durch die Ritzen der Jalousie geschaut, blinzelnd in die strahlende Helligkeit, hatte seine jeden Tag brauner werdende Frau im klaren Wasser schwimmen sehen und hatte sich dann, ehe er die nächste Seite in die Maschine spannte, eine neue Zigarette angezündet ...

Aber nein, er beklagt sich ja nicht. Er zweifelt nur, daß er vier oder fünf Wochen völliges Nichtstun überhaupt aushalten könnte. Eine Kur, mit langsamen Spaziergängen im Kurpark, in der einen Hand einen Becher voll des abscheulich schmeckenden, verdauungsfördernden Heilquellenwassers, zu den Klängen eines Kurorchesters um abgezirkelte Beete herumwandernd, möglichst früh eine Massage mit anschließenden oder vorhergehenden Wechselbädern, vor dem Essen Liegezeit ... nach dem Essen Liegezeit ...

Unvorstellbar für Paul Stein. Aber es soll ja Wunder wirken.

Wenn Harald Sachse meint, daß es nötig ist.

Da kommt er! Endlich!

2

Er tritt in die Tür. Paul Stein erschrickt. Der Freund sieht auf einmal so alt aus.

»'tschuldige!« sagt er.

»Macht nichts«, lügt Stein. »Was war denn? Ärger?«

»Ach ...«, sagt der Arzt mit einer Kopfbewegung, die Steins Frage wie Wassertropfen abschüttelt.

»Komm, setz dich«, sagt er und setzt sich hinter seinen ziemlich ordentlichen Schreibtisch mit den eigenartigen

Werbegeschenken, hinter die goldbedruckte Wäscheklammer, hinter das Miniaturrückgrat und hinter die Glaskugel mit den Gonokokken ...

Stein hockt sich auf die vordere Kante des unbequemen Stuhls.

Pause.

Der Arzt sieht ihn an, wie er ihn noch nie angesehen hat, eigentümlich forschend. Als ob er ein Fremder wäre.

Stein versucht zu lächeln. Der Versuch mißlingt.

»Wenn du ...«, meint er. »Soll ich vielleicht ein andermal ...? Morgen ...?«

»Nein«, sagt der Arzt, holt tief Luft, steht auf, geht ans Fenster.

Vor dem Fenster dehnt sich ein verwilderter Garten, in dem eine morsche Laube steht. Der Garten ist leer. Die Sonne malt Muster in das hohe Gras und auf die Holzwand der Laube. Ein paar Tauben sitzen unbeweglich auf dem schiefen Holzdach.

»Du hast mir vor einiger Zeit das Ehrenwort abgenommen«, sagt Sachse leise, ohne sich umzudrehen, »daß ich dir sage, wenn du ernstlich krank bist.«

»Ja ...«, sagt Stein zögernd und hört auf einmal, wie das Blut in seinen Ohren rauscht. Er schluckt ... aber das macht es nur schlimmer ... und fährt sich mit der Zunge über die Lippen, weil die plötzlich ganz trocken sind.

»Ja ...«, wiederholt er.

Der Arzt dreht sich um, kommt um den Schreibtisch herum, setzt sich auf die Schreibtischkante ihm direkt gegenüber. Es ist nur eine Handbreit Abstand zwischen seinem Knie und Steins rechtem Arm. Sein weißer Kittel fällt vorn auseinander. Er hat eine dunkelblaue Hose mit silbrigen Nadelstreifen an. Die Bügelfalte am Knie ist ausgebeult, und der Stoff glänzt dort ein bißchen.

»Du bist sehr krank, Palle«, sagt er. »Ich habe ... Ich bin ... Es ist kein Irrtum möglich. Die Röntgenbilder ... Also — es sind Geschwülste in beiden Lungenflügeln, die ... ja, Palle, alte Rothaut ...«

Er bricht ab. Er senkt den Blick. Er beißt sich auf die Unterlippe.

»Nein«, sagt Stein.

Er weiß nicht, warum er »nein« sagt.

Ihm ist schlecht, nein, nicht schlecht, er hört seinen Herzschlag ... Und er hat plötzlich feuchte Hände.

Er würde sie vors Gesicht legen, um sich zu verkriechen, zu verstecken, zu schützen — wenn sie nicht so feucht wären.

»Kein Chance?« fragt er und wundert sich, daß seine Stimme ihm gehorcht und daß sie klingt, wie sie immer klingt.

»Kaum«, sagt Sachse.

Dann redet er drauflos. Stein versteht gar nichts.

»Maligne Tumore. Epithelcarcinom. Nicht operables Stadium ...« Und ... und ... und ...

»Wie lange wird das dauern, bis Schluß ist?« fragt Stein mitten in Sachses Sätze hinein.

Der Arzt zögert.

»Ein halbes Jahr ... Vielleicht acht Monate ...«

»Schmerzen?« fragt Stein.

»Dagegen kann ich helfen«, sagt der Arzt und fängt schon wieder an draufloszureden.

Seltsam, daß er nun doch von Möglichkeiten, von Versuchen spricht, das aufzuhalten, was er eben noch als unaufhaltsam bezeichnet hat.

Stein versteht schon: Ohne Hoffnung kann keiner atmen, denkt der Arzt wahrscheinlich. Und vielleicht hat er sogar recht.

»Sie haben eine neue Art von Bestrahlung«, sagt Sachse. »Kobalt — verstärkt durch ...«

»Hör auf!« Stein fällt ihm ins Wort. »Wir beide brauchen uns nichts vorzumachen. Ich kenne von der Branche ein bißchen was. Ich hab' mal drüber geschrieben. Das ist doch eine Mordsquälerei. Und die Aussichten? Tausend zu eins . . . ?«

»Nein, besser!« wirft Sachse ein.

»Ich habe noch nie Glück im Spiel gehabt, Harry. Keinen Lottogewinn, kein großes Los. Nicht mal einen Teddybären auf dem Rummelplatz. Findest du, ich soll mich ein halbes oder dreiviertel Jahr lang schinden lassen mit Kobaltstrahlen oder sonst was — um dann schließlich doch zu . . . ?«

Er spricht das Wort nicht aus.

Es hat auf einmal einen ganz anderen Sinn. Er hat es sicher hunderte Male gesprochen und geschrieben, ohne dabei mehr als einen kleinen Schauer zu empfinden — so einen, wie er einem den Rücken hochfährt, wenn man um fünf Zentimeter dem Überfahrenwerden entgangen ist.

Sterben.

Sterben war immer anderer Leute Problem. Es hat ihn gerührt und irritiert, erschüttert und ergriffen, jawohl — aber es hat ihn nie geängstigt, weil es für ihn selber niemals zur Debatte stand.

Er hat noch nie Angst vor dem Tod gehabt, nicht mal im Schützengraben von Woronesch, wo ringsum soviel gestorben wurde, daß die uniformierten Gottesdiener kaum noch mit dem Beten nachkamen.

Er hat wohl hier und da Angst vor Krankheiten gehabt: in einer Flecktyphusbaracke, bei den Fallsüchtigen von Bethel; in der Krebsstation eines großen Krankenhauses.

Doch vor dem Tod hat er sich nicht gefürchtet.

Er fürchtet sich auch jetzt nicht.

Er fürchtet sich nur vor dem Weg dahin — besonders wenn es ein Weg mit Schmerzen ist.

»Wirklich keine Schmerzen?« vergewissert er sich.

»Nein, wirklich kaum«, sagt Harald Sachse. »Du wirst zunehmend müde sein, aber auch das ist mit Medikamenten erträglich zu machen.«

»Werde ich arbeiten können?«

»Mußt du?«

Der Arzt hat diese Seite der Sache noch nicht bedacht. Er ist es nicht mehr gewöhnt, an soziale Dinge zu denken. Wenn von seiner Sorte Patienten einer stirbt, sind die Funeralien interessanter als die Versorgung der Hinterbliebenen, die ohnehin nicht in Frage steht. »Ich meine, mußt du des Geldes wegen noch arbeiten?« fragt er.

»Nicht unbedingt. Wir haben ein kleines Polster . . .«

»Und was ist mit Ille und den Kindern, wenn du . . . Sind sie irgendwie abgesichert?«

»Kaum. Aber wir haben das Haus. Und zwei Lebensversicherungen, die fürs erste reichen. Eine kleine Rente. Ich habe geklebt damals in den drei Jahren, als ich angestellt war, weißt du. Und Leo ist nächstes Jahr fertig und verdient selber.«

Paul Stein fällt etwas ein. Er fährt fort: »Ich könnte ja jetzt noch eine zusätzliche Lebensversicherung abschließen. Sie werden ein ärztliches Gutachten fordern, wenn ich die Wartezeit ausschließen will. Schreibst du mich gesund?«

Ohne zu überlegen, erwidert Harald: »Ja!«

»Und im Falle eines Unfalltodes gibt's die doppelte Prämie«, sagt Stein. »Dann wäre Ille ganz gut dran.«

»Aber nicht bei Selbstmord«, wirft Sachse ein.

»Nicht bei Selbstmord«, wiederholt Stein.

»Versprich mir, daß du einen klaren Kopf behältst, Palle!« bittet der Freund und versucht, ihn fest anzusehen, ohne daß ihm das richtig gelingt.

»Du hast gut reden«, sagt Stein. »Einen klaren Kopf . . .«

»Vielleicht ist es ja doch reparabel. Es hat schon Fälle von Heilungen gegeben, die . .«

»Bitte, hör auf!« sagt Stein.

Dr. Sachse geht, nachdem er Stein beruhigend, tröstend, mitleidig die Hand für drei Sekunden auf die Schulter gelegt hat — er geht also zum Wandschrank hinter dem ziemlich ordentlichen Schreibtisch, schiebt die Türen auf und kramt suchend zwischen den Hunderten von Schachteln, die da gestapelt sind.

Ein halbes, dreiviertel Jahr ist nicht viel, denkt Paul Stein.

Zweihundert bis zweihundertfünfzig Tage und Nächte.

Jetzt ist Juni.

Ich werde noch einmal Weihnachten und Silvester feiern, wenn alles gutgeht, überlegt er, und unter Umständen auch noch mal die Krokusse blühen sehen. Die Mandelbäume nicht mehr. Ich könnte mir natürlich einen Zweig im Garten abschneiden und im warmen Zimmer vorzeitig zum Blühen bringen.

Aber ich werde nicht mehr erleben, daß sich Babette verliebt. Ich werde wahrscheinlich nicht mehr dabeisein, wenn Leo mit einem Mädchen ankommt, das er für das einzige hält und dem er — nach Aufgabe aller seiner antibürgerlichen Ideen — bis zum Jüngsten Tag treu bleiben will.

Schade . . .

Hunderttausend andere werden so etwas auch nicht mehr erleben. Aber sie wissen es nicht.

Ich weiß nicht, ob es gut ist, daß ich es weiß.

Doch — es ist gut!

Ich habe immer gern Termine im Nacken gehabt, und das meiste, was ich getan habe, habe ich unter Druck getan.

Den Druck habe ich nun. Was soll ich, was kann ich tun?

Dr. Harald Sachse legt fünf verschieden große Schachteln auf den Schreibtisch und erklärt Stein umständlich, was er von den darin befindlichen Pillen und Kapseln wann und wie und warum nehmen soll.

Als Stein verwirrt die Augen zum Himmel hebt, setzt er sich und schreibt alles noch einmal auf einen Rezeptzettel.

Dienstanweisung für Moribunde.

»Hier«, sagt er und gibt ihm den Zettel. »Kannst du es lesen?«

»Ja«, sagt Stein. »Danke!«

»Du brauchst mich nur anzurufen, wenn irgendwas ist. Ich bin immer und jederzeit für dich da, um dir das Leben zu erleichtern.«

»Das Sterben, meinst du!« sagt Stein.

»Menschenskind ... Palle ...«, sagt der Freund traurig.

Sie stehen auf. Sie geben sich die Hand.

»Tschüß«, sagt Stein.

»Tschüß«, sagt Sachse.

Paul Stein geht an der Sprechstundenhilfe vorbei und nickt ihr zu. Sie sieht ihn an, als ob er ein Gespenst wäre. Offenbar hat sie inzwischen seine Röntgenbilder gesehen. Als er heute morgen kam, haben sie noch ein bißchen miteinander geflirtet.

Er lächelt.

Sie macht ein richtig entsetztes Gesicht.

Gespenster dürfen nicht lächeln.

3

Paul Stein ist zu der kleinen Kneipe am Fluß gefahren, in der er schon öfter gesessen hatte, wenn er nicht weiter wußte.

Als die schlimme Krise mit Ille war, vor zweieinhalb Jahren, wegen seines Flirts mit der kleinen Amerikanerin — wie hieß die noch? Richtig: Patricia, Pat, ein süßes Aas —, ja, da hat er ein paar Stunden hier gesessen und mit Erfolg versucht, seine durcheinandergeratene Vernunft an die Kandare zu nehmen.

Und als er den Stunk mit Kemnitzer hatte und drauf und dran war, die ganze Arbeit für dessen Scheißblatt hinzuschmeißen, da hat er hier alles Für und Wider abgewogen und den Kompromiß gefunden, der sich später als gut erwies.

Und als er das unglaublich verführerische Angebot hatte, mit dem Schreiben von Pornoheften der Fünfgroschenklasse sehr schnell sehr viel Geld zu machen, da hat er hier Bilanz gezogen und schließlich — nach dem vierten Korn — »Aber nicht doch!« zu sich selber gesagt.

Es ist quasi seine Gewissenskneipe.

An Wochentag-Vormittagen ist er oft der einzige Gast in dem dämmrigen Raum mit der niedrigen Holzdecke, durch dessen kleine Fenster zwischen den fast immer blühenden Fuchsien der breite, schwere Strom zu sehen ist, auf dem kleine, große und ganz große Schiffe irgendwohin fahren und von irgendwoher kommen.

Zum Glück ist die Wirtin, eine glitzeräugige Sechzigerin mit Bartstoppeln und mit Armen wie Blutwürste, nicht gesprächig, so daß außer »guten Tag!« und »drei Mark fünfundsiebzig!« keine Konversation über das Wetter, die Preise oder die Jugend von heute zu befürchten ist.

Es riecht immer nach Ochsenschwanzsuppe, Bier, Bohnerwachs und an Freitagen nach Bratfisch.

Manchmal, wenn — wie heute — die Tür nach draußen offensteht, weht vom Fluß her ab und zu eine kleine Wolke Schlickgeruch zwischen die Gemütlichkeitsdüfte.

Bevor Stein sich ans Fenster setzt, bittet er die Wirtin, die bei seinem Eintreten aus einem Nickerchen hinter der polierten Theke aufgeschreckt ist, telefonieren zu dürfen; denn er hat Harry was Wichtiges zu sagen vergessen.

Sie nickt blinzelnd, weist mit dem dicken Daumen auf das Wandtelefon neben der Tür zum Gang zur Toilette, fragt noch: »Bier?« und dreht den Zapfhahn auf, als er »Ja!« sagt.

Harald Sachses Rufnummer hat er im Kopf. Die Sprechstundenhilfe meldet sich sofort. Sie sagt: »Einen Moment, bitte, Herr Stein!«

Und dann ist Sachse am Apparat.

»Hier noch mal Palle«, sagt Stein. »Eine Bitte, Harry! Zu niemandem ein einziges Wort, ja? Auch zu Ille nicht, falls du sie siehst, oder wenn sie dich anruft, hörst du? Tu mir bitte den Gefallen! Ja?«

»Selbstverständlich«, stimmt Sachse zu. »Willst du es ihr selber . . . ?«

»Das weiß ich noch nicht«, sagt Stein. »Schönen Dank jedenfalls, Alter!« Er legt auf.

Er setzt sich an den linken Fenstertisch, spielt mit den Bierdeckeln, wartet auf den bestellten halben Liter und zündet sich eine Zigarette an.

Er ist in der gleichen Verfassung wie ein Mensch direkt nach einem Schlag oder Sturz oder Autounfall. Der Schock hat ihn betäubt, wie das Fleisch um eine Wunde zuerst taub wird, ehe die Schmerzen einsetzen.

Stein ist fast heiter in seiner Betäubung. Die Diagnose Dr. Sachses hat für ihn im Augenblick bei aller Schrecklichkeit etwas von Freiheit, Befreiung an sich. Es ist schwer zu erklären. Und Paul Stein würde es nicht erklären, formulieren können, selbst dann nicht, wenn er sich der grausamen Endgültigkeit des ärztlichen Urteils ganz bewußt wäre. Aber er ist sich dessen noch nicht bewußt. Seine Phantasie spielt noch nicht mit. Seine Vorstellungskraft weigert sich noch, alle Konsequenzen deutlich zu denken, die sich aus der Tatsache ergeben, daß er in etwa zweihundert Tagen tot sein soll.

Tatsache?

Wieso eigentlich Tatsache? denkt Stein — denkt der Teil seiner Gedanken, der bereits beginnt, die erste Betäubung abzuschütteln. Harald Sachse ist ja auch bloß ein Mensch, nicht wahr? Er kann sich irren. Es gibt Hunderte von Beispielen, daß Diagnosen falsch sind. Manchmal ist jemand aufgrund einer ganz einfachen Verwechslung zum Todeskandidaten erklärt worden. Eine Karteikarte, ein Blutbild, eine Röntgenaufnahme kann verwechselt werden. So was kommt vor. So was kommt in der besten Praxis vor. Es soll auch schon passiert sein, daß Röntgenplatten oder -filme irgendwelche Fehler hatten und Schatten zeigten, wo in Wirklichkeit keine waren . . .

Paul Steins Gedanken kreisen immer schneller, je mehr

die erste Betäubung nachläßt. Die Zigarette schmeckt nicht. Er hat auch noch nichts gegessen, weil er irrtümlich angenommen hatte, daß er wieder nüchtern bei Harald antanzen müßte.

Draußen gleitet ein mächtiger Tanker stromabwärts. Er ist leer. Seine Ladelinie liegt hoch über dem Wasserspiegel. Die Bugwelle sieht aus wie ein vom Wind angepusteter gelblicher Backenbart. Über dem Heck des Tankers schweben ein paar Möwen in der Hoffnung auf Küchenabfälle. Wenn das Schiff vor blauem Himmel schwimmt, sind die Vögel deutlich zu sehen; wenn es aber vor einer der aufgeplusterten weißgelbrosafarbenen dicken Wolken schwimmt, werden die schwebenden Möwen fast unsichtbar.

Ein Matrose läuft an Deck vom Bug zum Heck. Er läuft genauso schnell, wie der Schiffsleib vorwärtsgleitet, so daß er die ganze Zeit auf der Stelle genau zwischen zwei Fuchsienblüten marschiert, durch die Paul Stein ihn beobachtet . . .

Jetzt bleibt er stehen und entschwindet.

Paul Stein zwinkert irritiert. Zu komisch: Solange der Mann lief, kam er nicht voran; nun, da er stehenbleibt, bewegt er sich aus dem Blickfeld . . .

Ein Schlauchboot quert den Fluß. Es schaukelt heftig in der Heckwelle des Tankers. Einmal taucht es so tief in ein Wellental, daß es nicht mehr zu sehen ist. Aber schon ist es wieder da. Der Mann zwischen den aufgeblasenen Gummiwülsten lenkt das Boot geschickt schräg gegen die Wellen. Er hockt vor dem Außenbordmotor wie ein Cowboy auf einem Pferd.

Paul Stein wischt einen Anflug von Neid beiseite. Er zwingt sich zur Konzentration.

Die Wirtin hatscht mit dem Bier heran.

»Wohl bekomm's!« sagt sie.

»Danke«, erwidert Stein und drückt seine nur halb aufgerauchte Zigarette im Reklameaschenbecher aus.

Die Wirtin bedenkt seine Verschwendung mit einem mißbilligenden Blick und schlurft wieder hinter die Theke.

Stein trinkt einen langen Schluck und versucht, Klarheit zu gewinnen.

Noch zweihundert Tage ...

Ich könnte die zusätzliche Lebensversicherung abschließen, denkt er, könnte Ille erzählen, daß ich vom *Kurier* den Auftrag hätte, eine große Reportageserie über Entwicklungshelfer oder so was zu machen, könnte mir ein paar tausend Mark abheben und in sechs, sieben Tagen schon in Siam sein oder in Kabul oder in Timbuktu, wo immer das auch sein mag.

Ich könnte nach Bangkok fliegen und dort mit einem der Mandelaugenmädchen schlafen, die so aufregend sein sollen, könnte nachsehen, ob der Schnee am Kilimandscharo immer noch liegt, könnte prüfen, ob Rio de Janeiro wirklich die schönste Stadt der Welt ist oder ob die Schildkrötensuppe auf den Galapagos besser schmeckt als hier im Hotel Bristol.

Ich könnte, da ich nicht mehr als etwa zweihundert Tage zu verlieren habe, ohne Angst um mein Leben lebensgefährliche Dinge tun: nachts allein durch Harlem laufen, in *dem* Teil Marseilles Bouillabaisse essen, wo sie nicht für Touristen gekocht wird; auf einer Dschunke in Hongkong Opium rauchen.

Ich brauche keine Furcht vor der spezifisch thailändischen Syphilis zu haben; denn sie würde bei mir kaum noch richtig zum Zuge kommen. Und der Biß einer Klapperschlange am oberen Niger — wenn es dort Klapperschlangen gibt, sonst wäre auch eine Kupferotter recht — würde als Unfall gelten und für Ille und die Kinder die doppelte Versicherungssumme bringen.

Vieles von dem, was zu sehen und zu erleben ich mir bisher vergeblich gewünscht habe, könnte ich in den zweihundert Tagen noch sehen und erleben: die Porzellantempel

Pekings, den nächtlichen Nil, den Basar in Basrah, einen Sonnenaufgang in der Sahara, das Mitternachtslicht am Polarkreis, eine Wildpferdherde in der Camargue.

Ich könnte schreiben, wie mir der Schnabel gewachsen ist, ohne an die Leser des *Kurier* denken zu müssen. Und möglicherweise würden die Geschichten sogar noch ein Heuler. Postum, sozusagen. »Mit dem Tod im Gepäck dem Tod ins Auge geschaut« oder so. Die taffen Jungs würden schon eine Schlagzeile finden.

Das wäre die eine Möglichkeit.

Ich bin jedoch gar nicht sicher, ob eine solche Reise wirklich schön ist, wenn man die gezählten Tage unter der Haut hat und das weiß.

Ich könnte natürlich auch hierbleiben, den ganzen Kram in Ordnung bringen, der in Ordnung zu bringen ist: alte Briefe wegschmeißen, auch die von Marianne, die ich bisher vor Ille immer versteckt habe. Aber nicht noch mal lesen. Wegwerfen.

Es wäre nicht gut, wenn sie beim Aufräumen meines Schreibtisches nach der Beerdigung ... nein, Einäscherung, ich will unbedingt verbrannt werden — das muß ich noch festlegen. Überhaupt, ein Testament muß ich ja wohl machen; wie macht man das? Schreibt man da auch hinein, daß man verbrannt werden will?

Bei dem Gedanken, daß mir Würmer in den Augen herumkriechen ... Schluß!

»Bitte noch ein Bier, Frau Wirtin, und einen Korn! Und haben Sie wohl 'ne Kleinigkeit zu essen? Eine kalte Boulette oder so? Ja? — Fein! Eine ... Nur eine, bitte!«

Wo war ich?

Ach so, ja. Hierbleiben. Alles in Ordnung bringen.

Noch eine richtig schöne Fete machen mit ein paar Leuten. Das sind nicht so sehr viele, die es sich lohnt einzuladen. Sechs bis zehn, bei näherem Nachdenken vielleicht zwölf.

Keiner von denen darf wissen, daß es eine Abschiedsparty ist. Um Himmels willen, das wäre entsetzlich: »Kommt alle noch mal auf einen Schnaps, ich muß sterben!«

Die Stimmung möchte ich sehen!

Deshalb dürfte zum Beispiel Harald nicht dabei sein, klar.

Wieso »zum Beispiel«? Außer ihm weiß es keiner.

Ich würde mich nicht betrinken. Nur rumsitzen, zuhören, behutsam mit Peters hübscher Genossin turteln, mit Jochen, wie immer, große Pläne machen, aus denen wieder, wie immer, nichts werden würde, mit Charly, der schon seit zwölf Jahren vom Sterben redet — von seinem Sterben —, über den Sinn des Lebens streiten und alle noch mal anschauen.

Gegen Morgen, wenn sie dann weg sind, Ille beim Aufräumen helfen, mir von ihr vielleicht sagen lassen, daß sie viel zu müde sei; aber diesmal deswegen keinen Krach anfangen. Dann — wenn es still ist im Haus — noch mal durch alle Räume gehen, außer ihrem Schlafzimmer, ihr ein paar Zeilen unter der Tür durchschieben, die ihr sagen, daß ich sie sehr geliebt habe und daß sie den Brief unbedingt gleich zerreißen und ins Klo schmeißen müsse, wegen der Versicherung.

Drei Minuten ohne zu heulen vor Babettes Bett.

Und dann weg.

Vorn an der Ecke in den heimlich geliehenen Porsche oder Alfa oder so was, worin zu fahren ich mir immer gewünscht habe, und in die aufsteigende Helligkeit fahren.

Los.

Und ehe sie zu Hause aufstehen, schon weit fort sein und dann mit zweihundert über das Geländer der hohen Autobahnbrücke zwischen Göttingen und Kassel preschen, oder wo das ist. Muß ich vorher noch nachsehen.

In die Tiefe. Zehn Sekunden fallen.

Ende ...

Das wäre die zweite Möglichkeit.

Oder das Buch schreiben, das ich seit ein, zwei Jahren im Kopf habe ...

Das Umfangreichste, was ich bisher geschrieben habe, sind 180-Seiten-Drehbücher — halt, nein, einmal 219. Aber das ist was anderes.

Es wäre schon großartig, wenn ich dieses Buch noch fertigkriegte; denn es ist, glaube ich, eine gute Geschichte, die ich im Kopf habe.

Die Geschichte zweier Jungen, beide Anfang zwanzig — so alt wie Leo —, der eine Polizist, spezialausgebildet als Scharfschütze, der andere Student.

Und beider Entwicklung, Bildungsweg, Elternhaus, Freundeskreis — und die sich daraus ganz zwangsläufig ergebende Schlußfolgerung: daß nämlich der eine, ohne zunächst groß darüber nachzudenken, den anderen im Verlauf einer hysterischen Razzia nach linken Untergrundleuten auf der Straße erschießt.

»In Ausführung eines dienstlichen Befehls« — oder wie das dann heißt ...

Das würde ich gerne schreiben.

Da müßten noch eine Menge Recherchen vorausgehen. Einiges Material habe ich schon. Aber ich müßte noch mit jungen Polizeibeamten reden und mit Studenten, die in den Untergrund gegangen sind.

Ich kenne ein paar davon. Ich weiß zwar nicht, ob ich sie jetzt finde — aber das müßte schon möglich sein.

Ja, das Buch.

Kann man das in vier, sechs Monaten schaffen? Könnte ich das noch schaffen?

Das wäre die dritte Möglichkeit.

Oder gar nichts mehr tun ... außer dem bißchen Aufräumen ... Faulenzen. Lesen.

Alles lesen, was ich für später gekauft habe, wenn ich Zeit zum Lesen haben würde. Balzac und Musil, und endlich mal in Ruhe die *Josephslegende* und Proust und Fontane und natürlich die Russen. Gogol vor allem.

Vier, sechs Monate — da kann einer schon eine Menge lesen.

Und möglicherweise würde so ein ruhiges Leseleben das Ende noch ein bißchen hinausschieben.

Das wäre die vierte Möglichkeit.

Wobei allerdings die große Schwierigkeit darin bestünde, daß ich für Ille eine Erklärung finden müßte, warum ich nicht mehr arbeite.

Wenn ich ihr nicht sagen will, daß diese sechs, acht oder vielleicht zehn Monate meine letzten sind — und das will und kann und darf ich ihr nicht sagen, weil ich ihr die Angst und den Kummer ersparen will —, wenn ich also für mich behalten muß, daß ich in einem dreiviertel Jahr ... tot sein werde, dann kann ich mich nicht zu Hause hinsetzen und monatelang nichts arbeiten, nichts verdienen, Bücher lesen, den lieben Gott einen guten Mann sein lassen.

Das ist demnach keine Möglichkeit.

Schade.

Ich hätte doch so gern noch wenigstens Musil in Ruhe gelesen, denkt Stein — oder Fontane ...

Und natürlich Gogol ...

4

Die kleine Kneipe betritt eine magere Frau in einem blauen Tuchmantel, der ihr zu weit ist. Eine graue Haarsträhne hängt ihr ins Käthe-Kollwitz-Gesicht.

Sie trägt eine zu schwere, abgerissene Leinentasche über der Schulter, nimmt stumm eine Zeitung heraus, legt sie auf die Theke und dreht sich in ihren schiefgetretenen Schuhen um. Mit gesenktem Kopf geht sie wortlos wieder hinaus.

Paul Stein hat das Hereinkommen und Hinausgehen der

Frau mit den Augen verfolgt, ja, er hat ihren verhuschten Gruß sogar mit einem Kopfnicken erwidert — aber er hat den Vorgang nicht registriert, bis sie die vorher offene Tür der Gastwirtschaft hinter sich ins Schloß hat fallen lassen . . .

Er war weit weg mit seinen Gedanken.

Wenn er jedoch vielleicht geglaubt haben sollte, Dr. Harald Sachses Diagnose habe mit einem Schlag alles verändert, dann beweist ihm der Anblick der frischen Zeitung auf dem blanken Tresen gleich das Gegenteil.

So schnell ändern auch die bösesten Schocks nicht jahrzehntealte Gewohnheiten.

Er sieht die Zeitung da liegen, steht sofort auf, hastig und mit griffbereiter Hand, fragt, schon im Zugreifen, die wortkarge Wirtin um Erlaubnis, wartet ihre Zustimmung kaum ab und holt sich das Bündel Papier an den Tisch.

Er ist süchtig nach Zeitungen, besonders nach neuen. Dabei ist es ihm gleichgültig, ob es sich um ein weitverbreitetes Weltblatt handelt oder um den *Ammerländer Anzeiger*, die *Neustädter Nachrichten* oder den *Bingelheimer Boten.*

Zeitungen sind für Stein Zauberstäbe, Wundertüten, Sesam-öffne-dich.

Und obschon er weiß — oder vielleicht gerade weil er weiß —, wie sie gemacht werden, helfen sie ihm oft, hinter Kulissen zu sehen, hinter die er sonst kaum käme.

Da ist er zum Beispiel einmal — vor Jahren — von der Illustrierten, für die er damals arbeitete, in eine Gegend geschickt worden, die etwas abseits der großen Touristenstraße und damit automatisch außerhalb des Bundesbürgerbewußtseins liegt. Es gibt dort keine richtigen Berge und keine falschen Burgruinen, kaum Wald, wenig Wasser; es hat dort niemals eine Schlacht stattgefunden, die zu Deutschlands Ruhm irgendwie beigetragen hätte und deren Spuren vaterländisch gesonnene Väter nun ihren Söhnen zeigen könnten. Es hat dort weder ein Dichter je gedichtet noch ein Maler je gemalt.

Selbst jene Baugesellschaften, die sonst überall billigen Boden mit »Feriendörfern« bestücken, haben diese Gegend noch ausgespart, weil die Anlage von Wanderwegen zwischen den Rübenfeldern nicht rentabel zu sein verspricht.

Stein sollte dort für eine Reportage recherchieren: Irgendein Lokalpolitiker hatte sich mit dem Großkopfeten aus Bonn angelegt und sollte nun abgelöst oder sonstwie amtsenthoben werden.

Ja, und da war so ein bißchen Bauernkrieg drin und Männerstolz vor Fürstenthronen; jedenfalls sah es nach einer guten Geschichte aus.

Stein hatte sich, ehe er losfuhr, so gut es ging informiert, wußte einiges über das Städtchen, was man eben aus dem Lexikon und anderen erreichbaren Quellen erfahren kann. Wie viele Einwohner es gab, was für Industrie, welche Partei im Rathaus regierte, wer die Opposition stellte und steuerte, woher der Bürgermeister stammte, wem das Land ringsum gehörte und wem die großen Betriebe. Wann die vier Kirchen gebaut worden waren, warum sie wie oft und von wem besucht wurden und so weiter.

Sonst wußte er nichts.

Er wußte nicht, wie der Dialekt klang, der da gesprochen wurde, und hatte keine Ahnung, wie das Kaff aussah; denn Lexikonfotos oder Ansichtspostkarten geben ja kein Bild.

Stein fuhr mit der Bahn.

Zunächst mit einem der schönen, schnellen Züge, in denen man vor lauter Bequemlichkeit kaum noch aus dem Fenster schaut, und dann, nach einem ungemütlichen Dreiviertelstundenaufenthalt im zugigen, düsteren Wartesaal des Umsteigebahnhofs, noch eine Stunde mit einem Rütteltriebwagen, der vor jeder zweiten Gartentür zu halten schien.

Zu Beginn war der Schienenbus rappelvoll: Arbeiter, Schüler, Büromädchen, kleine Angestellte. Aber von Station zu Station bröckelten mehr ab, schließlich war Paul Stein neben einem schlafenden Mann und einer Frau, die ein Romanheft las, allein in dem Wagen.

Es war dunkel geworden. Draußen stand Schwärze, durch die gelegentlich Lichter glitten. Und er hatte wieder einmal das Gefühl gehabt, der einzig Einsame zu sein — ausgeschlossen von der Menschheit, die hinter den vorbeigleitenden Lichtern ein geborgenes, nach Essen und Nähe riechendes Leben lebte, während er in eine lichtlose, rauchige Kälte gefahren wurde . . .

Na ja, so 'ne kleine Depression, aus der er sich mit einer gedämpften Verfluchung dieses Auftrags und mit dem festen Vorsatz befreit oder zu befreien versucht hatte, die Sache schnell hinter sich zu bringen und so bald wie möglich wieder heimwärts zu fahren.

Aber dann — eine halbe Stunde später — hatte er die kleine Depression mit Hilfe eines vorzüglichen hausgemachten Ochsenmaulsalates und eines Halbliter-Steinkruges guten Bieres bereits halb überwunden und kaute in Gedanken nur noch an dem Problem herum, wie er den fremden Ort, die fremden Leute, die unklare Geschichte in den Griff kriegen könnte. Und dann also fiel ihm die Lokalzeitung ins Auge.

So ganz taufrisch war sie nicht mehr, denn sie lag ja seit dem Vormittag in der Hotelgaststube herum, in der er jetzt saß. Sie trug deutliche Spuren speckiger Fingerspitzen, und über dem Haupt und Antlitz des schnell vergessenen Altbundeskanzlers aus Schwaben, der hier aus irgendeinem Grund mal wieder aufgewärmt wurde, schwebte wie ein Heiligenschein der bräunliche Ring, den ein Schnapsglasfuß hinterlassen hatte.

Stein verzichtete leichten Herzens auf ein näheres Studium der befleckten Schönheit des Herrn von vorgestern, schenkte sich auch die weiteren weltpolitischen Offenbarungen der ersten Seite, da diese doch bei Presseorganen dieser Größenordnung immer aus ein und derselben Zentrale oder Agentur kommen, und begann im Blättchen zu blättern. Und da hatte er — eine weitere halbe Stunde später — so viel von der Atmosphäre, vom Charakter des Ortes geschnuppert, daß er um seine Reportage gar nicht mehr bange zu sein brauchte.

Er wußte nun, daß der Mittelschul-Oberlehrer Frühauf, »nach zweimaliger Stichwahl«, zum Vorsitzenden des Männergesangvereins »Harmonia« gewählt worden war, was den Redakteur veranlaßte, das Menetekel einer Spaltung des seit sechzig Jahren so segensreich wirkenden Vereins an die Wand, nein, ins Blatt zu malen.

Stein hatte erfahren, daß die alten Kastanien am Fuchsberg nicht gefällt werden würden, weil der Verkehrsverein unter seinem Vorsitzenden, Sparkassendirektor Friedrich Zippel, mit der Protestversammlung gegen dieses Vorhaben des Stadtbauamtes Erfolg gehabt hatte.

Stein war darüber informiert, daß Wehrführer Schrempf von der Stadtvertretung nun endlich einen Beschluß zum Ausbau des Feuerwehrgerätehauses forderte, daß Frau Helene Hahn heute in bewundernswerter geistiger und körperlicher Frische ihren fünfundneunzigsten Geburtstag im Kreise von vier Kindern, elf Enkelkindern und vierundzwanzig Urenkeln sowie bereits zwei Ururenkeln feierte, wozu das Lokalblatt mit Glückwünschen das Foto der Jubilarin beisteuerte, bei dessen Anblick es Stein grauste.

Stein wußte weiter, daß sich die Brieftaubenzüchter große Sorgen um die Verschmutzung des Flüßchens machten, daß ein Radfahrer durch eigenes Verschulden beim Zusammenstoß mit dem PKW eines Bauunternehmers einen Oberschenkelhalsbruch davongetragen hatte, daß ein entlaufener Schäferhund wiedergefunden, ein Rind von der Weide gestohlen und eine Raiffeisenbank-Filiale eröffnet worden war.

Kurzum, er war halbwegs im Bilde, ging, nach einem weiteren Bier, schön schwer ins Hotelbett und hatte seine Verzagtheit vergessen.

Warum fällt ihm das alles jetzt und hier ein?

Nur, weil er sich darüber wundert , daß er jetzt noch zeitungssüchtig ist?

Das ist doch alles bedeutungslos geworden!

Oder hofft er etwa auf irgendeinen Ausweg? Ausgerechnet aus der Zeitung? Hofft er auf eine Schlagzeile: »Krebs heilbar« — ohne Fragezeichen?

Irrsinn.

Noch zweihundert oder zweihundertfünfzig Tage, denkt er. Vielleicht auch zweihundertachtzig — oder nur hundertneunzig . . . Jetzt bloß nicht die Nerven verlieren! Nicht anfangen zu spinnen! Und keine Erinnerungen mehr — keine guten und keine bösen.

»Das Gestern ist vorbei und das Morgen gezählt.«

Wie das klingt!

Aber ich hab' einfach keine Zeit mehr für Erinnerungen.

Wozu brauche ich denn Zeit?

»Kann ich bitte noch ein kleines Bier haben und einen Korn?« fragt er in die friedliche Vormittagsstille der kleinen Kneipe hinein, zündet sich ein Zigarette an und faltet die zusammengeklappte Zeitung auseinander. Das Titelblatt schreit:

SCHLIER FORDERT REGIERUNGSRÜCKTRITT

und darunter: Demoskopen sagen bei Neuwahlen Sieg des Parteiführers voraus.

Dazu ein handtellergroßes Bild des Politikers. Er hebt beide Hände wie zu einer segnenden Gebärde. Bei genauerem Hinsehen wird die Segensgeste zur Drohung.

Neben dem Aufmacherartikel ein Kommentar des Blattes mit der Überschrift: »Arbeitslosigkeit und Inflation.«

Die Zeitung stößt in das gleiche Horn wie die Demoskopen. Das ist bei dieser Zeitung kein Wunder, sie nennt sich zwar »unabhängig«, macht aber keinen Hehl aus ihrer Abneigung gegen die jetzige Regierung und aus ihrer Sympathie für das, was sie unter konservativer »law and order« versteht.

Paul Stein kann trotzdem nicht begreifen, daß ein Mann wie Schlier heutzutage und in diesem Land auf der Titelseite einer Zeitung abgebildet wird — es sei denn mit der fetten Unterschrift: Vorsicht!

Aber hier steht weder fett noch halbfett noch überhaupt Vorsicht. Hier steht, daß er »auf einer überfüllten Versammlung unter dem frenetischen Jubel der Zuhörer« zehn Grundsätze verkündet habe, die zehn Grundsätze seiner künftigen Politik, falls es ihm gelänge, die Regierung dieser Republik zu übernehmen.

Das darf doch nicht wahr sein, empört sich Stein. Als ob es auch nur zur Debatte stünde, daß ein solcher Mann und seine Partei ... »Ich glaube, ich sehe nicht recht«, murmelt er in die Stille der Gaststube.

Ja doch, er sieht recht: »... die zehn Grundsätze seiner künftigen Politik ... siehe Seite 2«, heißt es unter dem Bildtext.

Die zehn Grundsätze des Herrn Schlier, Vorname Hermann, Jahrgang 22 — wie Stein —, Beruf: Volkswirt. Was ist das eigentlich: ein Volkswirt? Gründer und erster Vorsitzender — nein, nicht »Führer« —, erster Vorsitzender der National-Konservativen-Volkspartei ...

Volkswirt, Volkspartei: ein bißchen viel Volk. Aber immerhin, die zehn Gebote, Pardon, Grundsätze des Hermann Schlier, Steins Jahrgang, stehen noch nicht auf Seite 1 in einem Extrakasten.

Das Bild jedoch, handtellergroß, das breit lachende Gesicht Schliers zwischen seinen erhobenen Händen auf Seite 1, neben der Zeile, daß die Demoskopen ihm einen Wahlsieg voraussagen.

Es sind noch fünf Monate bis zur Wahl — November.

Seite 2.

Da ist es. Die Überschrift, über die ganze Breite des Blattes: »Im Streben nach Neuem — Bewährtes bewahren!«

Und darunter etwas kleiner: »Die zehn Programmpunkte der NKVP.« Los geht's:

1. Schaffung eines geeinten Europas der Vaterländer mit einer gemeinsamen Außen- und Verteidigungspolitik.
2. Keine Verteilung sauer verdienten Geldes der Schaffenden als Wirtschaftshilfe zur Tarnung von Reparationen.
3. Glaubhaftmachung (was für ein Wort!) des Privatkapitalismus für jedermann, als Damm gegen Marxismus und Bolschewismus.
4. Alle mit öffentlichen Mitteln geschaffenen Wohnungen sind in Privathand zu überführen.
   Muß man da weiterlesen? O ja — es wird immer interessanter:
5. Recht und Ordnung. Verschärfung der Strafgesetze bei Kapitalverbrechen und Widerstand gegen die Staatsgewalt. Gegen Auflösung der Ordnung in Schulen und Universitäten. Gegen Verfall der Justiz.
6. Kultur und Erziehung. Familie, Heimat und Vaterland sind ihre Grundlagen ... Film, Fernsehen, Funk frei von Hetze und Volksverdummung, Darstellung von Grausamkeit und Pornographie ... Schutz der Jugend ... Mehr Mittel für Sport und Volksgesundheit ... Achtung vor den Verteidigungs- und Ordnungskräften unseres Staates.

Und so weiter und so weiter ...

Vaterland, Volk, Recht und Ordnung, Verschärfung der Strafgesetze, Ordnungskräfte, Staatsgewalt, Privatkapitalismus ...

Was ist das für ein Mann, Hermann Schlier, Steins Jahrgang?

Weiß er nichts mehr aus der Zeit, in der er Schüler war, Student, in der die gleichen Vokabeln das Land leerfraßen wie ein Heuschreckenschwarm? Hat er das nicht mehr im Ohr: Vaterland, Volk, Ordnung, Recht, Staatsgewalt, Verschärfung der Strafgesetze ... ?

Hat das keiner von denen, die ihm »frenetisch« zujubeln, mehr im Ohr?

Noch einmal: Was ist das für ein Mann, Hermann Schlier, Volkswirt, Erster Vorsitzender der National-Konservativen Volkspartei?

Wie sieht er aus, wenn er nicht auf dem Rednerpult segnend, drohend die Hände hebt?

Wie redet er, wenn er keine Reden hält?

Was denkt er, wenn er nicht an die Macht denkt?

Stein hat eine Idee und steht so schnell auf, daß er beinahe sein halbvolles Bierglas umwirft, läuft zum Telefon und hat völlig vergessen, daß ihn das ja eigentlich alles überhaupt nicht mehr kratzen kann. Er wählt bereits, nachdem die Wirtin auf seine Frage abermals zustimmend genickt hat.

Er wählt Gregors Nummer. Ist der überhaupt schon in der Redaktion? Blick auf die Uhr. Elf. Ja, da könnte er gerade gekommen sein. Vor elf erwischt man ihn kaum.

Betty meldet sich, Gregors hübsche, ungemein tüchtige Vorzimmerdame, sein Zerberus.

»Hallo, Betty«, sagt Stein. »Hier ist Paul Stein.«

»Hallo«, sagt sie, »hab' ich gleich gehört.«

»Selbstverständlich«, sagt er und gibt sich Mühe, den üblichen Ton zu finden. »Das macht die einmalige Sinnlichkeit meines sonoren Organs.«

»Natürlich!« Sie lacht. »Läuft mir immer gleich kalt den Rücken runter.«

»Kalt?« fragt er.

»Nein, heiß«, sagt sie. »Heiß und kalt. Wollen Sie den Fürsten sprechen?«

»Wenn er nicht gerade regiert . . .«

»Ich höre nichts«, sagt sie. »Vielleicht denkt er. Da kann ich ruhig stören. Ich stell' mal durch . . .«

Es knackt. Die Brummstimme: »Hallo, Meister Stein. Was treiben Sie? Wen treiben Sie? Kann ich was für Sie tun?«

»Darf ich mal rumkommen? Ich habe eine Idee!«

»Schon wieder«, flachst Gregor Ruschel. »Sie hatten

doch erst vorigen Herbst eine! Oder? Klar, kommen Sie her. Wann? Nächste Woche?«

»Lieber gestern«, sagt Stein.

»Donnerwetter«, sagt Ruschel. »Sooo eine Idee? Na ja, ehe Sie damit zum *Pinneberger Tageblatt* laufen, kommen Sie her. Augenblick mal, ich will mal Betty fragen, ob ich heute Zeit habe . . .«

Koketterie.

Stein hört ihn noch nach Betty rufen, dann hält er anscheinend die Hand über die Muschel. Es rauscht so. Und jetzt wieder seine Brummstimme, die immer so klingt, als sei er dabei, Selbstgespräche zu führen: »Sie haben Glück. Sophia Loren hat abgesagt. Mhmm. Wollen wir zusammen eine Suppe essen — oder ist Ihre Idee zu gut für Schlürfpausen?«

»Ich weiß nicht«, sagt Stein. »Aber ob ich die Sophia Loren ersetzen kann?«

»Nicht in allen Dingen«, sagt Ruschel. »Aber ich bin bereit, Opfer zu bringen.«

»Berufsethos«, sagt Stein. »Hat man ja selten heute. Wann soll ich kommen?«

»Halb zwei?«

»Gut, halb zwei. Danke!«

»Bis nachher . . .«

Sie legen gleichzeitig auf. Stein hebt sofort wieder ab und ruft zu Hause an.

»Steiiin«, singt Ille ins Telefon.

»Hier ebenfalls«, sagt er.

»Na, was meint dein Doktor?« fragt sie.

»Nix weiter«, sagt er. »Zu wenig Bewegung . . . Was du auch gesagt hast, Ille! — Ich komm' nicht zum Essen. Habe eben mit Gregor Ruschel telefoniert und treffe mich mit ihm in der Redaktion. Wir essen zusammen. Vielleicht haben sie etwas für mich. Tschüß, bis dann, mein Schatz!«

»Tschüüüß!«

Er hängt auf und bezahlt die drei Telefonate, die Biere,

die Korn und die Boulette an der Theke, trinkt im Stehen aus, legt brav die Zeitung wieder dahin, wo er sie hergenommen hat, bedankt sich und verläßt seine Gewissenskneipe ohne, wenn er es genau überlegt — soweit er jetzt schon zu überlegen fähig ist —, ohne zu einem Entschluß gekommen zu sein.

5

Vor der Kneipentür erstreckt sich eine winzige Terrasse mit einer alten, knorrigen Linde. Unter dem Baum stehen drei kleine, runde Gartentische mit je zwei Stühlen. Mehr passen nicht dahin. Auf den Tischchen liegen blaukarierte Leinendecken, über die der Baum seine ausgeblühten Blüten gestreut hat. Die Decken sind mit Klammern festgeklemmt, damit der Wind sie nicht wegweht.

Auf den Tischdeckenkaros spielen die Sonnenstrahlen Rösselsprung.

Trotz des wunderschönen Wetters sitzt niemand an den drei Tischen. Kein händchenhaltendes Liebespaar, kein zeitungslesender Rentner, keine Oma mit federgeschmücktem Hut.

Paul Stein hat nur selten jemanden da sitzen sehen. Dabei sitzt es sich sicher sehr hübsch hier; denn man hat das Flußufer in Reichweite.

Nur ein schmaler, ziegelgepflasterter Fußweg liegt noch zwischen dem Jägerzaun, der die Terrasse eingrenzt, und der grasnarbigen Böschung, die mit Steinen bestückt ist.

Der Fluß leckt an der Unterkante der Böschung. Wenn ein Schiff vorüber ist — je nach Entfernung, eine bis zwei Minuten später —, gibt es richtige Brandungswellen. Große bei großen Schiffen, kleine bei kleinen. Halt, das stimmt nicht; die bulligen kleinen Schlepper mit ihren dikken Dröhnmotoren machen genauso große Wellen wie ein 50000-Tonnen-Tanker.

Dann werden die hechtgrauen, rosagrauen Steine naß und schwarz, und silbergraue oder milchkakaobraune Schaumstreifen rekeln sich zwischen den kümmerlichen Rasenstücken.

An manchen Tagen, wenn viele Schiffe vorüberkommen, werden die Steine am Fuß der Böschung überhaupt nicht trocken.

Als die große Sturmflut war, '62 — das hat die Wirtin Stein mal in einem Anfall von Geschwätzigkeit erzählt —, da hat das Wasser kniehoch in der Gaststube gestanden.

»Richtige Wellen bis an den Tresen, müssen Sie wissen!« hat sie mit aufgerissenen Glitzeraugen berichtet. Und ihre von Bohnerwachs, Seifenlauge und Scheuersand gegerbten Hände, die sie über dem Bauch gefaltet hielt, haben gezittert vor Erinnerung an den Schrecken damals.

Es ist herrlich hier draußen.

Warum setze ich mich eigentlich nicht noch eine halbe Stunde an eins der blaukarierten, lindenblütenbestreuten Tischtücher und trinke noch was und lasse — bloß so — die Zeit vergehen? denkt Stein.

Es ist elf Uhr durch.

Muß ich denn jetzt, sogar jetzt noch, verdammt, dauernd auf die Uhr gucken?

Zweihundert Tage sind ... viertausendachthundert Stunden. Viertausendachthundert Stunden sind — jetzt wird's schwierig ... mal sechzig — zweihundertachtundachtzigtausend Minuten. Da kann ich mich doch wohl zwölf oder fünfzehn oder zwanzig Minuten hierhersetzen, hier an den Strom, und kann zuschauen, wie alles weitergeht? Alles?

Das Wasser fließt, die Schiffe schwimmen, die Wolken segeln, die Sonne scheint, egal, ob ich da bin, ob ich noch da bin, ob ich nicht mehr da bin.

Eine Mädchenklasse kommt den gepflasterten Weg entlang. Zwanzig bis fünfundzwanzig Dreizehn-, Vierzehnjährige. Sie gickern und kichern und schwatzen und schwenken die Popos.

Ein paar sind im Laufen mit irgendeiner Zeitschrift beschäftigt, in der schöne, große, bunte Fotos von langlockigen Lautenschlägern zu bewundern sind.

Die Mädchen rempeln aus Versehen einen Mann an, der noch viel älter ist als Paul Stein, einen mit Schiffermütze, der ihnen nicht ausweichen kann auf dem schmalen Weg. Der wird böse und grobscht sie an.

So ein Idiot.

»Keine Ehrfurcht mehr vor dem Alter!« raunzt er laut. »Zu meiner Zeit . . .«

Die Lehrerin, einer Henne gleich, die merkt, daß sie Entenküken führt, die jeden Moment ins Wasser witschen wollen, kommt mit roten Aufregungsbacken und zipfelnden Haarsträhnen vom Ende des Zuges und entschuldigt sich bei dem Knurrhahn.

Stein setzt sich nicht unter die Linde, weil ihn plötzlich ganz simple Angst vor dem heulenden Elend packt, das er dort möglicherweise kriegen könnte.

Langsam läuft er den Mädchenpopos nach zum Parkplatz, steigt in sein Auto und fährt in die Stadt.

Er merkt sehr bald, daß er schlecht fährt; denn dauernd wird er angehupt und angeblinkt. Ein Mercedes-Mensch, in Kamelhaar gehüllt, tippt sich sogar mit dem Finger an die Stirn, als Stein abbiegt, ohne Zeichen gegeben zu haben.

Das ärgert ihn besonders; denn der Mann hat recht.

Stein muß sich konzentrieren. Bald sterben zu müssen ist gewiß keine Ausrede und keine Entschuldigung für verkehrsgefährdende Fahrerei. Das fehlte noch, daß er von den viertausendachthundert Stunden nur eine halbe, von den zweihundertachtundachtzigtausend Minuten nur eine auf einem Polizeirevier, in einem Rechtsanwaltsbüro, vor einem Gericht verbringen müßte!

Er fährt zum Pressehaus, findet überraschend leicht einen Parkplatz und schenkt der weißbemützten Parkwächterin, die immer so nett guckt, eine Mark extra.

Alle sollen sie ihn in guter Erinnerung ... Scheiße!

Es sind noch zwei Stunden Zeit, bis er Ruschel oben in der Redaktion zum Essen abholen soll. Aber das ist gut so; dann kann er seine Idee ein bißchen ausbauen.

Das Archiv ist im Souterrain des weitläufigen, verwinkelten Gebäudes.

Sie kennen ihn dort. In den zehn Jahren, seit er für die Illustrierte arbeitet — mal mehr, mal weniger —, hat er oft hier unten gehockt, seine Bildungslücken zu stopfen versucht, sich Zündstoff oder Munition geholt, je nachdem.

Meist mit Erfolg; denn das Archiv ist großartig. Ganz gleich, ob man etwas über die amourösen Ambitionen lebender Linksliberaler oder über die materiellen Manipulationen reicher Rotarier wissen will, ob man etwas in alten Prozeßberichten sucht oder die jüngsten Daten und Taten neudeutscher Duodezfürsten — vom Gewerkschaftsfunktionär bis zum Bischof — nachlesen möchte: Alles ist da wohlgeordnet zu finden.

Er bittet also das mollige Mädchen mit dem tiefen Grübchen, das heute Dienst hat am Informationsschreibtisch, für ihn das Material über Schlier, Hermann, Jahrgang 22, Erster Vorsitzender der National-Konservativen Volkspartei ... und so weiter heraussuchen zu lassen.

»Wollen Sie über den etwas machen, Herr Stein?« fragt die Rundliche und gibt per Haustelefon in die Tiefe des Archivs entsprechenden Auftrag.

»Vielleicht«, sagt Stein. »Oder meinen Sie, ich schau' mir seine archivierten Abenteuer aus Liebe an?«

Sie lacht.

Wenn sie lacht, kann man in ihre Grübchen sicher einen Groschen stecken oder besser einen Bonbon, ohne daß er herausfällt.

Aus der Tiefe des neonerleuchteten, langen Raumes, der durch zahlreiche quergestellte, hohe Stahlregale in eine moderne Art von Labyrinth verwandelt ist, taucht ein zweites Mädchen auf, das unter dem Arm zwei Ordner und um die hübsche Hüfte einen sehr engen Rock trägt und eine Bluse, die sie nur halb zugeknöpft hat.

Das Mädchen legt die zwei Ordner auf den Tisch.

»Das ist alles?« fragt Stein.

»Mehr haben wir nicht«, sagt das Grübchenmädchen.

»Hoffentlich wird's auch nicht allzuviel mehr«, sagt Stein.

»Ihr Wort in Gottes Ohr!« sagt sie ganz ernst und klopft dreimal ans Holz der Schreibtischplatte.

»Toi, toi, toi!« sagt er, nimmt die Ordner und geht zur Fensterseite, an der ein paar Tische und Stühle stehen, setzt sich und beginnt zu lesen.

Hermann Schlier also.

Als Sohn eines Berufsunteroffiziers — »Zwölfender« hieß das seinerzeit — in einer norddeutschen Kleinstadt, zwei Fahrradstunden von der Nordseeküste entfernt, am 15. Juli 1922 geboren.

Der Vater, Feldwebel Karl-August Schlier, trug zur Zeit der Geburt seines Sohnes keine Uniform, sondern schwer an der Aussichtslosigkeit seines Berufsstandes.

Aber Vater Staat läßt ja auch dann seine treuen Diener — zumal Soldaten — nicht darben, wenn die Felder der Ehre gerade mit demokratischem oder gar pazifistischem Weizen bebaut werden.

Ergo wurde Feldwebel Schlier dann doch wieder in entsprechendes Tuch gehüllt und diente seinem Vaterland als Justizangestellter beim Untersuchungsgefängnis der Stadt, in dem die Bauernburschen aus dem fruchtbaren Hinterland hockten, wenn sie sich mit dem Dorfgendarm angelegt hatten, oder in dem auch einmal ein Wilddieb festgehalten wurde, der in irgendwelchen gräflichen Wäldern oder auf freiherrlichen Feldern (und es gab erstaunlich viele freiherrliche Felder und gräfliche Wälder dort in der Gegend!)

Schlingen gelegt oder ein Karnickel totgeschossen hatte. Oder es saß mal für ein paar Tage ein Hausierer ein, der versucht hatte, Schund zu verscheuern, oder der eines sonstigen Betruges verdächtig war.

Schwere Fälle bevölkerten die Zellen nicht, über die Karl-August Schlier kommandierte, in denen er wohl (aber das spekuliert Stein nur, voreingenommen, wie er gegen den Namen nun einmal ist — schämen müßte er sich!) — in denen er wohl seine unteroffizierlichen Machtgelüste ungestört auslebte.

Die sogenannten Kapitalverbrechen wurden in der zehn Kilometer entfernten Kreisstadt verhandelt. Viel war das auch nicht: mal ein Totschlag im Affekt, mal eine schwere Prügelei im Suff, mal eine Notzucht, mal eine Abtreibung mit Todesfolge.

Karl-August Schlier — hier war sogar ein Foto des Feldwebels: ein quadratschädliger Mann, glattrasiert bis über beide Ohren, nur oben auf dem flachen Kopf stramm gebürstetes, akkurat gescheiteltes helles Haar —, Karl-August Schlier also mußte nicht allzuviel zu tun gehabt haben, denn er war Mitglied — das entnimmt Stein dem ersten Ordner — in sieben Vereinen.

In fünfen saß er im Vorstand. In einem, dem »Bund deutscher Berufssoldaten e. V.«, war er Erster Vorsitzender.

Der Verein hatte siebenundzwanzig Mitglieder, hielt zweimal monatlich im Hotel »Zur Eiche« seine »Kameradschaftsabende« ab und veranstaltete dreimal im Jahr, und zwar zu Pfingsten, am Tag der Sommersonnenwende und zum Erntedanksonntag, »Ausflüge mit Damen«, an denen auch die Kinder teilnehmen durften.

Und da stellt sich Stein sofort Klein Hermann vor, wie er im sonntäglichen Matrosenanzug, mühsam die zu großen Schritte der Männer nachahmend, durch den norddeutschen Wald marschiert und mitsingt:

»... Kein schönrer Tod in dieser Welt,
als wer vom Feind erschlagen ...«

Denn so was sangen die Überlebenden immer schon gern.

Aus den siebenundzwanzig Kameraden, deren Vorsitzender des kleinen Hermann Vater war — jetzt spekuliert Stein wieder —, wird sich wohl auch die Mehrzahl der Gründungsmitglieder der ersten norddeutschen Ortsgruppe der NSDAP rekrutiert haben.

Für die, die es nicht mehr wissen: NSDAP hieß Nationalsozialistische Deutsche Arbeiterpartei.

Dort wurden dann zwar zunächst die gleichen, bald jedoch auch andere Lieder gesungen, zum Beispiel eins, in dem »... das Judenblut vom Messer spritzt...«

Vater Schlier hat aber nicht mehr viel Gelegenheit gehabt, so schöne Lieder zu singen, geschweige denn, das Judenblut wirklich spritzen zu sehen, denn er starb, als Hermann sieben Jahre alt war, an einem Herzschlag.

Hier ist die Todesanzeige. Ein Eisernes Kreuz ziert ihre linke obere Ecke.

Hermann, das Einzelkind — auch in dieser Beziehung scheint demnach der Vater, der Feldwebel Schlier, nicht allzu fleißig gewesen zu sein —, wuchs ab nun in der Obhut der mäßig versorgten Mutter auf.

Die Mutter, Hermine Luise Charlotte, geborene — und da stutzt Stein — von Allershausen ... Wie, zum Kuckuck, kommt ein Kommißkopp der unteren Rangstufe zu einer adligen Angetrauten? Doch wie dem auch sei: Die adlige Mutter heiratete nicht wieder.

Es ist nicht klar, warum nicht. Das ist auch nicht wichtig. Sie verdiente zu ihrer kleinen Rente mit Nähen und Flicken ein paar Mark dazu und kümmerte sich um ihr einziges Kind.

Das war ein Prachtkind. Doch Stein verkneift sich hier erst einmal das Weiterblättern und geht seiner Nebengleisneugier nach: »Habt ihr einen Gotha?« fragt er über die

Schulter die grübchengeschmückte Archivarin.

»Aber sicher«, sagt sie prompt. »Und warum? Stammt Schlier etwa von Iwan dem Schrecklichen ab?«

»Das wäre hübsch«, sagt er. »Doch bis jetzt spricht nichts dafür — außer seinem ausgeprägten Sinn für die Macht. Nein, sein Mütterlein ist von Adel. Hermine Louise Charlotte von Allershausen, geboren 1887 in ... das kann ich hier nicht feststellen. Ich wüßte gerne ...«

»Moment, ich sehe gleich selber nach«, sagt sie. »Allershausen ... Vielleicht eine geadelte Henkerssippe!«

»Erstens sollten Sie Ihre Antipathie gegen unseren Hermann nicht gleich auf die ganze Familie übertragen«, tadelt Stein sanft, »und zweitens sind meines Wissens Henker niemals geadelt worden.«

»Nein?« fragt sie. »Das wundert mich aber, wo man doch auch Kuppler, Betrüger, Erfinder von besonders wirksamen Mordinstrumenten und Sieger in blutrünstigen Bataillen zu Baronen gemacht hat.«

»Was haben Sie nur für Lehrer in der Schule gehabt?« fragt Stein und spielt den Entrüsteten.

»Gute«, sagt sie. »Die gibt es dann und wann. Bei dem einen durften wir sogar fragen ›Warum‹?«

Sie geht auf Gotha-Suche, und Stein liest weiter.

Ja, eine Art Wunderkind, der kleine Hermann mit dem halbblauen Blut.

In der Schule immer der beste. Nur im Singen haperte es ein wenig. Na, wer brauchte schon singen zu können, wenn er sonst fast nur Einsen hatte.

Im Deutschen Jungvolk war er. Das war die Vorschule der Hitlerjugend. Das alte Foto zeigt einen Elfjährigen mit Babyspeckbacken und -beinen, nicht sehr drahtig, aber in akkurater Pimpfenkluft.

Dann — wie es der Brauch, die Sitte und der Ablauf war — wurde er Hitlerjunge.

Das kann man ihm nicht ankreiden, Hitlerjunge war Paul

Stein auch. Ohne Zugehörigkeit zur Staatsjugend des Großdeutschen Reiches schaffte einer nur in Ausnahmefällen das Abitur. Dienst war Pflicht ... »Hart wie Kruppstahl, zäh wie Leder, flink wie die Windhunde ...«

»Flink wie ein Windhund« schien Jung Hermann jedoch nicht gewesen zu sein, sonst hätte er es da zu mehr gebracht.

Ein Windhund war er ja wohl sonst und sowieso auch nicht gewesen.

Das Abiturzeugnis: vier Einsen, sonst nur Zweien und lediglich im Singen eine Drei ... Na ja, wie gesagt, Singen ...

Das amtliche Dokument sprach für des Knaben Fleiß, vielleicht sogar für seine Intelligenz — soweit Schulzeugnisse überhaupt Verbindliches über Intelligenz aussagen können.

Paul Stein hatte auch so einen Viel-Einser in der Klasse. Das war einer der dümmsten Menschen, die ihm je über den Weg gelaufen waren. Er konnte nur Gelerntes auswendig aufsagen — das allerdings phantastisch. Chemieformeln, physikalische Lehrsätze, lateinische Grammatikregeln, englische Vokabeln ... Das flutschte nur so.

Aber das Selbstdenken fiel ihm unsäglich schwer.

Wenn sie einen deutschen Klassenaufsatz schreiben mußten — »Über das Edle im Ehrbegriff der Germanen, wie es sich in der Edda ausdrückt«, oder was damals, 1936, so die Themen waren — schwitzte der arme Kerl immer Blut, schaffte dann jedoch mit dem reichen Reservoir seiner Zitatenkenntnis immer noch eine Zwei oder Drei.

Aber was außerschulische — also die interessanteren — Sachen anging, da war er behämmert bis zum Gehtnichtmehr.

Er ist heute übrigens Ober ... oh, da kommt das Grübchenmädchen mit dem Gotha ... Oberstudiendirektor im Holsteinischen, Doktor Soundso. Wie Stein weiß, hat er »Über die Verwendung und Bedeutung der Interjektionen in Goethes *Hermann und Dorothea*« promoviert. Oh, Herr

Doktor!

»Allershausen«, sagt das mollige Mädchen, legt das aufgeschlagene genealogische Handbuch vor Stein auf den Tisch und den Zeigefinger auf die betreffende Zeile, »das ist offenbar eine verarmte Nebenlinie der pommerschen Grafen Roth-Rothenbach.«

»Na, die Grafen werden inzwischen wohl auch nicht mehr die reichsten sein«, sagt Stein.

»Haben Sie ein Ahnung von der Wiedergutmachung!« meint sie.

Er liest, daß der letzte männliche Allershausen als Rittmeister im Jahre 1900 beim Boxeraufstand sein Leben für Kaiser und Reich und natürlich für den zuständigen Gott geopfert und seine Witwe mit sieben minderjährigen Töchtern das kleine Gut Allershausen bis 1908 zu halten versucht hat, was ihr nicht gelungen ist.

Das kann Stein sich gut vorstellen, bei der ganzen hochnäsigen, feudalen Männergesellschaft rundum auf den Klitschen.

Dann ist der Rittmeisterfamilienrest erst nach Potsdam, danach ins benachbarte Berlin gezogen. Was aus ihr geworden ist, meldet das Adelsregister nicht mehr.

Bestimmt jedenfalls ist die Witwe heilfroh und dankbar für jede Haube gewesen, unter die sie eine ihrer sieben Mädchen hat bringen können — und wenn es die Haube einer bürgerlichen, Pardon, militärischen Ehe war wie jene, die Hermine 1913 mit dem Unteroffizier Karl-August Schlier schloß.

Denn zu dieser Zeit, ehe sie sich anschickten, den ersten großen Krieg verlieren zu helfen, galten ja selbst Unteroffiziere noch etwas.

»Das ist nicht überwältigend«, sagt die Archivarin enttäuscht. »Wenn's da wenigstens noch Verbindung zu den hübschen, hohen Herrscherhäusern gäbe. Da hätte man noch was draus machen können. Aber so . . .«

»Ich bin nicht sicher, ob er das nicht längst selber ausgeschlachtet hätte«, gibt Stein zu bedenken. »Denn was uns komisch vorkommt, mobilisiert möglicherweise die Monarchisten in unserer Demokratie. Die werden doch gleich hellwach in ihren Herrenhäusern und Schlössern zwischen Flensburg und Freilassing, wenn da einer der Ihren — und sei es auch nur einer mit nicht so ganz reinem Blut — mit altvertrauten Tönen wie ›national‹ und ›konservativ‹ einen ›Damm gegen den Bolschewismus‹ errichtet. In ihre Portemonnaies greifen sie mindestens — und die haben ja meistens ganz propere Portemonnaies . . .«

»Jaaaa . . .« sagt das Mädchen mit einem langen Nachdenklichkeits-A. »Jaaaa, wenn das Blut ruft . . .«

»Hübscher Titel«, sagt Stein und grinst.

Ihr Lächelecho auf sein Grinsen ist mit Resignation gemischt. Sie zuckt mit den Achseln und geht hinter ihren Schreibtisch.

Er läßt sich nicht davon anstecken. Ihn hat die Jagdlust gepackt. Er blättert schon wieder.

Hermann Schlier, gute Zeugnisse, außer in Singen, wie gesagt, ein blendendes Abitur 1940 und dann — natürlich — freiwillig zu den Fahnen, die um diese Zeit nur im Westen wehten; denn Polen hatte sich der Führer ja bereits mit den »bösen Bolschewiken« geteilt.

Stein braucht keinen Nachhilfeunterricht in jüngerer deutscher Geschichte. Er hat sie unfreiwillig seinerzeit frisch vom Faß genossen.

Dann war da ein grobgerastertes Foto des Rekruten Hermann Schlier beim Artillerie-Lehr-Regiment (mot) Nummer soundsoviel in Groß-Born.

Natürlich kamen solche zur Artillerie. Zur motorisierten auch noch.

Groß-Born, nahe der ehemaligen Heimat von Hermanns mütterlicher Adelssippe. Möglich, daß der junge Mann in der schlechtsitzenden Rekruten-Ausgeh-Uniform an seinem ersten dienstfreien Wochende am Ende der Grundausbildung mal über Schneidemühl nach Jastrow gepilgert ist.

Von da aus war es nicht mehr als eine Stunde bis nach Allershausen. Möglich, daß er sich das Gut angesehen hat, von außen zumindest; denn unter welchem Vorwand sollte er auch hineingehen?

Möglich, daß er so etwas wie Wehmut empfunden oder sich doch eingebildet hat, Wehmut zu empfinden angesichts des Geburtshauses seiner Mutter und ihrer sechs Schwestern, seiner sechs Tanten, von denen er nur zwei kannte. Die anderen waren zu weit weg. Eine, Amalie Caroline, hatte sogar nach Australien geheiratet.

Möglich, daß er der Mutter nach Hause in die norddeutsche Kleinstadt berichtet hat, was er dort vorgefunden hatte, wie das Gut Allershausen heute aussah.

Und wahrscheinlich hat sie geweint beim Lesen seines Briefes, wie sie sicher viel weinte um diese Zeit, Sommer '40.

Sie muß da schon ziemlich krank gewesen sein, ohne recht zu wissen, wie krank.

Hermine Louise Charlotte, verwitwete Schlier, geborene von Allershausen, starb am 11. September 1940, am Tage, an dem Hermann zum Fahnenjunkerlehrgang kommandiert wurde, zu dem er sich — wieder freiwillig — gemeldet hatte.

Sie starb an Krebs.

... und im selben Augenblick, in dem er das liest, erschrickt Paul Stein.

Wie ein Luftballon an langer, langer Schnur ist er gestiegen, hat über dem Leben Schliers eine Stunde lang oder noch länger sein eigenes Schicksal vergessen — und jetzt der Ruck.

»Was ist denn?« fragt das mollige Mädchen. »Ist Ihnen nicht gut, Herr Stein?«

»Doch, doch ...«, winkt er ab und quält sich ein Lächeln in die Mundwinkel.

»Sie haben auf einmal so ... so gestöhnt«, sagt sie besorgt. »Und ganz blaß sind Sie! Einen Cognac?«

»Nein, danke, sehr lieb ... Danke, keinen Cognac! Es ist das Wetter ...« Er schwatzt drauflos. Schwatzt sich sein Entsetzen weg, schwatzt seinen Schreck kleiner, schwatzt ... »Das Wetter und zu wenig Schlaf. Bißchen viel Arbeit in den letzten Wochen ... Schönen Dank, Gute, aber es ist schon wieder in Ordnung!«

Dabei verschluckt er sich und muß husten.

»Na ... ?« Sie sieht ihn an, wie man einen Betrunkenen ansieht, der eben, lauthals Unverständliches singend, die Straße entlanggetorkelt ist und nun mit betont fester Stimme sagt: »Betrunken? Ich und betrunken? Aber nein ... Ich doch nicht! Fröhlich, jawohl ... Außerordentlich fröhlich. Darf man denn nicht mal mehr fröhlich sein?!«

Stein hat feuchte Hände vor Schreck, und er hüstelt immer noch. Blödes Gehuste. Es tut nicht weh — aber es kratzt. Vielleicht ist es ein Symptom ... Man müßte ins Taschentuch spucken und nachsehen, ob da Blut ... So ein hirnverbrannter Unsinn!

»Danke«, sagt Stein und unterdrückt den Husten. »Es ist alles okay!«

6

Ein Uhr vorbei. Den Rest schafft Paul Stein jetzt nicht. Er kann ihn auch nicht im Galopp lesen; denn nun fängt es ja eigentlich erst an, richtig interessant zu werden, obschon die Vorgeschichte auch schon aufschlußreich war ...

Aber Stein kann jetzt nicht länger in Schliers Daten blättern. Ein paar schreibt er sich schnell noch auf, falls von Gregor Ruschel nachher die Frage kommt, was denn an dem Mann so interessant sei.

Diese oder eine ähnliche Frage kommt bestimmt.

Ruschel ist groß im Kleinmachen. Stein hat noch nie erlebt, daß er spontan zustimmt oder hurra gerufen hätte, wenn einer eine Idee vortrug, ein Thema vorschlug, eine Nachricht brachte, die er für bemerkenswert hielt, oder ein Problem aufzeigte, aus dem was zu machen sein könnte.

Meistens schiebt Gregor Ruschel dann die Unterlippe über die Oberlippe, knuspert mit schiefgelegtem Kopf schweigend eine oder zwei lange Minuten an seinem schwarzen Schnauzbart, kneift die ohnehin schmalen Augen zu Schlitzen und sorgt auf diese Weise dafür, daß der Wolkenflug dessen, der da gerade begeistert referiert hat, schnell an Höhe verliert.

Wer das Spielchen nicht kennt und sich seiner Sache nicht absolut sicher ist, legt verstört die Imponierpose ab, beginnt beschwörend zu reden, verteidigt, was noch gar nicht verurteilt ist, redet sich — zu Ruschels reinem, aber gut getarntem Vergnügen — möglicherweise gar in Rage und zeigt zappelnd seine Spannung.

Am Ende des schlitzäugigen, schiefköpfigen, schnauzbartkauenden Schweigens kommt dann oft, nach einem tief in der Kehle gebrummten »Hm . . .« die leise gesprochene Frage: »Und das finden Sie interessant genug für uns?« Oder: »Sie meinen, das könnte etwas für unsere Leser sein?« Oder, aus der Tiefe eines phänomenalen, elefantengleichen Gedächtnisses: »Habe ich darüber nicht neulich . . . Wo war das bloß? . . . In der *Zürcher* . . . ? Habe ich da nicht schon was gelesen? Kann das möglich sein . . . ?«

Wenn Ruschel sich davor oder dabei eine seiner schönen, teuren Pfeifen anzündet — mit allen Zeremonien, die Pfeifenraucher der höheren Kulturstufe so an sich haben —, dann weiß der Erfahrene, der mit den Gepflogenheiten Vertraute, daß er gewonnen hat, daß die erste Hürde genommen ist, daß es nun nur noch gilt, das eroberte Interessenterrain zu befestigen, um schließlich den Satz: »Tja, ich denke, das sollten wir machen!« zu hören. »Wir . . .«, nicht »Sie.« Immer »Wir«.

Unterläßt Gregor Ruschel das Pfeifeanzünden, greift er gar nach einem Papier, das auf seinem dünnbeinigen, englischen Schreibtisch mit der sehr schönen Mahagonimaserung liegt, oder nimmt er den Telefonhörer auf, dann ist es ziemlich hoffnungslos — wenigstens für diesen Tag.

Vielleicht ein andermal. Vielleicht schon übermorgen oder nächste Woche.

Auch die unter den Menschen wandelnden Götter in Gestalt von Chefredakteuren oder, wie Gregor Ruschel, fast ebenso mächtige stellvertretende Chefredakteure — auch diese haben ihre Launen, sind Stimmungen unterworfen; und es soll sogar vorgekommen sein, daß sie sich geirrt haben.

Aber was heute nicht zum Pfeifeanzünden geführt hat, kann morgen durchaus Gnade finden.

Einer wie Paul Stein, der gelegentlich schon mal an den Tisch der Götter gebeten wird, hat es naturgemäß etwas leichter, mit seinen Ideen und Vorschlägen, Themen und Problemen anzukommen, als einer, der noch vor der Schreibtischschranke sitzt.

Stein klappt die Schlier-Ordner zu.

»Schönen Dank«, sagt er zu dem netten, molligen Mädchen. »Und, bitte, packen Sie die nicht so weit weg. Vielleicht brauche ich sie bald noch mal. Vielleicht schon morgen. Kommt drauf an, was Gregor Ruschel meint.«

»Okay«, sagt sie. »Ich drück' Ihnen die Daumen!« und hebt ihm lächelnd ihre beiden kleinen Fäuste mit gedrückten Daumen entgegen.

»Fein«, sagt er. »Danke!«

»Toi, toi, toi!« sagt sie.

An den rundlichen Handgelenken hat sie auch Grübchen.

Eine Minute vor halb zwei steht Stein oben in der Redaktion vor Bettys Schreibtisch.

Sie bemerkt ihn nicht, denn sie telefoniert, den Rücken

zur Tür, die Beine auf dem Papierkorb, den Blick aus dem Fenster. Sie telefoniert mit irgend jemandem, der ihr im Augenblick viel wichtiger und interessanter ist als der gesamte Apparat der Zweimillionen-Illustrierten, in deren Chefredaktion sie eins der wichtigsten Vorzimmer verkörpert.

Hübsch verkörpert.

»... aber nein doch, wenn ich dir sage, daß sie wirklich vier Pfund abgenommen hat!« flötet sie in die Muschel. »In acht Tagen, stell dir vor! Vier Pfund, du! Ja!«

Dabei betupft sie mit der Zeigefingerspitze, die sie nebenbei naßgespuckt hat, eine Laufmasche am linken Knie.

Steins Uhr zeigt halb zwei.

Er hat einen Pünktlichkeitstick. Woher er den hat, weiß er nicht. Das kann daher kommen, daß er selbst so ungern wartet und deshalb niemanden warten lassen mag.

Also räuspert er sich jetzt.

Betty erschrickt in keiner Weise. Sie sagt ins Telefon: »Warte mal 'n Moment, da sehnt sich einer nach meinem Augenaufschlag. Bin gleich wieder dran!«, legt den Hörer auf ihre Schreibunterlage und wendet sich Stein zu.

»Paul Stein«, sagt sie lächelnd. »Ich habe Sie gar nicht erkannt.«

»Sie haben mich ja auch gar nicht gesehen, Betty!« gibt er zurück.

»Doch«, sagt sie, »in der spiegelnden Fensterscheibe. Aber ich dachte, es wäre Marlon Brando.«

»Marlon ...?« stottert Stein. Sie genießt seine offensichtliche Verunsicherung.

»Ja«, grient sie, »die Figur ...«

»Und da haben Sie sich nicht sofort umgedreht?«

»Nee, der ist mir zu dick geworden.«

»Danke!« sagt er.

»*Sie* sind doch nicht dick!« sagt sie nun ganz ernsthaft. Stein kommt nicht mehr mit.

»Aber wenn ich doch eine Figur wie Marlon ...«

»Früher!« sagt sie. »Wie Marlon Brando früher!«

Logik, dein Name ist Weib, denkt er, aber er sagt nichts.
Er weiß nicht, ob er sich geschmeichelt oder auf die Schippe genommen fühlen soll.
Sie lacht sehr niedlich. Auf ihrer sommersprossigen Nase bilden sich lustige Fältchen. Stein kann ihr nicht gram sein, auch wenn sie ihn veralbert haben sollte. Marlon Brando!
»Fürst Gregor ist zu King Joe gerufen worden«, sagt sie. »Wenn der im Hause ist, kann man überhaupt nicht mehr planen. Gott sei Dank ist er ja nicht allzu oft im Haus. Sie sollen bitte nicht böse sein, hat er gesagt, der Fürst, und möchten auf ihn warten. Es kann nicht lange dauern. Wollen Sie einen Whisky?«
Er will keinen Whisky, setzt sich auf einen der himbeerrot bezogenen Stahlrohrsessel und greift nach der neuesten Ausgabe der Illustrierten, die auf dem Beistelltischchen liegt.
»Zigarette?« fragt Betty.
»Nein, danke«, sagt er.
»Kann ich denn gar nichts für Sie tun?« fragt sie und hat schon wieder ihren Telefonhörer in der Hand.
»Doch«, sagt er, »aber dazu müßten wir uns nebenan auf Gregors Couch begeben. Und da könnte er uns unter Umständen stören!«
»Ja«, sagt sie lächelnd. »Das ist wahr. Außerdem geht es nicht, weil ich Diät lebe!«
»Nur junges Gemüse?« fragt er.
»Rohes Hackfleisch«, sagt sie.
»Damit kann ich nicht dienen«, gibt er zu.
Sie lachen.
Betty telefoniert weiter.
»Hallo, bist du noch da?«
Und während er in dem Bilderblatt blättert, ohne viel von dem, was er sieht, aufzunehmen, und darüber nachdenkt, wie schön es ist, daß auch Fürsten wie Gregor Ruschel sich rufen lassen müssen, plaudert Betty immer noch weiter über die offenbar sensationellen vier Pfund Gewichtsabnahme:

».. . morgens einen Viertelliter frischen Orangensaft und zwanzig Liegestütze ... Wie? ... Allein natürlich, hahaha ... Hast du schon mal zwanzig Liegestütze ... ? Ja, und mittags ...«

King Joe, Johannes Hartwig, ist übrigens der Chefredakteur des *Kurier.* Ein Kapitel für sich.

Die Fotos von den Kindern in Afrika sind schrecklich. Daß aus einem einzigen Augenpaar so viel Hunger schreien kann!

».. . und abends«, plappert Betty, ».. . abends nur einen Apfel und eine Scheibe Knäckebrot. Jeden zweiten Tag mit etwas Honig.«

Über ihrem Rockbund wölbt sich ein gut daumendickes Fettpölsterchen. Mich würde es nicht stören, denkt Stein. Aber ich werde ja nicht gefragt.

Die Tür geht auf. Gregor Ruschel kommt.

»'tschuldigung«, sagt er mit einer bedauernden Geste.

»Aber bitte«, sagt Stein.

Er gibt ihm die Hand.

»Redet sie immer noch von der Abmagerungskur ihrer Schwägerin?« fragt Ruschel leise mit einem Seitenblick zu der telefonierenden Betty.

Stein nickt.

»Ungeheuerlich«, sagt Ruschel. »Das geht seit gestern. Dann lassen Sie uns mal schnell ordentlich essen gehen, ehe auch hier Magerquark und Knäckebrot die Herrschaft antreten. Wonach steht Ihnen der Sinn? Fränkisch? Oder Italienisch? Fontana di Trevi? Oder chinesisch? Chow-Chow auf Hausmacherart?«

Stein ist es egal. Im chinesischen Restaurant ist es am ruhigsten.

»Chinesisch wär' gut«, sagt er also.

»Okay«, stimmt Ruschel zu und geht noch in sein Zimmer, um das Lederetui mit den Pfeifenraucherutensilien zu holen.

Betty ist fertig mit ihrem Telefonat.

»Ich geh' mit Herrn Stein essen«, sagt Gregor Ruschel zu ihr. »Wenn Kellermann kommt, er soll gleich versuchen, Peter Hahn in Rio zu erreichen. Der muß unbedingt Bilder besorgen von dieser Geschichte in ... Na, du weißt schon ... mit den Nonnen ... in ...«

»Trinidad«, sagt Betty.

»Ja. Notfalls soll er selber rüberfliegen. Aber er muß versuchen, Farbe zu kriegen. Der Ami hat ja nur Schwarzweiß-Aufnahmen. Wir müssen 'n bißchen Farbe haben. Na, die werden das schon machen. Aber es eilt!«

»Ja«, sagt Betty und kritzelt auf dem Block, der vor ihr liegt. »In Farbe! Auch die Hinterbliebenen?«

»Alles, was er kriegen kann! Und 'n paar von den Pfaffen! Landschaft haben wir ja vielleicht im Archiv. Aber so 'n Bischof wäre schon prima!«

»Okay«, sagt Betty. »Was er kriegen kann. Auch 'n Bischof.«

Stein steht ziemlich blöd herum; denn er weiß nicht, was in Trinidad passiert ist. Er weiß nicht mal genau, wo das eigentlich liegt. Wenn Gregor Ruschel nicht gesagt hätte, daß da einer von Rio aus eventuell rüberfliegen sollte, hätte er Trinidad in Mittel- oder Ostafrika angesiedelt. Aber so wird es wohl Südamerika sein, wenn ihn nicht alles täuscht.

Er will auch nicht fragen.

Es wirkt in dieser Branche immer befremdlich, wenn einer, der sich zu den Profis zählt, nicht auf dem neuesten Informationsstand ist.

Andererseits ist er neugierig. Das muß eine interessante Geschichte sein — mit Nonnen und Hinterbliebenen und Bischöfen — und noch dazu in Trinidad ...

Gregor Ruschel spürt Steins Neugierde.

Er hat überhaupt eine Art Seismographen eingebaut, der die Stimmungen und Seelenzustände seiner Partner unheimlich schnell und genau registriert.

»In Trinidad hat es vergangene Nacht — also bei denen gestern abend — eine irre Kiste gegeben«, erklärt er, während sie den Gang entlang zum Fahrstuhl gehen und dort auf das Vehikel warten. »Irgendwelche Partisanen oder Tupamaros, oder ich weiß nicht, wie die da heißen, also jedenfalls so arme Hunde, arbeitslose Zuckerrohrarbeiter oder Reisbauern, die seit einer Weile Putz machen — die haben vor drei, vier Tagen ein Auto mit fünf Nonnen abgefangen, Benediktinerinnen oder Graue Schwestern, was weiß ich, und haben für die Freigabe der fünf frommen Mädchen eine halbe Million und die Freilassung von zwanzig ihrer wegen revolutionärer Umtriebe einsitzenden Kumpane gefordert. Na ja, das ist an sich nichts Neues und heutzutage keine Sensation mehr. Geiselnahmen gehören allmählich zur Alltagskriminalität, wie das Verprügeln von Kindern in den Elternhäusern unserer Wohlstandsgesellschaft. Aber dann hat die Kirche sich nicht auf die Hilfe des HERRN allein verlassen, sondern massiv Militär und Polizei angefordert, und es hat eine brutale und blutige Aktion der Ordnungshüter gegeben, und fünfhundert Mann haben das Versteck gestürmt, das sie inzwischen ausgemacht hatten.

Das war ein armseliges Dorf in der Savanne — und sie haben die sieben Entführer an Ort und Stelle niedergemacht und das Dorf angezündet, alles Vieh totgeschlagen und auch noch sonst ein paar Leute umgelegt. Aber auch das ist nichts Neues.

Im Zeichen des Heilands ist schon mehr Unheil angerichtet worden ...

Aber nun kommt's, Stein!

Als nämlich die fünf Nonnen ›befreit‹ waren, ohne daß ihnen von den Untergrundleuten vorher ein Haar gekrümmt worden wäre ... Wahrscheinlich haben die dazu gar keine Zeit mehr gehabt ... Abgesehen davon, daß ich mal gehört habe, daß Nonnen unter ihren Hauben gar kein Haar haben, weil sie sich's abschneiden beim ersten Gelübde ... Wissen Sie das?«

»Nein«, sagt Stein. »Keine Ahnung. Wenn in Ihrer Redaktion nicht zufällig eine ehemalige Nonne ist, wird das auch schwer festzustellen sein, glaub' ich.«

»Das wäre aber ein Thema, wie?«

»Bißchen dicht am Sakrileg, meinen Sie nicht? Wenn Sie anfangen, nacktköpfige Nonnen abzubilden, kündigen alle Bischöfe auf der Stelle das Abonnement.«

Er freut sich. Sie gehen durch die Drehtür der Empfangshalle nach draußen. Ruschel ist einen halben Kopf größer als Stein, läuft ein wenig krummrückig, sonst wäre er noch größer. Er latscht wie irgendein Kinocowboy, dessen Namen sich Stein nicht merken kann, so schlaksig und verhuckt. In seinem dünnen Haar wuselt der Wind, der über den Platz kommt und kleine Staubkreisel aufwirbelt. Es ist laut auf der Straße. Stein muß sich anstrengen, um zu verstehen, was Ruschel jetzt sagt: »Nacktköpfigkeit ist ja noch nicht nackt«, spinnt er den Faden weiter. »Und auch völlig unerotisch . . . oder?«

Das ist wieder mal so ein Thema, bei dem Paul Stein deutlich wird, wie gerne Gregor sich in den Flachs flüchtet. Gregor Ruschel ist nicht der einzige; fast alle Redakteure pflegen diese Veralberung wie einen Kult. Ruschel kann es besonders gut. Die Gedanken- und Wortspielereien, die er um Probleme rankt und mit wichtigen Themen treibt, klingen oft zynisch und manchmal makaber.

Aber sie gleichen dem Zynismus der Chirurgen und stammen wohl auch aus derselben Quelle: Angst vor Gefühlen, heißt die Quelle, weil man sich weder am Operationstisch noch als Zeitungsmacher von Gefühlen beeinflussen lassen darf.

Gefühle bloß zu zeigen wäre schon ein Zeichen von Schwäche. Also flieht man in den Flachs.

Ruschel geht zwischen parkenden Autos hindurch über die Straße und redet immerzu.

»Wer hat schon mal 'ne Nonne ohne Haube gesehen? Ich glaube das nicht. Das wäre ja auch fürchterlich unpraktisch. Die müßten sich ja dann alle acht Tage den Kopf rasieren lassen. Aber wissen möchte ich das wohl . . . Irre!«

»Ja, und was war denn nun in Trinidad?« erinnert Stein.

»Ach so, ja! Pardon! Vier von den fünf frommen Schwestern haben heute nacht — dort gestern abend — bei ihrer Befreiung erklärt, sie gingen nicht wieder zurück ins Kloster, sie blieben bei den Tupamaros, oder wie die heißen. Da könnten sie ihrem Herrgott besser dienen. ›Dort ist unser Platz!‹ hat die eine, so 'ne Art Oberin, gesagt. ›Dort werden wir gebraucht!‹

Und das hat natürlich, wie Sie sich denken können, einen Riesenwirbel verursacht. Der gesamte Episkopat Südamerikas hat angefangen, Purzelbäume zu schlagen, was angesichts der diversen Soutanen eine hübsche Vorstellung ist, nicht wahr?

Die Sache wäre auch bestimmt vertuscht und untergemuschelt worden, wenn sie nicht das Pech gehabt hätten, die Reinhalter des Glaubens, daß bei der ›Befreiung der frommen Frauen‹ ausgerechnet so 'n taffer New Yorker Junge mit 'ner Kamera und ohne Respekt dabei gewesen war.

Der hat die Chose natürlich gleich dick an die große Glocke gehängt. Und ich finde es auch eine richtig schöne Geschichte. ›Die Ordensschwestern vom Orinoko‹ — oder so in der Preislage. Bloß Bilder müssen wir natürlich noch haben!«

»Ja«, sagt Stein sehr laut, weil gerade wieder einer auf einem Mofa vorüberjault. »Ein schönes Foto von 'ner niedlichen nacktköpfigen Nonne, mit einer Maschinenpistole unter dem linken Arm und in der rechten Hand ein Kruzifix, mit dem sie gerade die Leichen segnet, die da zwischen den brennenden Lehmhütten am Rande des geil wuchernden Dschungels herumliegen . . .«

»Geil wuchernder Dschungel ist gut!« sagt Ruschel.

»Ich schenk' es Ihnen«, sagt Stein. »Man soll an seinem Überfluß alle teilhaben lassen!«

»An seinem geil wuchernden Überfluß . . .«, sagt Ruschel und lacht.

»Na ja«, sagt Stein. »Übrigens fällt mir da gerade ein, daß

die wahrscheinlich doch Haare unter der Haube haben. Ich habe da mal, wenn ich mich nicht sehr irre, bei Casanova in seinen Memoiren irgend was gelesen, wo er eine Nonne . . .«

»Casanova . . . ?« fragt Ruschel. »Und so was lesen Sie als freier Mitarbeiter unseres seriösen Blattes?«

Sie sind vor dem chinesischen Restaurant angelangt. Es heißt »Rote Orchidee«.

»Erstaunlich viele Chinesen gibt es neuerdings bei uns«, meint Ruschel. »Ich kenne allein sieben oder acht Restaurants. »Lotosblume« heißen sie oder »Silberwolke«, »Zum großen Gong« oder einfach nur »Nanking« oder »Hoangho«. Das Essen ist nicht überall gleich gut, aber die Lächelei ist bei allen verblüffend ähnlich . . . Vielleicht lernen sie das in der Schule.«

Die »Rote Orchidee« gehört zu den besten China-Restaurants, die Stein kennt, und befindet sich in den Räumen eines vormals gutbürgerlichen, altdeutsch eingerichteten Lokals. Es ist ein Souterrain, in dem sich deutsche Gemütlichkeit in chinesischer Verkleidung darbietet.

An den dunklen Deckenbalken hängen statt Lampen aus handgetriebenem Kupfer bunte, papierne Lampions mit lustigen Bummeln an allen Ecken. Das altdeutsche Gestühl aus garantiert echter Eiche hat leichten, knallrot lackierten Sesseln mit halbrunden Lehnen Platz gemacht. Die mit hehr-herber Schnitzkunstszenerie aus den Meistersingern und anderem unvergänglichen Kulturgut verzierten Stützbalken sind mit Bastmatten bespannt, und all die edlen Gestalten aus unserer großen Geschichte fristen nun mitsamt ihren Bärten, Helmen und Rössern ein Dasein im Dunkel.

Nur auf der Herrentoilette behauptet sich germanischer Geist: Die Kacheln über den kniehohen Becken sind mit Eichenlaub und gekreuzten Schwertern verziert.

Da die Eicheln hängend und die Schwerter aufrecht dargestellt sind, grübelt Paul Stein jedesmal wieder beim Pinkeln über den tiefen Symbolgehalt dieser verflossenen Kachelkunst nach.

Die »Rote Orchidee« ist gut besucht.

Für Gregor Ruschel ist so ein Gang durch ein volles Lokal in der Nähe der Redaktion jedesmal ein kleiner Spießrutenlauf. Viele kennen ihn, einige winken ihm zu. Ein attraktives Mädchen mit einem bemerkenswerten Busen senkt den Blick und guckt gebannt auf den leeren Teller.

Ruschel nickt nach allen Seiten. Er scheint den kleinen Strudel zu genießen, den sein Auftritt auslöst. Stein steuert in seinem Kielwasser durch die Tischreihen. Sie finden einen freien Tisch in einer der Nischen, in die das langgestreckte Lokal geschickt mittels Bambusstangen unterteilt worden ist.

Noch bevor sie richtig sitzen, kommt einer der kleinen Fernostasiaten, korrekt gescheitelt, in stäubchenfreiem schwarzem Anzug und fleckenloser, fußlanger, weißer Schürze, und legt ihnen lächelnd die ellenlangen Speisekarten hin.

»Wünschen die Hellen was zu Tlinken?« lispelt er.

Sie gucken sich an und sagen im Chor: »Bier!«

»Export!« fügt Gregor Ruschel hinzu.

»Pils«, ordnet Stein an.

»Gloße?« fragt der Chinamann.

»Aber freilich!« sagt Ruschel.

»Ich auch!« sagt Stein.

»Und zwei Malteser, oder . . . ?« meint Ruschel.

»Eh' ich mich schlagen lasse«, stimmt Stein zu.

Der Chinese enteilt. Sie widmen sich den Speisekarten.

Stein sucht nicht lange: Suppe 6, die — weiß Gott, was das bedeutet — »Wan-Tan« heißt, eine Frühlingsrolle, das zweimal gebratene Fleisch Nummer 63 und einen Salat 104, der aus Sojakeimen oder Bambusschößlingen und irgend etwas Undefinierbarem besteht, aber ausgezeichnet schmeckt.

Chinesisch essen ist Vertrauenssache und erfordert Mut zum Risiko.

Manchmal bestellt Paul Stein irgend etwas, das er noch nicht kennt, irgendein Tsching-Bum-Gericht, und er ist wohl mannigfaltig überrascht, aber noch nie enttäuscht worden. Manchmal hat ein Gericht sauer geschmeckt, das er sich süß vorgestellt hatte. Und manchmal war eine Sache übermäßig süß, von der er gedacht hatte, sie sei scharf gewürzt.

Chinesisch essen ist wie in eine Wundertüte greifen.

Die bereiften Schnapsgläser und das Bier stehen schon da. Sie prosten sich zu. Da kriegen sie bereits ihre Suppen.

Gregor Ruschels Suppe ist dick und sämig und hellrot. Nummer elf hat er bestellt.

Stein kennt die Suppe nicht.

»Was essen Sie für eine Suppe?« fragt er.

»Kennen Sie die nicht?« fragt Gregor Ruschel zurück.

Stein schüttelt den Kopf.

»Wollen Sie mal kosten?« fragt Ruschel und hält Stein seine Suppentasse hin.

Stein nimmt einen kleinen Löffel. Schmeckt gut, süßsäuerlich, bißchen nach Weißwein ... Er kann nicht erraten, was es ist.

»Was ist das?« fragt er.

»Krebs«, sagt Ruschel.

7

Der hübsche Porzellanlöffel, mit dem Paul Stein seine »Wan-Tan«-Suppe löffelt, zittert — richtiger, die Hand, die den Löffel hält, hat so sehr den Tatterich, daß er große Mühe hat, den Löffel, ohne zu kleckern, an den Mund zu bringen.

Ich werde üben müssen, denkt er, nicht gleich zittrige Hände oder eine blasse Nase zu kriegen, wenn das Wort

Krebs fällt.

Ich muß es erreichen, mich nicht mehr betroffen zu fühlen, wenn ich die Frist überhaupt einigermaßen durchstehen will.

Es gibt eigentlich nur eins, glaub' ich, das mir dabei helfen kann: Arbeit.

Also brauche ich gar nicht länger zu überlegen, was ich mit dem Rest meines bißchen Lebens anfangen soll.

Ich muß arbeiten, daß die Schwarte knackt.

Weder Faulenzen, nicht dolce far niente, nicht den lieben Gott einen guten Mann sein lassen noch gar irgendwelche Räusche, denkt er. Nicht der Rausch der Liebe in den bezahlten Armen einer Anmutigen in Bangkok oder sonstwo, nicht der Reiserausch, kein Sekt-, Wein-, Drogenrausch ... nichts von alledem. Nichts, gar nichts kann mich so langanhaltend, so nachdrücklich von den Gedanken an Krankheit und Tod abhalten wie die Arbeit.

Ora et labora.

Paul Stein, Suppe löffelnd, kann sich nicht erklären, wieso auf einmal so ein alter Spruch aus dem Lateinunterricht in seine Gedanken gerät.

Bete und arbeite.

Im Internat, in dem er die ersten vier Jahre seiner Gymnasiastenzeit zugebracht hat, war es althergebrachter Brauch, jeweils nach dem letzten gemeinsamen Mittagessen vor kleinen oder großen Ferien einen Choral, genauer, einen ganz bestimmten Vers eines ganz bestimmten Chorals zu singen.

Die achtzig Jungen zwischen zehn und zwanzig standen dabei um ihre abgeräumten, wachstuchbezogenen Tische im großen Speisesaal und schmetterten angesichts der direkt bevorstehenden Freiheit aus vollem Halse.

Die Kleinen sangen krähend, mit überschnappenden Stimmbruchstimmen quakten die Quartaner und Tertianer, und mit betont männlichen Bässen dröhnten die Großen: »Unsern Ausgang segne Gott, unsern Eingang gleichermaaaßen . . .«

Der Mittelteil des Textes ist Paul Stein entfallen. Da war irgend etwas mit »täglich Brot« oder so — er weiß es nicht mehr. Nur der Schluß ist irritierenderweise plötzlich wieder vollständig da, taucht, wie gestern gesungen, aus der Tiefe verloren geglaubter Erinnerungen auf . . . Und Stein hört richtig die sehr vergnügten Jungenstimmen: ». . . segne uns mit sel'gem Sterben . . .«, wobei an dieser Stelle, die so schön in den Keller rutscht, die Primanerbässe besonders zur Geltung kamen.

»Steherbehen . . . Und mach uns zu Himmelserben.«

Er hat das damals gesungen, weil es so schön zu singen war, hat es laut und gern gesungen, weil das fromme Lied die Tür zu den Ferien darstellte, hat sich nicht für fünf Pfennig Gedanken gemacht, was es denn wohl auf sich habe mit den Worten, die sie krähten, quakten, dröhnen ließen — und hat es später völlig vergessen.

Und nun ist es auf einmal wieder da und hat ein anderes Gewicht und weckt Zweifel.

Ora et labora!

Er ist absolut unsicher, worum er beten sollte.

Was ist sel'ges Sterben? überlegt er. Schnelles Sterben vielleicht? Unbewußtes Hindämmern? Einfaches Einschlafen? Soll ich darum beten? Und zu wem soll ich, bitte, beten?

Das ist doch die gleiche Instanz, die mir, ausgerechnet mir — warum gerade mir? —, die Lungen mit dieser verfluchten Krankheit bestückt hat . . . oder?

Da ich also nicht weiß, worum und zu wem ich beten soll, werde ich arbeiten.

Das scheint mir sinnvoller . . .

»Was 'n los?« fragt Gregor Ruschel und schiebt seine leere Krebssuppentasse beiseite und nimmt einen Schluck Bier und wischt sich die Schaumspur aus dem Schnauzbart. »Sie machen ein Gesicht wie 'n Dackel im Regen!«

Stein läßt den Rest seiner Suppe stehen. Jetzt, da Gregor

ihn ansieht, kann er unmöglich weiterlöffeln mit seiner Zitterhand.

»Ich hab' nur überlegt«, sagt er, »wie ich Ihnen meine Idee am besten verkaufen kann.«

»Ist das so was Trauriges, daß Sie dabei so 'n Dackelregenwettergesicht machen müssen?«

»Nein«, sagt Stein, »traurig nicht ... Oder doch, auch traurig. Vor allem aber böse. Böse und gefährlich. Traurig macht mich allerdings, daß so etwas Böses und Gefährliches möglich ist, heutzutage möglich ist. Im letzten Drittel des zwanzigsten Jahrhunderts und noch dazu hier bei uns möglich ist ...«

Der Chinese bringt die Frühlingsrolle, eine Warmhalteplatte und das Essen.

»Warten Sie lieber noch ein bißchen, Stein«, sagt Gregor Ruschel, während er sich den Teller vollpackt. »Das klingt so, als ob wir besser nach dem Essen darüber reden sollten.«

Auch gut.

Sie plaudern sich also durch Chop Suey und zweimal gebratenes Fleisch. Bißchen Branchenklatsch ... »Das neue politische Magazin wird nächsten Monat dichtgemacht ... Klar, daß die das nicht schaffen würden ... Der Dings soll übrigens Chefredakteur bei ›Elvira‹ werden ... Ausgerechnet der bei einem Frauenblatt, wo er doch Frauen nicht ausstehen kann ... Und mit ihnen anfangen kann er auch nichts ... Vielleicht ist das gerade gut ... Und haben Sie schon gehört, daß die sensationellen Bilder, die vorige Woche im *Ausblick* waren, die aus Rotchina, daß die alle gestellt waren? — Nee, ist ja doll! Wo haben die denn die vielen Chinesen hergehabt? — Na, vielleicht war unser Kellner auch dabei ... !«

Schließlich ist es soweit.

Ruschel lutscht als Dessert noch ein paar dieser komischen supersüßen, birnenähnlichen Dinger, deren Namen Stein nicht behalten kann.

Er hat sich schon eine Nachtisch-Zigarette angezündet.

»Nun schießen Sie mal los!« sagt Ruschel.

Stein kramt seinen Schmierzettel aus der Jackentasche und erzählt in Stichworten von Schlier, von Schliers National-Koservativer Volkspartei, von ihrem neuesten Programm und von dem, was die Demoskopen sagen.

»Ich möchte eine Serie über den Verein machen«, sagt er. »Vor allem über den Mann, unter dessen Fahne, in dessen Namen, hinter dessen Heiligenschein die hermarschieren ... unter Umständen sogar auf die Regierungsbank!«

Gregor Ruschel zündet sich seine Pfeife an.

Hab' ich schon gewonnen, denkt Stein. Oder zündet er sich nach dem Essen immer eine Pfeife an?

Ruschel schweigt, treibt sein Unter-Oberlippen-Spiel, kaut auf seinem Schnauzbart und kneift die ohnehin schmalen Augen zu Schlitzen zusammen.

»Soll das ein sachlicher Bericht werden oder eine Kampfansage?« fragt er.

»Jeder sachliche Bericht ist da eine Kampfansage«, erwidert Stein. »Da braucht's keine Polemik und keine Manipulationen — vielleicht hier und da ein paar Parallelen, mal ein Kasten im Text mit einem hübschen Auszug aus einer Goebbels- oder Hitlerrede, als Beweis für die verteufelte Ähnlichkeit, bis hin zur Benutzung der gleichen Vokabeln. Und ein paar Stimmungsbilder aus Versammlungen, ein paar Interviews ... Vor allem ein großes mit Hermann Schlier selbst ...«

»Hm«, macht Gregor Ruschel tief in der Kehle. »Aber gleich als Serie?«

»Mindestens drei bis vier Folgen würde ich brauchen.«

»Und in welcher Zeit soll das kommen?«

»In vier Monaten«, sagt Stein, bereits ziemlich sicher, daß Ruschel zustimmt.

»Warum erst in vier Monaten?«

»In fünf Monaten ist Wahl«, sagt Stein. »Außerdem brauche ich acht bis zehn Wochen zum Recherchieren. Ich möchte eine Zeit mit Schlier und seiner Leibgarde herumziehen, mehrere seiner Versammlungen miterleben, sein trautes Heim kennenlernen, die alten Kriegskameraden, Schulfreunde, Gartennachbarn von ihm sprechen, seine früheren Vorgesetzten befragen, rauszukriegen versuchen, ob er säuft, Weibergeschichten hat, wie er mit Gastarbeitern redet, ob er junge Hunde streichelt . . . Alles.«

»Und dann wollen Sie ihn in die Pfanne hauen?«

»Nein!« widerspricht Stein. »Ich will ihn so schildern, wie er ist, wie er hinter seiner national-konservativen Volksfassade ist. Und wenn das gelingt — vielleicht verhindert die Serie seinen Wahlsieg.«

»Optimist!« sagt Ruschel und stößt dicke Rauchwolken aus.

Aber Stein sieht ihn durch den Rauch lächeln. »Kann schon sein«, fährt er fort. »Aber sollen wir denn resignieren? Der Mann ist böse und gefährlich. Er muß bekämpft werden. Oder glauben Sie im Ernst, Gregor, daß wir, daß Sie noch mehr als zwei Ausgaben drucken und verkaufen dürfen, wenn der an der Macht ist? Die machen Ihnen — und mir . . . unsereinem doch sofort den Garaus. Nichts mehr von Angriffen auf die Regierungspolitik, und sei sie noch so angreifbar. Nichts mehr von Spaß und schon gar nichts mehr von Nonnen mit nackigen Köpfen . . .«

Ruschel lacht.

»Ich glaube, wir sollten das machen, so wie Sie es vorhaben!« sagt er nach einer kleinen Pause. »Kleiber hat schon mal an dem Thema gearbeitet. Der kleine Kleiber — Sie kennen ihn? Aber er hat's dann nicht richtig in den Griff gekriegt. Ich muß das natürlich noch mit King Joe besprechen, weil es eine Sache ist, die ich nicht allein entscheiden will.«

»Ist klar«, sagt Stein. »Aber wir haben nicht mehr viel Zeit . . .«

Noch zweihundert Tage, denkt er — wenn es gutgeht, noch zweihundertfünfzig, hat Harald gesagt.

Wann hat er das gesagt? Heute morgen. Viereinhalb

Stunden sind schon vorbei.

Der kleine Chinese kommt in die Nische. Er lächelt Stein an.

»Sind Sie Hell Stein, bitte?« fragt er.

»Ja«, sagt Stein.

»Telefon fül Sie, bitte!« sagt der Chinese.

Stein steht erstaunt auf. Wer kann ihn hier anrufen?

Das Telefon steht auf einem Wandbord neben dem Tresen. Der Hörer liegt auf einem Stapel Speisekarten.

»Hier Stein«, sagt er in die Muschel.

»Endlich«, sagt eine Frauenstimme, »hier Betty. Ich suche Sie schon seit einer Viertelstunde. Sie müssen unbedingt sofort zu Hause anrufen!«

»Was ist denn los?« fragt er.

»Weiß nicht«, sagt sie. »Aber Ihre Frau hat's ziemlich dringend gemacht.«

»Danke, Betty«, sagt er.

Er fragt den Dicken hinter den Bierhähnen, ob er telefonieren dürfe.

»Ein Stadt- odel Felngespläch?« fragt er.

»Stadtgespräch«, sagt Stein.

»Bitte«, sagt der Dicke.

Stein wählt. Ille ist nach dem ersten Rufzeichen am Apparat.

»Wo brennt's denn?« fragt er.

»Gott sei Dank«, sagt sie hörbar erleichtert. »Wo bist du? Ich such' dich schon . . .«

»Ich weiß, seit einer Viertelstunde. Was ist denn los, sag schon!«

»Du mußt ganz schnell nach Hause kommen, Palle. Wo bist du jetzt?«

»Mit Gregor Ruschel zum Essen beim Chinesen. Aber was gibt's denn? Nun sag doch schon! Ist was mit Babette . . . ?«

»Die Kriminalpolizei ist hier«, sagt sie, und er hört ihr an, daß sie sich sehr zusammennehmen muß, um nicht gleich loszuheulen.

»Die Kripo? Und was wollen die? Hat Leo was ausgefressen?«

»Sie haben einen Haussuchungsbefehl. Der Junge ist angezeigt worden. Er soll irgendwelche Flugblätter verteilt haben — ich weiß nicht, was für welche. Komm schnell her, bitte!«

»Suchen sie schon?«

»Nein«, sagt sie. »Ich hab' sein Zimmer abgeschlossen und den Schlüssel in der Tasche. Ich habe gesagt, sie müßten warten, bis du da bist! Sie sitzen drei Mann hoch im Wohnzimmer seit zwanzig Minuten!«

»Gut«, sagt er. »Ich bin in spätestens fünfundzwanzig Minuten zu Hause. Bis gleich!«

Er läuft zurück zur Nische. Sein Herz schlägt bis zum Hals.

»Bei mir zu Hause ist die Kripo«, sagt er zu Gregor Ruschel, ohne sich erst zu setzen. »Sie wollen das Zimmer meines Jungen durchsuchen . . .«

»Hasch?« fragt Ruschel.

»Schlimmer! Irgendwelche Flugblätter! Meine Frau hat den Schlüssel abgezogen und gesagt, sie müßten warten, bis ich da wäre!«

»Alle Achtung! Kluge Frau!« sagt Ruschel. »Sausen Sie ab!«

»Ich muß noch bezahlen«, sagt Stein.

»Seien Sie nicht albern, Stein«, sagt Ruschel. »Wir verkaufen nächste Woche zweiundzwanzig Exemplare mehr; damit ist unser Essen bezahlt.«

»Danke!« sagt Stein. »Soll ich Sie anrufen?«

»Ja, bitte, gegen sechs. Bis dahin habe ich mit King Joe geredet. Toi, toi, toi!«

Stein rennt los.

Beim Rausrangieren des Autos — nervös und hastig — schrammt er mit dem linken hinteren Kotflügel gegen den Mast einer Straßenlampe. Dem Mast ist nichts anzusehen, außer einer fingerbreiten Lackspur, aber der Kotflügel hat eine Delle.

»Ruhig, Paul!« sagt er zu sich selber und ärgert sich — nicht wegen der Kotflügeldelle, sondern über die Tatsache, daß ihn die Kripo im Haus gleich so hippelig macht.

Ganz eigenartig, wie einem das in den Knochen steckt: das Wort »Polizei« — und schon hat die Selbstsicherheit einen Wackelkontakt.

Das macht die jahrhundertealte Erziehung zum Gehorsam, die tief eingewurzelte Angst, in die Machtmühle zu geraten, vielleicht Wochen oder Monate in Untersuchungshaft zu sitzen, irgendeines Verdachts wegen. Denn es wird ja gern und fix eingesperrt hierzulande. Wo schon einer, der falsch parkt, sich in sechs von zehn Fällen wie ein Verbrecher behandeln lassen muß. Und wehe, wenn er gegen diese Behandlung aufmüpft!

Die sitzen immer am längeren Hebel. Und wenn dich der Civilcourageteufel reitet und du wehrst dich, bist immer du es, der gegen Recht und Ordnung verstößt.

»Jedermann sei untertan der Obrigkeit, so sie Gewalt über ihn hat!«

Das ist aus der Bibel. Paulus an die Römer, wenn mich nicht alles täuscht. Vor zweitausend Jahren.

So alt ist das schon.

Und wir schleppen es immer noch mit uns rum: »Denn es ist keine Obrigkeit ohne von Gott. Wer sich aber nun der Obrigkeit widersetzt, der widerstrebt Gottes Ordnung . . .« Und so fort.

Stein widerstrebt im Augenblick also durchaus Gottes Ordnung, indem er die Strecke vom Stadtinnern nach Hause, für die ein guter Untertan, ein normaler, braver, frommer Untertan dreißig Minuten braucht, in achtzehn Minuten fährt. Denn er ist zur Zeit nicht normal, nicht brav und fromm, sondern aufgeregt und hofft, daß ihn die von Gott für die Straßenverkehrsordnung eingesetzte Obrigkeit nicht erwischt.

Kurz vor seinem Stadtteil überholt er ganz und gar ordnungswidrig eine kleine Wagenkolonne.

Der Vorderste blinkt ihn an. Recht hat er. Stein sieht im Rückspiegel, daß es Leo ist mit seinem buntbemalten Klapperauto.

Rechts ran. Er hält hinter ihm. Die drei, vier anderen müssen ausbiegen und machen böse Gesichter.

Leo steigt aus und kommt zu ihm. Er hat ein Mädchen im Wagen. Die hübsche Blonde, mit der er neuerdings öfter herumzieht. Renate, glaubt Stein. Wenn sie ihr Gesicht nur nicht mit so einer Riesenbrille . . .

»Du fährst wie 'ne gesengte Sau, Väterchen!« sagt Leo.

»Deinetwegen!« sagt Paul Stein.

»Meinetwegen? Warum?«

»Zu Hause sitzen drei Kripobeamte mit einem Haussuchungsbefehl und wollen dein Zimmer filzen! Deine tüchtige Frau Mama hat ihnen die Tür vor der Nase zugeschlagen — deine Zimmertür — und mich zum Glück in der Stadt erreicht. Ich hoffe, die warten, bis ich da bin. Komm nur gleich mit! Oder hast du Bomben unterm Bett?«

»Ich werd' verrückt!« sagt Leo verwirrt. »Was suchen sie denn?«

»Flugblätter — oder verbotene Drucksachen. Irgendwer hat dich angezeigt!«

»Im Ernst?« fragt er.

»Fändest du so was als Story spaßig? Los, komm! — Oder . . . ?«

»Nee, da ist nix. Ich weiß gar nicht, was soll der Scheiß?«

»Werden wir gleich sehen.«

»Und Renate?«

»Menschenskind, hast du Sorgen! Nimm sie mit oder setz sie an der Bushaltestelle raus — aber komm! Ist ja doch gut, wenn du dabei bist, oder?«

»Okay«, sagt Leo. »Aber welches Schwein . . . ?«

Stein gibt Gas, fädelt sich wieder ein und prescht ab. Vier Minuten darauf hält er an seinem Haus. Auf dem Parkplatz steht ein mittelgroßer Ford mit einer normalen Nummer. Hinter dem Steuer sitzt ein Mann, der Zeitung liest. Er blickt kurz auf, als Stein aussteigt und ihm zunickt.

Der Mann schaut Stein an, wie etwa ein niedersächsischer Bauer in Hagenbecks Tierpark eine Vogelspinne anschaut — leicht angewidert, etwas ungläubig, sehr befremdet.

Man sieht förmlich, was er denkt: Der Vater des Verbrechers. Kann ja auch nicht viel mit los sein ...

Stein geht ins Haus.

Ille sitzt im Wohnzimmer an ihrem Nähtisch und stopft. Stein begrüßt sie zuerst lächelnd und sehr zärtlich, mit Küßchen und Streicheln — viel zärtlicher als sonst. Sie sind über zwanzig Jahre verheiratet.

Ille kapiert die kleine Demonstration sofort und legt ihm die Arme um den Hals und schmiegt sich an ihn. Sie ziehen ohne jede Verabredung diese kleine Schau vor den drei Männern ab, die aus den Sesseln am Kamin aufstehen und unsicher sind, ob sie dienstlich blicken müssen oder verlegen sein dürfen.

»Guten Tag, meine Herren!« sagt Stein endlich, reicht ihnen reihum die Hand und nennt seinen Namen, obschon das überflüssig ist; denn es wird ja wohl nicht der Milchmann sein, der in ihrer Gegenwart Frau Stein umarmt und küßt.

Der erste, ein junger, lang aufgeschossener Mann mit dünnem Haar und dicker Brille, murmelt, indem er eine äußerst knappe Begrüßungsverbeugung gerade nur so andeutet, seinen Namen so undeutlich, daß Stein sofort nachfragt: »Verzeihung, ich habe Sie nicht verstanden. Wie bitte heißen Sie?«

»Von Hinten«, sagt der Lange gequält.

Ja, dann!

Der zweite spricht laut und betont deutlich. Er heißt Burg und sieht eher wie ein Verkäufer aus der Herrenoberbekleidungsbranche aus, sehr adrett, etwas ölig.

Der dritte heißt Elias und ist im Gegensatz zu seinem Namen so blond und rosafarben, daß er nach gar nichts aussieht, nicht mal nach einem Marzipanschweinchen; die haben wenigstens noch eine Münze oder ein Kleeblatt im Maul.

»Mein Sohn wird jeden Moment ebenfalls da sein«, sagt Stein. »Ich habe ihn überholt unterwegs. Was liegt denn an?«

»Das haben wir Ihrer Gattin schon gesagt«, knurrt der Herrenoberbekleidungsverkäufer.

Er scheint der Sprecher des Kommandos zu sein.

»Haben Sie meine Frau auch auf ihr Aussageverweigerungsrecht aufmerksam gemacht, als Sie kamen?« fragt Stein und trifft damit voll ins Schwarze.

»Nein«, sagt der Lange mit dem neurosenerzeugenden Adelsnamen unsicher und blickt die Kollegen an. »Das ... das ist ...«

»Dazu bestand kein Anlaß!« knurrt der zweite ärgerlich.

»Das verstehe ich nicht«, kontert Stein. »Sie haben meine Frau doch gewiß gefragt, ob mein Sohn zu Hause sei ...«

Stein wendet sich an Ille: »Haben die Herren dich gefragt, Liebling?«

»Ja, gleich zuerst!« sagt Ille.

»Und du hast ihnen Auskunft gegeben?«

»Ja.« Sie hat Angst, daß er es zu weit treibt. »Ja ja ... Ich dachte ...«

»Das ist nicht uninteressant«, sagt Stein laut, aber wie zu sich selbst. Dann wendet er sich direkt an die drei Beamten: »Wir sollten für alle Fälle festhalten, daß Sie es versäumt haben, meine Frau über ihre Rechte zu belehren, meine Herren.«

Er weidet sich an ihrer Verblüffung. Sie haben ja keine Ahnung, daß er das alles nur zufällig weiß.

Der Blonde, der außer seinem Namen bisher noch nichts gesagt hat, explodiert. »Nun reicht's aber!« poltert er los. »Wir hocken uns hierher und warten, bis Sie schließlich kommen, obwohl wir das gar nicht nötig hätten, und dann fangen Sie an mit Paragraphenreiterei . . .«

»Ich kann nur hoffen, Herr . . . äh, Elias«, sagt Stein und ist unglaublich arrogant, »daß Sie diese Einstellung zur StPO auch vor Gericht vertreten.«

»Vor Gericht? Was wollen Sie damit . . . ?«

»Im Falle einer Dienstaufsichtsbeschwerde, meine ich«, sagt Stein freundlich, »könnte es doch zu einer mündlichen Verhandlung kommen, oder?«

»Palle, laß doch«, mischt sich Ille ein. »Die Herren tun doch nur ihre Pflicht, glaub' ich.«

»Da hast du auch wieder recht, Liebling«, stimmt Stein ihr zu, tritt zu ihr, legt seinen Arm um ihre Schultern und tätschelt sie sanft.

Das macht die Kriminalbeamten noch nervöser als sein ganzes Pseudojuristengehabe.

Wahrscheinlich haben sie normalerweise in solchen Situationen verzweifelte, überängstliche, verstörte, sich gegenseitig mehr oder weniger spürbare Vorwürfe machende Ehepaare vor sich: »Sieh nur, ich habe es immer gesagt, der Junge muß straffer . . .« Oder: »Warum hast du ihm nicht diesen Umgang verboten? — Das mußte ihn ja dahin bringen, daß wir nun die Polizei . . .« Oder: »Wenn das die Leute erfahren! Ich kann mich ja nirgends mehr blicken lassen im Ort!«

Aber Ille und Paul Stein haben beide nicht die Absicht, den Polizisten diesen Gefallen zu tun.

»Wo hast du Leo erreicht?« fragt Ille ihn.

Bevor Stein antworten kann, geht draußen die Flurtür. Schnelle Schritte.

Er kommt.

»Da bist du!« sagt Stein.

»Gott sei Dank«, seufzt Ille, läßt ihren Mann los und stellt sich neben, nein, halb vor ihren Sohn.

»Die Herren von der Kriminalpolizei haben einen Haussuchungsbefehl für dein Zimmer«, sagt Stein. »Dir wird vorgeworfen . . . Ja, was wird meinem Sohn eigentlich vorgeworfen, meine Herren?«

»Herstellung und Verteilung von Agitationsmaterial einer radikalen politischen Gruppe!« erklärt der Lange mit der Brille.

»Links- oder rechtsradikal?« will Stein wissen.

»Natürlich links . . .«, sagt der Verkäufertyp.

»Wieso natürlich?« hakt Stein ein. »Gibt's nicht auch Rechtsradikale?«

»Das hab' ich nicht zu entscheiden«, sagt der Kriminalbeamte.

»Ja, wenn das so ist«, denkt Stein laut. »Gib den Herren den Schlüssel von Leos Zimmer, Ille!«

Der Ölige greift nach dem Schlüssel, den ihm Ille hinhält. Aber dann fällt ihm plötzlich etwas ein. Er erschrickt richtig.

Er wendet sich an Leo: »Ich muß Sie darauf aufmerksam machen, daß Sie nichts auszusagen brauchen!«

»Lassen Sie doch die Paragraphenreiterei, Herr Burg!« wirft Stein ein.

Die drei gucken ihn an, als ob sie sich an seinem Kopf und Körper schon die Stellen aussuchten, wohin sie ihn treten oder schlagen würden, wenn sie dürften.

»Wo ist eigentlich Babette?« fragt Stein seine Frau.

»Bei Sengebuschs.«

»Hoffentlich spielen sie da nicht mit Bomben«, sagt er laut. »Wo doch immer so viele rumliegen . . .«

»Hör doch auf«, beschwört ihn Ille flüsternd.

Sie hat recht.

Sie steigen in den ersten Stock, an den Schlafzimmern und Steins Arbeitszimmer vorbei, die Achtstufenholztreppe hinauf zu Leos Bude im ausgebauten Dachgeschoß.

Stein geht vorweg, ihm folgt auf den Fersen der Rosafarbene, hinter dem kommt der Konfektionsverkäufer, danach reihen sich Ille und Leo ein, und die Nachhut bildet der lange, dünne Kriminalbeamte.

Als Stein sich einmal umdreht, sieht er, daß der Junge, der einen guten Kopf größer als Ille ist, mit seiner Mutter Hand in Hand geht.

Das ist so rührend, daß es Stein reißt. Wer beschützt hier wen? Wer sucht bei wem Schutz?

Es ist nachmittags drei Uhr. Eigentlich müßte Paul Stein jetzt eine halbe Stunde schlafen, wenigstens eine halbe Stunde, um abends nicht um Viertel nach neun vor dem Fernseher einzupennen.

Aber heute ist er nicht müde.

Wieso ist er eigentlich nicht müde? Wegen seiner Müdigkeit in den vergangenen Wochen ist er doch zu Dr. Sachse gegangen. Und der hat von zunehmender Müdigkeit gesprochen in den nächsten Wochen, bis ...

Es kann ja wirklich sein, daß er sich getäuscht hat.

Der Rosafarbene hinter Paul Stein atmet durch den Mund und schnauft ein bißchen, als sie die insgesamt fünfzehn Stufen erklommen haben.

Das ist befremdlich bei einem so jungen Mann, höchstens Mitte dreißig; noch dazu sollten Kriminalbeamte doch sportlich und gut durchtrainiert sein.

Er ist allerdings vorhin schon mal mit Ille hier heraufgekraxelt, als sie abgeschlossen, den Schlüssel eingesteckt und erklärt hat, die Durchsuchung könne sie nicht gestatten, ehe ihr Mann nicht zu Hause sei.

Es ist natürlich auch möglich, daß es Ärger ist, was ihn so zum Schnaufen bringt. Denn nur wenige können in dieser Branche Beruf und Person trennen. Wer gegen das Gesetz verstößt, das sie irrtümlicherweise zu verkörpern meinen, greift sie persönlich an, das ist unerschütterlicher Polizistenglaube. Wer sich ihnen gegenüber unehrerbietig beträgt, sie in Frage stellt, ihre Worte und Taten anzweifelt, kritisiert oder gar ins Lächerliche zu ziehen versucht, der ist a priori ein Staatsfeind, ein Umstürzler, ein Mensch minderen Wertes, ein Verbrecher, einer von denen, denen man es zeigen muß, einer von denen, die das Recht verwirkt haben, als gleichberechtigter Bürger, als Mensch behandelt zu werden ...

»Da sind wir«, sagt Stein und weist auf Leos Zimmertür.

Der eine Herr schließt auf, alle drängen sich hinein.

Jagdlust glitzert in ihren Augen.

»Erleichtern Sie uns die Arbeit«, sagt der Ölige zu Leo. »Sagen Sie, wo Sie das Agitationsmaterial haben, dann brauchen wir nicht lange zu suchen und bringen nichts durcheinander!«

Leo steht neben seinem Vater im Türrahmen. Er hat den Arm um die Schultern seiner Mutter gelegt, die stumm zwischen beiden lehnt.

Stein faßt nach ihrer Hand.

Sie bilden eine harmonische Gruppe. Richtig schön.

»Da — im zweiten Regalfach!« sagt Leo.

Stein erschrickt. Hat der Junge doch ... ?

Der Rosafarbene sieht sich die Bücherreihe an. Er hebt die Hegel-Werkausgabe heraus, legt die dicken Karl-Marx-Bände herunter, blättert kurz in einzelnen Büchern, jetzt in den Briefen der Rosa Luxemburg, jetzt in einem Band Bakunin.

Er streckt den Hals, um hinter die stehengebliebenen zehn, zwölf Bücher und Broschüren zu sehen, langt mit dem linken Arm dahinter, zieht ihn angestaubt wieder hervor.

Seine Hand ist leer.

Er weiß nicht, woran er die staubigen Finger abwischen soll.

»Wo?« fragt er.

»Sie haben einen großen Teil schon in der Hand gehabt«, sagt Leo.

Er grinst nicht. Er lächelt nicht mal. Er ist ganz ernst und wirkt sehr ruhig. Nur seine Backenknochen bewegen sich leise, als ob er an irgend etwas zu kauen hätte.

»Das ist ... Das sind Bücher ...«, sagt der Rosafarbene.

»Sind das verbotene?« fragt der Ölige.

»In der Bundesrepublik gibt es, soviel ich weiß, keine verbotenen Bücher«, antwortet Leo. »Oder ich müßte das Grundgesetz bisher falsch verstanden haben ... Aber das wissen Sie doch selber am besten?«

»Bleiben Sie bei der Sache!« sagt der Rosafarbene im mittleren Schnauzton. »Sie wissen ganz genau, was wir suchen!«

»Ja«, bestätigt Leo. »Agitationsmaterial.«

»Na also! Wo haben Sie die Sachen?« fragt der Ölige.

»Ich besitze nichts, außer den Bänden, die ich Ihnen gezeigt habe!« sagt Leo.

»Marx, Hegel, Lu-xem-burg ...«, buchstabiert der Ölige. »Aber das ist kein Agitationsmaterial ...«

»Sagen Sie das nicht.« Jetzt lächelt Leo. »Das kommt auf den Blickwinkel an.«

»In der Anzeige ist von Flugblättern mit anarchistischen Texten die Rede«, mischt sich nun der Lange mit der Brille ein, der sich bisher zurückgehalten hat. »Da soll aufgerufen werden zu Brandstiftung, Sachbeschädigung, Diebstahl und zu Raub. Sogar von Mord soll in einem der Texte die Rede sein!«

»Ach so. So ein Flugblatt hab' ich auch«, sagt Leo, macht ein nachdenkliches Gesicht, löst sich von seiner Mutter, die Stein ängstlich anschaut, und geht an seinen wackeligen, nicht sehr ordentlichen Schreibtisch.

Er nimmt einen Schnellhefter aus der linken Lade, klappt ihn auf, sucht darin und reicht dem Brillenträger ein vergilbtes Blatt Papier.

Der nimmt es und liest.

Die beiden anderen sehen ihren Kollegen erwartungsvoll an.

Der Brillenmann gibt den Zettel mit verkniffenen Lippen an Leo zurück.

»Was ist es?« fragt der Rosafarbene.

»Ein Tagesbefehl Hitlers an die deutschen Truppen vom 22. Juni '41 — Einmarsch in Rußland«, erklärt der Beamte seinen Kollegen.

»Wenn Sie uns auf die Schippe nehmen wollen, Herr Stein, dann müssen wir wohl andere Seiten aufziehen!« zischt der Ölige.

»Ich weiß nicht, warum Sie sich auf den Arm genommen fühlen?« schaltet sich nun der Vater ein, um nicht ganz in Vergessenheit zu geraten. »Sie haben meinen Sohn nach Agitationsmaterial gefragt, speziell nach Flugblättern, in denen zu Raub und Mord aufgerufen wird ... Nun gut, er gibt Ihnen Hitlers Tagesbefehl ... Wo liegt da die Veralberung?«

Der Rosafarbene schweigt. Er ist ein bißchen dunkelrosafarbener geworden.

»Machen wir uns an die Arbeit!« sagt er zu seinen beiden Kameraden.

Leo steht jetzt wieder im Türrahmen, den Arm abermals um die Schultern seiner Mutter gelegt. Die Familienfront ist geschlossen.

Die Herren ziehen unsanft Schubladen heraus, packen Unterwäsche in Stapeln auf den Couchtisch, wühlen im Kleiderschrank zwischen den Sachen herum — Hosen, Jacken, Mänteln —, zerren Kartons vom Schrank, in denen der Junge alten Krams aufbewahrt, Hefte, unbrauchbare Filzstifte, Sammelbilder, Briefmarken, komisch geformte Steine, Angelzeug ... Was Jungen eben so aufheben.

Sie kippen die Kartons aus und tasten nach doppelten Böden. Sie reißen die Bücher aus dem Regal. Sie greifen in die Bettkiste, kneten Kopfkissen und Daunendecke durch. Sie heben den Teppich an und fassen unter die Polster der Bettcouch und unter den Sitz des alten Sessels. Sie nehmen die Bilder und Poster von der Wand, sie durchstöbern systematisch das Schränkchen mit den Schallplatten, ziehen jede Platte aus der Hülle, reißen, zerren, wühlen ...

Die drei stehen still an der Tür und sehen zu, wie sich das Zimmer langsam in ein Chaos verwandelt.

Die Herren arbeiten schweigend.
Man sieht, sie haben Übung.

Paul Stein steht ganz plötzlich ein Bild vor Augen, das er für Jahre vergessen hatte.

Das war — Augenblick mal ... Das war im Herbst 1938. Ja, der frühe Morgen des 10. November ...

8

Er war wach geworden durch ungewohnte Geräusche.

Rufen, Schreien, Grölen und vielstimmiges Gelächter und Durcheinander auf der Straße — einer sonst sehr stillen Vorstadtstraße, die, wie alle Straßen des Viertels, nach einem deutschen Philosophen heißt: Fichteweg, Kantstraße, Leibnizweg, Schopenhauerweg, Nietzscheweg ...

Den Marxweg hatten die Herren des Dritten Reiches sofort in »Philosophenweg« umgetauft; denn Marx, das ging ja beim besten Willen nicht. Am Ende wäre vielleicht gar jemand auf den Gedanken gekommen, Karl Marx' Philosophie lesen zu wollen, wenn er schon in einer Straße seines Namens wohnte.

Immerhin: »Philosophenweg«, das zeugte noch von einem gewissen Fingerspitzengefühl. Die Heinrich-Heine-Straße in der Innenstadt hatten sie in »Straße der SA« umbenannt.

Da konnten die Leute hier draußen noch von Glück reden.

Der Lärm, der Paul Stein geweckt hatte, füllte den schmalen Schopenhauerweg vor seinem Fenster und brandete an den versetzt gebauten, bunt verputzten Fassaden der zweistöckigen Häuser hoch.

Verstört und schlaftrunken stolperte Stein aus seinem Bett.

Vom offenen Fenster her drang kalte Dämmerung herein.

Er schob die Hand zwischen die Lamellen der Jalousie und spreizte die Finger. Durch den Spalt sah er als erstes die ungekämmte Frau, die im grauen, frühen Licht an der gegenüberliegenden Hauswand lehnte und ein Kind an sich preßte.

Das Kind war nur halb angezogen. Ein Strümpfchen ringelte sich um sein nacktes Beinchen. Das Hemd zipfelte aus der kleinen Strickhose.

Das Kind hatte die Arme um den Hals der Frau geschlungen und schluchzte, den Kopf auf die Schulter der Ungekämmten gelegt.

Stein konnte das Schluchzen nicht hören, aber er sah, wie der kleine Rücken zuckte.

Im Abstand von drei bis vier Metern stand im Halbkreis eine Gruppe Männer um die Frau.

Sie schrien und johlten und lachten.

Es war nicht zu verstehen, was da vor sich ging.

Stein dachte zuerst, da sei vielleicht eine Nervenkranke aus der Anstalt ausgebrochen, habe sich eines Kindes bemächtigt und werde nun von Leuten festgehalten, bis die Polizei käme ... Oder irgend so was.

Die Frau hatte einen völlig verstörten Blick. Stein erkannte nicht gleich, daß sie irr vor Angst war ... Er erkannte das nicht, bis er plötzlich nach ein, zwei Minuten langem entsetztem Hinstarren den Schrei des einen Mannes vernahm.

Er war untersetzt und etwa Mitte zwanzig. Er trug eine längsgestreifte, blauweiße Schlachterjacke und dunkle Drillichhosen, über denen eine weiße, an der Seite blutverschmierte Schürze bis auf die kniehohen Gummistiefel hing.

Er stand der Frau am nächsten, hatte seine dicken, roten

Hände in die Seiten gestemmt und schrie jetzt, halb nach hinten gewandt, wo sich die anderen klumpten: »Schlagen wir sie tot, die Judensau, wenn sie nicht laufen will, Kam'raden!«

Im gleichen Augenblick entdeckte Paul Stein an dem dunklen Mantel der Frau den gelben Stern. Er war halb von dem nackten Bein des Kindes verdeckt.

»Der machen wir schon Beine!«

»Schwing die Keulen, Sarah!«

»Hopphopp, lauf, Sarah!«

»Ist doch kein Sabbat heute, Judensau!«

Sie schrien und lachten und einer spuckte — aber keiner faßte die Frau an.

Sie hatten die Hände in den Hosentaschen ihrer Arbeitshosen oder ihrer SA-Uniformhosen. Zwei trugen derbe Knotenstöcke, Wanderstöcke, an die man Stocknägel nageln kann:

»Gruß aus Hahnenklee« in Weißblech unter einem gehörnten Hirschkopf.

Paul Stein weiß noch genau, wie er, bewegungslos vor Entsetzen, durch den Spalt der Jalousie die Szene betrachtete. Er spürt noch heute, fünfunddreißig Jahre danach, die Angst, die Hilflosigkeit, den brennenden Drang, irgend etwas zu tun, zugleich die Scham, nichts zu tun, und die ohnmächtige Wut, nichts tun zu können. Immer wieder die Angst und die Scham, die ihn hin und her rissen, ihn, den Sechzehnjährigen hinter der Jalousie, allein und starr vor Schrecken.

Schließlich, nach endlosen Minuten, rannte er ans Telefon, suchte im dämmrigen Flur der kleinen Wohnung die Rufnummer der Polizei, die außen auf dem Telefonbuch stand und wählte.

»Überfallkommando sechs!« sagte eine Männerstimme.

»Kommen Sie schnell«, schrie Paul Stein. »Hier ist, hier wird eine Frau mit einem Kind von einer Horde Männer gejagt und bedroht, die . . .«

»Na, mal ruhig«, sagte der Mann ungerührt. »Regen Sie sich man nicht so auf. Wo ist das denn?«

»Schopenhauerweg . . .«, rief Paul Stein. »Sie brüllen und lachen und . . .«

»Ist die Frau Jüdin?« fragte die Stimme.

»Ja . . .«, sagte Paul Stein atemlos. »Ich glaube schon. Und ein Kind hat sie auf dem Arm, ein . . .«

»Jüdin?« wiederholte die Stimme betont.

»Ja«, sagte Paul Stein. »Aber was hat das denn . . .?«

»Und wer sind Sie?« fragte die Stimme jetzt. Sie fragte kalt, drohend, mit einer mechanischen Bösartigkeit, die dem Jungen ins Ohr fuhr wie ein heißes Messer durch ein Stück Butter.

Da legte er schnell auf und löste die Hand fix vom Hörer und sah den Apparat an, wie etwas, das jeden Moment explodieren könnte.

Er fror.

Der heisere Kuckuck in der alten kleinen Schwarzwälderuhr auf dem Flur krähte sechsmal.

Paul Stein lauschte, als er ausgekräht hatte.

Auf der Straße war es still geworden.

In der Hoffnung, die Beklemmung loszuwerden, aus dem Alptraum zu erwachen, holte er tief Luft, zweimal . . . dreimal . . . und wollte zurück in sein Zimmer, um sich anzuziehen, als das Gepolter im Treppenhaus losging.

Schritte auf der Treppe, erst hart und hallend auf den sechs unteren Stufen, dann hohl und dröhnend auf den Holzstufen. Männerschritte. Stiefelschritte. Marschiererschritte . . .

Der Junge lief zum Guckloch an der Wohnungstür, durch das er mit einem Auge den Treppenabsatz und die gegenüberliegende Tür sehen konnte.

Die Konturen waren durch das schlechte Glas der vergrößernden Linse wackelig und verzerrt.

Er sah als erstes das Geländer und eine helle, behaarte Männerhand, die sich daran hochschob. Dann hatte er einen Kopf im Blickwinkel, der aber nicht zu dem Mann mit der Hand gehörte, sondern zu einem zweiten, der neben ihm die Treppe heraufkam. Der Kopf trug einen grauen Filzhut.

Vom Gesicht war nicht viel zu sehen. Es lag im Schatten der Hutkrempe.

Nun war der Mann oben, dessen Hand er zuerst gesehen hatte. Und nun kam noch ein dritter dazu.

Zwei hatten graubraune Trenchcoats an. Paul Stein konnte nicht sehen, ob sie darunter Reithosen und Stiefel trugen.

Der dritte war in Uniform. Es war die schwarze Uniform der SS.

Ehe er dem Jungen den Rücken zudrehte, blitzte einen Augenblick der silberne Totenkopf an der Stirnseite seiner Schirmmütze auf.

»Hier!« sagte der SS-Mann.

»Ja, das ist genau richtig. Doktor Mannheimer«, sagte einer der beiden Zivilisten.

»Na, dann woll'n wir den Herrn Doktor mal aus dem Heiabettchen holen!« sagte der in Uniform kichernd und drückte die Türklingel.

Er behielt den Daumen auf dem Klingelknopf.

Der Junge konnte deutlich das schrille Läuten in Mannheimers Wohnung hören.

Sie treiben die Juden zusammen, dachte er. Sie treiben sie zusammen und bringen sie fort ...

An Umbringen dachte er nicht.

Bei Mannheimers wurde die Tür einen Spalt geöffnet. Der eine im Trenchcoat stieß dagegen, aber sie war mit einer Kette gesichert und flog nicht auf.

Im Türspalt erkannte Paul Stein das kleine, runde Gesicht der Frau Mannheimer.

»Mach auf!« schrie der Uniformierte.

»Bißchen fix!« rief der andere Trenchcoatmann.

»Was wollen Sie? Wer sind Sie?« fragte Frau Mannheimer mit einer ganz hohen, schrillen Stimme zurück.

»Wir wollen deinen Isidor abholen!« sagte der dritte. »Los, mach auf, sonst . . . !«

»Mein Mann ist nicht da!« rief Frau Mannheimer, aber sie öffnete nicht. »Er ist im Krankenhaus. Was wollen Sie denn von uns? Lassen Sie uns doch . . .«

Die drei Männer waren überrascht. Sie sahen sich an. Der Uniformierte schaltete als erster.

»Davon will ich mich erst mal überzeugen, du Judenhure! Los, mach auf, verdammt!«

»Haben Sie einen Haussuchungsbefehl?« fragte Frau Mannheimer und blieb hinter ihrem kettengesicherten Türspalt eisern.

»Hier ist unser Haussuchungsbefehl!« brüllte der Uniformierte jetzt wütend und zog die Pistole aus der Ledertasche an seiner Hüfte und fummelte damit drohend vor Frau Mannheimers halbem Gesicht herum. »Und wenn du nicht bei drei die Tür auf hast, dann knallt's!«

Frau Mannheimer öffnete und trat so flink beiseite, wie ihr Alter es erlaubte. Trotzdem stieß sie einer der eindringenden Männer roh gegen die Flurwand.

Die Tür stand jetzt weit offen. Die Frau lehnte mit hängenden Armen an der Wand und sah den drei Männern nach, von denen der eine nach rechts in die Küche lief, der zweite zuerst links ins Badezimmer guckte und dann in der nächsten Tür, der Tür zum Schlafzimmer, verschwand. Der dritte, der in der schwarzen Uniform, rannte geradeaus und riß die den Flur abschließende Tür zum Wohnzimmer des Ehepaares auf, das zugleich das Arbeitszimmer des Doktors war.

Dort knipste er das Oberlicht an.

Stein sah ihn wie auf einer schmalen Bühne stehen, inmitten der deckenhohen Bücherregale, die rundum die Wände füllten.

Doktor Mannheimer war Professor für deutsche Literatur an der Universität der Stadt gewesen, bis sie ihn, gleich im Februar oder März 1933, vor die Tür setzten.

Er war ein international anerkannter Wissenschaftler, hatte bedeutende Bücher über die deutschen Romantiker geschrieben, hatte Georg Christoph Lichtenberg neu entdeckt und seine Schriften herausgegeben und galt als einer der besten Kenner der Barocklyrik und des Theaters jener Zeit.

Aber das alles hatte ihm nichts genutzt. Er war als Jude für eine deutsche Hochschule untragbar und als Lehrer unmöglich.

Er hatte seine große Wohnung in der Innenstadt aufgegeben und war in die Vorstadt gezogen. Dabei hatte er zu seinem Kummer schon auf die Mitnahme einiger tausend Bücher verzichten müssen. Der Rest füllte jedoch immer noch jeden freien Winkel des größten Zimmers.

Er lebte von Expertisen für europäische und überseeische Hochschulen und Fachblätter; aber er hatte alle Berufungen an Universitäten in Schweden, Großbritannien und Amerika abgelehnt.

Denn er konnte — so hatte seine Frau erzählt, die nicht Jüdin war, aber bei ihm blieb —, er konnte nur dort leben, wo die Sprache gesprochen wurde, der sein Leben gewidmet war.

Der sechzehnjährige Paul Stein kannte das Zimmer, das er jetzt, am frühen Morgen des 10. November 1938, durch das Guckloch an seiner Wohnungstür sah.

Es mochte zweieinhalb oder drei Jahre her sein, daß er zum erstenmal bei Doktor Mannheimer gewesen war. Er war eines Abends im Herbst, als es schon dunkel war, zu dem Professor gegangen. Er hatte im Hausflur kein Licht gemacht und dreimal kurz auf eben jene Klingel gedrückt, die eben der SS-Mann mit dem Daumen traktiert hatte . . .

Er war sich wie ein Verschwörer vorgekommen: Heimlich ging er abends, im Dunkeln, zu einem Juden . . .

Sie sollten einen Aufsatz über Eichendorffs *Leben eines Taugenichts* schreiben. Paul Stein hatte die Geschichte während der Lektüre im Unterricht nicht sonderlich angerührt. Aber von diesem Aufsatz hing seine Deutschzensur, möglicherweise sogar seine Versetzung in die Untersekunda ab. Und er saß über dem Heft und stöhnte und wußte keine Antwort auf das Thema: »Was hat uns Eichendorffs *Taugenichts* heute noch zu sagen?«

1935, und die Köpfe der Jungen waren voll anderer Dinge: »Es dröhnt der Marsch der Kolonne ...« — »Unsere Fahne flattert uns voran ...« und dergleichen mehr.

»Geh doch mal rüber zu Doktor Mannheimer«, hatte seine Mutter — ganz beiläufig, aber mit Widerhaken — gesagt. »Der kann dir sicher weiterhelfen. Soll ich fragen, ob du kommen kannst?«

Und als Paul, jede Hilfe wie einen Strohhalm ergreifend, genickt hatte, fuhr sie fort: »Du brauchst ja niemandem etwas davon zu sagen — blöd, wie die meisten heutzutage sind!«

Und dann hatte Paul — er weiß heute nicht mehr, ob am gleichen Abend oder einen Tag später — dem zarten Mann mit den guten, endlos tief scheinenden dunklen Augen unter den buschigen, weißen Augenbrauen gegenüber gesessen und hatte um Rat gebeten. Er hatte um Rat gebeten! Er hatte ihm anfangs ganz offen gestanden, daß er mit dieser Geschichte nichts, aber auch gar nichts anzufangen wisse und deshalb weder denken noch schreiben könne, was sie den Menschen heute, 1935, noch zu sagen habe.

Stein kriegt nach so langer Zeit nicht mehr zusammen, was der Professor ihm damals auseinandergesetzt hat. Auch das alte Aufsatzheft besitzt er natürlich längst nicht mehr. Er weiß nur noch, wie der alte Mann, fast ohne hinzusehen, hinter sich ins Bücherregal griff und eine alte Ausgabe der *Taugenichts*-Geschichte herauszog und zu erzählen anfing und zwischendurch mal ein Stückchen vorlas. Und wie er auf einmal verzaubert war von all dem Brünnleinrauschen und dem Mondlicht, von dem ganzen hinreißenden romantischen Gewebe, und wie er auf einmal kapierte, was das eigentlich hieß: Romantik — ja, und wie er mit einem Zettel voll Notizen in seiner krakeligen Jungensschrift nach Stunden wieder in sein Zimmer ging und sich hinsetzte und das ausführte und aufschrieb, was er bei dem alten Professor Mannheimer gehört und verstanden hatte.

Und dann kriegte er zu seiner eigenen Überraschung eine Eins in dem Hausaufsatz und damit eine Drei in Deutsch und wurde versetzt.

Nur in das Jahresheft der Schule, in dem jeweils die besten Aufsätze abgedruckt wurden, kam sein *Taugenichts*-Aufsatz nicht, weil er wohl nicht so recht in die harte Windhund-, Kruppstahl- und Leder-Zeit paßte.

Paul Stein ahnte übrigens nicht und hat es erst viel, viel später — nach dem Krieg, nachdem der ganze Spuk vorbei war — erfahren, daß sein Deutschlehrer wegen dieses Aufsatzthemas und wegen der Eins unter seinem Aufsatz und natürlich auch wegen seiner »insgesamt dem neuen Staate gegenüber negativen Haltung« vorzeitig pensioniert worden war.

Er war ehemals ein Schüler des alten Doktor Mannheimer gewesen.

Der junge Paul kannte also das Zimmer mit den vielen tausend Büchern, das er jetzt durchs Guckloch der Wohnungstür sah.

Er kannte und liebte den alten Professor; denn es war nicht bei diesem einen Besuch geblieben.

Auch später noch, als Mannheimer den gelben Stern tragen mußte, war Paul Stein manchmal zu ihm geschlichen, trotz all seiner: »Aber Junge, du darfst nicht zu mir kommen! Es ist verboten!« Vielleicht war er gerade deswegen gegangen.

Jetzt suchten sie ihn, wollten ihn abholen — und es war Paul Stein klar, daß es dort, wohin sie ihn holen wollten, keine Bücher gab, keine Leselampe, nicht das matte Schimmern goldener Buchstaben auf Lederrücken, kein Brünnleinrauschen . . . Nichts.

Aber der Professor war nicht da. Der Junge hatte ihn selbst seit einigen Wochen nicht gesehen.

Seine kleine, zierliche Frau mit dem verrunzelten Borsdorferapfelgesicht stand mit hängenden Händen da. Und die drei Männer, der Uniformierte und die zwei im Trenchcoat, standen da in dem Bücherzimmer wie Jäger, denen das Wild entwischt ist.

Und dann geschah etwas, das dem Jungen hinter seinem Guckloch aus schlechtem Glas, das die Konturen verzerrte, mehr erschreckte als das ganze brutale Reden und Schreien zuvor: Der Uniformierte trat unvermittelt mit seinem schweren Stiefel gegen eine der senkrechten Streben des Bücherbords.

Einmal, zweimal, dreimal trat er dagegen, gab seinen Tritten mit angewinkelten Armen noch Nachdruck und Schwung. Und beim dritten Tritt brach die Strebe. Sie knickte langsam zusammen, splitterte im Zeitlupentempo, sackte zusammen wie ein Mann, der geschlagen worden ist ... Das Querbrett darüber bog sich durch, und der Stütze beraubt, rutschten die ersten Bücher nach vorn, kippten, fielen, wie flügelschlagende Vögel mit klappenden Deckeln. Dann war da nur noch ein einziges Knirschen und Krachen und Brechen, ein Erdrutsch von hunderttausend gedachten Gedanken, geschriebenen und gedruckten Worten.

Die drei Männer standen vor dem Zusammenbruch und freuten sich.

Eins der Bücher, ein weißer Lederband, war so weit nach vorn gerutscht, daß es auf der Stiefelkappe des Uniformierten liegenblieb.

Der kickte das Buch mit einer Fußballspielerbewegung hoch, trat nach dem sich drehenden Buch, traf es im Flug und schleuderte es mit einem gut gezielten Tritt zwischen die wenigen Bücher, die noch auf einem der Borde standen.

Es war Haß in dem Tritt, der ganze böse, unberechenbare, dumpfe Haß gegen den Geist, Haß, der sich immer in

Tritten, Schlägen, Scheiterhaufen, Foltern, Mord und Totschlag artikulierte.

Dann verließen die drei Männer Mannheimers Wohnung. Sie gingen davon, ohne die Frau an der Flurtür auch nur eines Wortes zu würdigen.

Sie stand im Türrahmen, mit hängenden Händen, und sah ihnen blicklos nach und schloß die Tür erst, als die Stiefelschritte verklungen waren.

Aber der Junge sah immer noch, trotz der geschlossenen Tür, den Bücherhaufen.

Und er sieht ihn jetzt wieder, jetzt, als Erwachsener, nach fast dreieinhalb Dutzend Jahren, jetzt, da er mit Ille und Leo schweigend zuschaut, wie die drei Kriminalbeamten in seinem Haus das Zimmer seines Jungen durchsuchen.

9

Die Herren sind fertig.

Sie haben nichts gefunden, das nach »anarchistischer Agitation« aussieht.

Herr Burg, der korrekt gekleidete, der mit dem Gehabe eines Herrenoberbekleidungsverkäufers, der, wie gesagt, der Sprecher des Kommandos zu sein scheint, Herr Burg also sieht sich noch einmal um.

Auf dem Schreibtisch, dessen leergeräumte Schubladen wie gähnende Münder wirken, steht eine rote Keksdose.

Burg weiß nicht, ob die Kollegen da schon reingeguckt haben. Manchmal wird ja das Nächstliegende übersehen.

Er geht also um die mit Büchern bepackten Stühle herum und greift sich die Keksdose und hat Mühe, den Deckel aufzukriegen; denn der klemmt.

Paul Stein weiß es. Er hat sich selbst, als diese Dose noch

unten in der Wohnung irgendeine Funktion hatte, mal einen Fingernagel daran abgebrochen.

Und prompt bricht sich auch der Kriminalbeamte Burg seinen Zeigefingernagel ab und hat doch den Dosendeckel noch immer nicht geöffnet.

Es ist Unsinn, was er macht. Die Dose ist viel zu klein, als daß darin Flugblätter oder eine geheime Druckerei versteckt sein könnten. Aber er muß sie öffnen, wenn er sein Gesicht nicht verlieren will. Und das will er natürlich nicht.

Er wird immer wütender, auch weil sie ihm alle so interessiert zusehen, nicht nur Ille und Leo und Paul Stein, auch seine zwei Kollegen. Der lange Dünne, mit dem Namen, der ihn trotz Adelsprädikat so belastet, sieht seinem eifrigen Mitstreiter für Recht und Ordnung sogar — so scheint es Stein — mit leicht herabgezogenen Mundwinkeln zu.

Ille zieht hörbar die Luft ein, als der Fingernagel des Beamten bricht.
Sie hat eine mitempfindende Seele.

Das irritiert den Mann, der Stein anfängt, leid zu tun, erst recht. Aber er gibt natürlich nicht auf. Er kann jetzt auch gar nicht mehr aufgeben.

»Was ist denn da drin?« flüstert Stein seinem Sohn zu.

Leo zuckt die Achseln.

Irgend etwas muß drin sein, denn es klappert, wenn der Beamte die Büchse schüttelt.

Nun hat er sie auf einen Stoß Bücher gestellt, kramt in seinen Hosentaschen und bringt ein Taschenmesser zum Vorschein. Er klappt die große Klinge auf und versucht damit, den klemmenden Keksdosendeckel aufzuhebeln. Hoffentlich schneidet er sich nicht!

Der Versuch hat Erfolg. Der Deckel bewegt sich. Jetzt kann er ihn abheben.

Er greift in die Büchse und holt ein zusammengefaltetes Stück Papier heraus und eine kleine Hartgummifigur — eine Micky-Maus, etwa daumenkuppengroß.

Die Micky-Maus läßt er gleich wieder fallen und faltet

das Papier auseinander. Es ist eine Art Flugblatt.

Stein kann von der Tür aus die große Überschrift lesen:

»DIE POLIZEI RUFT AUCH DICH!«

Ein Werbefaltblatt, eine berufsberatende Information für Schüler, ein Aufruf, zur Polizei zu kommen.

»DER BERUF FÜR GANZE KERLE« lautet die nächste Zeile.

Der Beamte blickt die anderen mit rotem Kopf der Reihe nach an: zuerst Leo, dann Ille, dann Stein.

Leo zieht sein dummes Gesicht. Das kann er wundervoll. Er macht große, runde Augen, legt den Kopf ein klein wenig schief und sieht sein Gegenüber mit halboffenem Mund an.

Das hat schon Dutzende von Oberstudienräten zur Verzweiflung gebracht.

Ille lächelt friedlich.

Stein ist ganz ernst, obwohl er innerlich Purzelbaum schlägt vor Vergnügen und sich ungeheuer zusammennehmen muß, um nichts Unpassendes zu sagen.

Ist es das, was Sie suchen, meine Herren?

Er sagt es nicht. Er sagt gar nichts.

Keiner sagt etwas.

Der Herrenoberbekleidungsverkäufer legt das Werbefaltblatt behutsam auf Leos Schreibtisch und reibt nervös seine Finger — Mittelfinger, Zeigefinger und Daumen — aneinander.

»Tja . . .«, sagt er endlich heiser, räuspert sich, richtet sich auf und wiederholt, nun mit klarer Stimme: »Tja, also dann!« Dann geht er auf die Steins zu, an ihnen, die beiseite treten, vorbei und die Treppe hinab.

Der rosarote Herr Elias folgt ihm stumm.

Der lange Herr mit dem schrecklichen Adelsnamen streift Stein mit einem unsicheren Blick, wartet, bis Elias außer Sicht ist, und sagt halblaut, schon im Vorbeigehen: »Es tut mir wirklich leid. Aber wir haben unsere Befehle auszuführen, verstehen Sie, sonst nichts!«

Das klingt fast wie eine Entschuldigung. Stein weiß nicht, was er dazu sagen soll. Also schweigt er und geht ihnen nach.

Burg ist schon aus der Tür. Elias sucht seinen Hut. Er hat ihn im Flur auf die Heizung gelegt. Leo hat seinen Schal darüber geworfen.

Jetzt hat Elias ihn gefunden, setzt ihn auf, nickt Stein mit unbewegtem Gesicht zu, wartet, bis Herr von Hinten das Haus verlassen hat und zehn Schritte weit weg ist, und sagt dann unvermittelt: »Leute wie Sie kriegen wir eines Tages schon noch!«

Er sagt es mit schmalen Augen.

»Oh!« antwortet Stein. »Aber vielleicht können wir den Tag noch ein paar Jahre hinausschieben, Herr Elias?«

»Das Volk wird entscheiden!« erklärt er mit Emphase.

»Das national-konservative Volk?« fragt Stein.

»Genau! Genau das!« sagt Elias und geht.

»Sieh mal einer an!« ruft Stein ihm nach. Aber das hört Elias wohl nicht mehr.

Es war auch nicht so gut, als daß er es unbedingt hätte hören müssen.

Leo und Ille sind oben geblieben.

Stein wartet noch, bis der Wagen mit den drei Beamten gefahren ist. Keiner der Herren blickt aus dem Fenster zurück. Dann steigt er die Treppe wieder hinauf.

»Ich habe vergessen zu fragen, wer mich angezeigt hat«, schimpft Leo. »Hast du sie gefragt?«

»Nein«, erwidert Stein. »Und sie hätten es mir auch bestimmt nicht gesagt. Das dürfen sie einem nicht sagen.«

»Denunzianten genießen also den Schutz des Staates?« motzt Leo. »Oder wie ist das? Kann jeder jeden anschwärzen hierzulande? Kann ich behaupten, daß Herr Oberlehrer Höpker ein Bordell im Keller hat, daß Herr Zahnarzt Schulze in seinem Labor heimlich eine Atombombe baut, daß Herr Senator Piepenbrink bei Dunkelheit rotchinesische Partisanen empfängt und ihnen unter der Hand Gummiringe verkauft, damit sie Schleudern draus basteln? Und erfahren die nie, daß ich sie angeschwärzt hab'?«

»Man kann vielleicht — oder sogar wahrscheinlich — Anzeige gegen Unbekannt erstatten, wegen Verleumdung, wegen böswilliger übler Nachrede, was weiß ich. Ich werde mich erkundigen, Leo. Und dann spielen wir das mal durch, nicht wahr? Aber jetzt räumen wir erst mal auf!«

»Okay«, sagt Leo.

»Wir Kämpfernaturen!« flachst Ille, die schon im Begriff steht, Wäsche zu ordnen und wieder im Schrank zu verstauen.

Ihr Lächeln ist traurig und macht auch Stein traurig.

»Das Polizeiflugblatt war ein Witz, nicht?« sagt Leo.

»Heb es dir gut auf — zur Erinnerung!« sagt Stein.

10

Es ist inzwischen fünf vorbei. Das Aufräumen ist schneller gegangen, als Paul Stein gedacht hatte. Leo hat die Gelegenheit genutzt und gleich einen Haufen alten Krempel weggeschmissen.

Während Ille unten Tee macht und der Junge mit letzten ordnenden Handgriffen in seinem Zimmer umhergeht, stöbert Stein in dem halbmeterhohen Bücherstapel neben der Tür. Das sind die aussortierten Bücher, die, auf die Leo keinen Wert mehr legt, die er wegwerfen oder verscheuern will.

Stein staunt, wie rigoros der Junge da sein kann. Er selbst hat noch nie mit so leichter Hand Bücher aussortieren und wegwerfen können.

Seit fünfundzwanzig Jahren schleppt er von Wohnung zu Wohnung, von Stadt zu Stadt einen Ballast von bedrucktem

Papier mit sich herum — und weiß dabei genau, daß er die Hälfte davon oder gar zwei Drittel vielleicht niemals wieder lesen wird.

Da ist zum Beispiel eine alte Folioausgabe von Hauffs *Lichtenstein*, »für die reifere Jugend bearbeitet« von einem Studienprofessor i. R., den sicher seit dreißig Jahren der Rasen deckt, und wunderhold illustriert mit ganzseitigen Kupferstichen und verschnörkelten Initialen am Anfang jeden Artikels. Goldschnitt hat das Buch obendrein und einen durablen Leineneinband mit geprägter gotischer Schrift.

Stein hat es mit zehn oder zwölf Jahren, in dem Alter, in dem Onkel und Tanten einen für Ritterromanleser halten, von einem alten Verehrer seiner attraktiven, früh verwitweten Großmutter geschenkt bekommen. Und er hat es verschlungen, wie er damals alles verschlungen hat, was er in die Finger bekam: *Ben Hur* und *Emil und die Detektive*, *Ein Kampf um Rom* und *Tom Sawyer*, Zola und Felix Dahn und Karl May und Wäsha-Kwonnesin und Bengt Berg und Traven und . . . und . . . und . . .

Und eben auch Hauffs *Lichtenstein*.

Es hat ihn nicht so beeindruckt, daß er heute auch nur noch das geringste von der Handlung wüßte. Aber er kann doch dieses Buch nicht wegwerfen!

Vielleicht ist das seine Form von Nostalgie, von Vergangenheits-Heimweh, er weiß es nicht . . . Aber wenn er den Band in die Hand nimmt — dieses und manches andere, ähnliche Buch —, dann steigt aus den vergilbten Seiten, stockfleckig und ein bißchen mürbe, wie sie unterdessen geworden sind, seine ganze Jugendzeit vor ihm auf: Sirupbrot, Fußballeder, Erde, schimmlige Baumrinde, die nachts unter dem Bett leuchtet, der durchgeschmorte Elektromotor der kleinen, buntlackierten Eisenbahnlokomotive, Staub auf dem alten Dachboden, Pflaster auf dem zerschundenen Knie, Himbeerbonbons, beißender Tabakrauch und die trockenen, rissigen Lippen des kleinen Mädchens, das er hinter Schröders Gartenlaube zu küssen versucht hat.

Rosemarie hieß sie, wenn er sich recht erinnert.

Von so einem Buch kann sich Paul Stein nicht trennen. Leo hingegen wirft alles weg, was er nicht mehr zu brauchen meint. Stein ist sich nicht im klaren, ob er ihn beneiden oder bedauern soll. Unter den aussortierten Büchern ist auch ein altes, schmales Bändchen. Brentano: *Das Märchen von Hinkel, Gockel und Gackeleia.*

Es ist äußerlich ein wenig ramponiert. Der zartbunte Einband hat einen markstückgroßen, häßlichen Fettfleck. Aber innen sieht es fast ungebraucht aus. Es ist hinreißend illustriert.

»Soll das auch weg?« fragt Stein und hält es seinem Sohn entgegen.

»Ja«, sagt er. »Was soll ich mit so 'nem alten Märchen?«

»Verkaufst du es mir?«

»Klar — gegen eine Zigarette!« Leo lacht.

Stein gibt ihm die Schachtel, Leo angelt sich eine Zigarette raus, zündet sie an und wirft ihm die Schachtel wieder zu. Stein zündet sich auch eine an. Ille erscheint mit dem Teetablett.

»Nicht doch, rauchen!« sagt sie vorwurfsvoll. »Ich hab' so schöne Mürbeplätzchen.«

Leo wirft seinem Vater einen belustigten Blick zu und macht seine Zigarette aus.

Es ist eine gute Idee von Ille, im Zimmer des Jungen Tee zu trinken. Sie haben das noch nie getan. Aber heute ist ein besonderer Tag.

Ja, ein besonderer Tag . . .

Paul Stein ist auf einmal unendlich müde.

Leo hat sich seine Gitarre genommen, sitzt mit gekreuzten Beinen auf der niedrigen Bettcouch, und seine langen Haare fallen ihm übers Gesicht, das er nach vorn gebeugt hat.

Er klimpert zögernd, stimmt das Instrument, trinkt zwischendurch einen Schluck Tee und klimpert leise weiter.

Er spielt sehr gut, leicht und sicher und — wenn sich da

in Steins Urteil gewiß auch ein wenig Vaterstolz mischt — außerordentlich musikalisch.

Erst sind es nur Läufe, leise, leichte, flirrende Läufe, die an Spanien erinnern, mit kleinen Klopfrhythmen dazu. Dann brummen ein paar Töne Aggression dazwischen, und plötzlich klingt ein Stückchen Song auf: »We shall overcome . . .«

Aber das wird nicht weiter ausgeführt, sondern wieder verspielt und in Moll-Gospel-Akkorden aufgelöst, und unerwartet klirrt eine Minute Johann Sebastian Bach hinein, ganz präzise, eine Fuge . . . und dann wieder Spanien und Mittelfingergeklopfe auf dem Holz.

Ille schenkt rundum neuen Tee ein und streicht Butter auf die Mürbeplätzchen.

Stein lehnt sich zurück.

Er ist für Sekunden in Versuchung, seiner Frau und seinem Jungen alles zu sagen. Aber er verscheucht die Versuchung sofort.

Am liebsten würde er jetzt einfach die Augen zumachen und schlafen.

Großartig, wie der Junge mit der Gitarre hantiert.

Stein möchte das auch können. Er kann kein einziges Instrument spielen. Er kann nicht mal richtig Noten lesen.

Leo spielt.

Jetzt ist es eine klare, exakt rhythmische, spieldosenähnliche Musik.

»Was ist das?« fragt Stein.

»Carl Philipp Emanuel Bach«, erklärt Leo. »Eine krebsgängige Fuge.«

Punkt sechs — Paul Steins Pünktlichkeitstick — ruft er, wie ausgemacht, in der Redaktion an.

»Oh, hallo, Marlon Brando«, kichert Betty.

»Ich würde viel lieber *in* als *auf* den genommen werden«, albert Stein.

»Wie bitte? Das verstehe ich nicht!« gibt sie zurück.

»Arm«, sagt er. »Denken Sie scharf nach, Betty. Denken Sie an das Wort ›Arm‹, ja, großgeschrieben. ›Der Arm‹ — also um es ganz genau zu sagen: ›Ihr Arm‹. Und dann strengen Sie bitte Ihre kleinen grauen Zellen an und versuchen Sie herauszufinden, was ich gemeint habe, als ich sagte: ›Ich würde viel lieber *in* als *auf* den genommen werden . . .‹ Kommen Sie klar?«

»Nein«, sagt sie nach einer Viersekundenpause. »Was wollen Sie denn in meinem Arm?«

»Da gibt's verschiedene Möglichkeiten!« sagt er.

»Das müssen Sie mir erklären«, gurrt sie.

»Wenn ich mal groß bin, Betty«, erwidert er. »Bitte, erinnern Sie mich dran, ja? Und jetzt muß ich leider mit dem Fürsten reden. Wirklich: leider.«

»Der ist leider nicht da. Glauben Sie denn, ich hätte es gewagt, mit Ihnen zu flirten, wenn er nebenan säße?« sagt sie.

»Haben Sie mit mir geflirtet?«

»Sie sind ein Ekelpaket, Marlon Brando!« schimpft sie vergnügt.

»Ach, Betty, wenn schon, dann sagen Sie doch bitte lieber ›Tarzan‹ zu mir!«

»Tarzan? Haben Sie von dem mal neuere Fotos gesehen? Der ist auch so fett um die Hüften geworden.«

»Fett um die Hüften . . . ?« fragt Stein und spielt den Gekränkten.

»Wie Marlon Brando!« sagt sie. »Aber Sie doch nicht! Ihnen sieht man Ihre neunundzwanzig doch nicht an, Herr

Stein!«

»Danke schön! Allerliebst!« ruft er. »Kommt Gregor heute noch mal wieder?«

»Ja. Er ist gar nicht weg. Er ist irgendwo im Haus. Ich glaube, in der Graphik oder so. Sie suchen Titelbilder aus. Die nackten Mädchen fürs nächste Quartal. Soll ich mal durchrufen und ihn suchen?«

»Nein, danke. Beim Nackte-Mädchen-Suchen mag ich ihn nicht stören. Sagen Sie ihm bitte, daß ich angerufen habe.«

»Okay. Wir können ja zurückrufen. Sind Sie zu Hause?«

»Ja. Schönen Dank!«

»Bis nachher!« sagt sie und legt auf.

Paul Stein bleibt am Schreibtisch sitzen und schaut zum Fenster hinaus.

Auf der stillen Straße kauern zwei kleine Jungen und malen mit Kreide und Ziegelsteinbrocken phantastische Muster auf den Asphalt.

Der eine richtet sich auf und tritt fünf Schritt von seiner Zeichnung zurück, legt den Kopf schief und kneift prüfend die Augen zusammen. Wie ein Künstler in einem Kinostück . . . richtig komisch.

Er ruft den anderen Jungen. Der kommt, stellt sich neben ihn und begutachtet ebenfalls das Werk.

Stein steht auf und geht zum Fenster und schaut sich die vier Meter große Asphaltmalerei an.

Sie stellt einen Mann dar, der breitbeinig dasteht, eine Art Cowboyhut auf dem etwas zu kleinen Kopf hat und in der einen Hand einen mächtigen Revolver trägt.

Zwischen den Beinen hängt noch ein — nein, das soll gar kein zweiter Revolver sein. Es ist ein armlanger, armdicker Penis.

Die beiden Jungen stecken die Köpfe zusammen und lachen.

Der zweite nimmt jetzt seinen Ziegelbrocken und malt

den Penis hellrot an. Der erste malt dem Mann einen Busen auf die breite Brust.

Zwei verschieden große Kreise, nicht ganz rund, eher unregelmäßige Ellipsen — ein bißchen eierig. In die Mitte dicke, rote Punkte, fünfmarkstückgroß.

Da taucht der pensionierte Polizist Emil Gruen auf, der vorn an der Ecke wohnt und regelmäßig um diese Tageszeit mit dem Rad dreimal ums Viereck zu fahren pflegt.

Er ist alt und klapprig geworden in den letzten Monaten. Es ist kaum etwas von dem rotgesichtigen, stiernackigen Bullerkopp übrig, der er war, als er noch jemand war, als er noch in Uniform durch die Straßen stolzierte und sich über Hunde aufregte, die auf den Bürgersteig kackten, über radelnde Kinder, die andere Kinder auf dem Gepäckträger sitzen hatten, und über junge Leute, deren Mofa-Motoren allzu laut lärmten.

Er hat Ärger gehabt in den letzten Wochen seiner ohnehin nicht allzu glanzvollen Laufbahn als deutscher Ordnungshüter.

Die Kommunisten des Ortes hatten herausgefunden, daß er eine undurchsichtige Rolle bei der Besetzung des Sudetenlandes durch die Nazis gespielt hat. Da war von SS die Rede und von Dingen, die zwar in bestimmten Kreisen eher als Kavaliersdelikte gelten, die aber immerhin Gruens bevorstehende letzte Beförderung bremsten, obschon seine Vorgesetzten selbst . . .

Sonst hat die gegen ihn gerichtete Kampagne weiter keine Folgen gehabt.

Nun ist er pensioniert und mit einem Schlag ein alter Mann.

Klar, wenn hinter Gebrüll keine Macht mehr steht, wirkt es wie eine Schreckschußpistole: Es macht Krach, bleibt jedoch ungefährlich. Und wer möchte schon, wenn er sich ein Leben lang für gefährlich gehalten hat, plötzlich feststellen müssen, daß er mit der Uniform auch die Potenz ausgezogen hat — die Strafpotenz, die Ordnungspotenz, die Autoritätspotenz?

Die beiden malenden Jungen hören Gruen nicht kommen. Sie sind in ihre Kunst vertieft.

Der pensionierte Polizist hält an, stellt ein Bein auf den Bürgersteig und betrachtet mit gerunzelter Stirn die Kindermalerei.

Sein eines Hosenbein ist hochgerutscht. Über dem Schnürstiefel krempelt sich eine graue Wollsocke, darüber ist ein doppeltfingerbreites Stück Unterhose zu sehen. Wenn einer im Juni lange Unterhosen trägt ...

Plötzlich fängt der alte Mann mit hochrotem Kopf zu brüllen an.

Die Jungen erschrecken heftig, springen auf, stieben davon und trotten, als sie kapiert haben, wer da brüllt, betont langsam die Straße hinauf.

Stein kann nicht verstehen, was Emil Gruen brüllt.

Er scheint sich fürchterlich aufzuregen, steigt vom Rad, lehnt es gegen die Straßenlaterne, droht hinter den verschwundenen Jungen her und fängt an, mit der Gummisohle seines Schnürstiefels die zwittrigen Geschlechtsmerkmale der großen, bunten Figur wegzuscharren.

Das ist mühselig. Er muß sich richtig anstrengen. Mal scharrt und radiert er mit dem linken Fuß, mal mit dem rechten.

Es dauert eine ganze Weile, bis er Penis und Busen unkenntlich gemacht hat.

Schließlich ist er zufrieden.

Er gönnt seiner moralischen Korrektur einen letzten kritischen Blick, klettert wieder auf sein Fahrrad und fährt davon.

Nichts Unmoralisches, nichts Verdorbenes, nichts Jugendgefährdendes ist mehr zu erkennen.

Den Revolver hat er stehen lassen.

Paul Stein ist ein miserabler Arbeiter, wenn er warten muß.

Also setzt er sich auch jetzt, da er auf den entscheidenden Anruf Gregor Ruschels wartet, lustlos, ziellos, planlos an den Schreibtisch, kramt und blättert in dem Stapel Papier herum, der rechter Hand liegt, liest die eine und andere Aufzeichnung, ohne es richtig aufzunehmen, was er liest, stellt fest, daß ein Brief zwischen die Notizen und Manuskriptseiten geraten ist, den er längst hätte beantworten müssen, nimmt ihn heraus, lehnt ihn gegen die Briefwaage — vielleicht wird er heute abend noch dazu kommen, sonst bestimmt morgen früh.

Er greift sich aus der Handbücherei über dem Schreibtisch das alte schöne Gesundheitslexikon. Das Buch ist in Halbleder gebunden, hat einen mit Goldbuchstaben verzierten Rücken und ein Gewicht von gut zwei Pfund.

Stein hat es mal bei einem Vertreter an der Haustür gekauft, weil ihm der junge Mann so leid tat. Gebraucht hat er es bisher nicht sehr häufig, denn die Themen seiner Arbeit hatten nur selten etwas mit Krankheiten zu tun; und wenn, dann hat Stein sich die nötigen Informationen von Fachleuten geholt. Das Buch ist also so gut wie unbenutzt, im Gegensatz zu den danebenstehenden zwölf Lexikonbänden, zum Duden und zum Fremdwörterbuch.

Paul Stein blättert. Lungenkrebs, Seite 186.

Die Symptome . . . ja, Husten. Trockener Husten. Im fortgeschrittenen Stadium Mattigkeit.

Sieben bis zehn Prozent der Betroffenen können gerettet werden, wenn frühzeitig . . .

Stein klappt das Buch zu. Er zwingt sich, es leise zu schließen und sorgfältig, langsam, korrekt wieder an Ort und Stelle zu stellen.

So. *Das Große Gesundheitsbuch für alle.*

Nicht für alle, denkt Stein. Für mich nicht mehr!

Er schaltet das Radio ein.

Auf der einen Welle gibt es einen bunten Nachmittag. Ein Mann mit der Stimme eines Jahrmarktbudenanreißers erzählt Witze.

»... und als mein Freund dann geahnt hat, daß seine Frau mit dem Nachbarn, na, Sie wissen schon, das brauchen wir ja auch hier in Hildesheim wohl nicht mehr auszuführen, nicht wahr, da hat er das Kind, das ein dreiviertel Jahr später geboren wurde, ›Hamlet‹ genannt. Und als ich ihn gefragt habe, wie er nun gerade auf ›Hamlet‹ gekommen sei, da hat er gemeint: ›Sein oder nicht sein, das ist hier die Frage ... !‹«

Die Leute lachen, daß der Lautsprecher bebt. Vor allem die Frauen quietschen.

Stein dreht weiter.

Volksmusik — Zitherklänge — Rock'n'Roll — Lustige Witwe — Gerede auf dänisch — Kinderchor: »... war so jung und morgenschön, lief er schnell, es nah zu seh'n ...« — eine sonore Männerstimme: »... haben wir schon in der frühbyzantinischen Kunst adäquate Formen einer Menschenbilddarstellung, die uns die ganze Tiefe der ...«

Er schaltet aus.

Leo steckt den Kopf durch die Tür.

»Ich fahre noch mal los«, sagt er.

»Von mir aus«, sagt Stein.

»Denkst du mal dran, dich zu erkundigen, wie das ist mit einer Anzeige gegen Unbekannt?«

»Ja«, sagt Stein. »Ich rufe heute abend noch einen Juristenfreund an.«

»Okay, danke, Väterchen!« sagt er und ist weg.

Es ist gut, wenn er »Väterchen« sagt, obschon Paul Stein es anfangs nicht hat leiden können. Aber da ist ein Hauch Hochachtung drin und — unter der betonten Verniedlichung versteckt — sogar eine Spur Zärtlichkeit.

Das dürfte man ihm natürlich nicht sagen, denn Zärtlichkeit ist was ganz furchtbar Bürgerliches — und gar dem Vater gegenüber völlig unmöglich. Väter sind ja auch was furchtbar Bürgerliches; Rollenfiguren — nicht mehr. Spätkapitalistische Relikte.

Ob Leo wohl weint, wenn ich in zweihundert Tagen . . . ? überlegt Stein.

Zwei Minuten später tuckert sein Auto davon. Am Ende der Straße — ehe sie aus dem Blickfeld kurvt — begegnet er dem Pensionär Gruen, der seine dritte Runde radelt.

Der alte Mann dreht sich nach dem buntbemalten Auto um. Stein kann seinen Gesichtsausdruck nicht erkennen. Aber er würde ohne Zögern jede Wette eingehen, daß Gruen nicht eben freundlich guckt.

Paul Stein ist elend zumute. Er fühlt sich krank und müde und ist von der Begegnung mit den Ordnungskräften deprimiert. Genaugenommen waren es ja sogar zwei Begegnungen an einem Nachmittag: die Haussuchung und der pensionierte Polizeimeister Gruen auf der Straße, Kinderzeichnungen radierend.

»Heilig Vaterland, in Gefahren . . . Deine Söhne sich um dich scharen . . .« haben wir damals im Deutschen Jungvolk gesungen. Heilig Vaterland . . . ! denkt Stein.

Er sitzt zurückgelehnt in dem wuchtigen Schreibtischstuhl, den er sich in einem Anfall von Großmannssucht, mit dem Argument, daß gutes Handwerkszeug die halbe Arbeit sei, für viel Geld gekauft hat.

Die Lehne wippt leise.

Sein Blick fällt auf den Rücken des *Gesundheitsbuches für alle.*

Sieben bis zehn Prozent können gerettet werden, denkt er. Bei frühzeitiger Erkennung . . .

Das Telefon klingelt. Es ist die Redaktion.

Gregor Ruschel ist gleich selbst dran.

»Ich habe mit dem Chef gesprochen«, sagt er. »Er läßt Sie grüßen. Wir machen Ihre Schlier-Serie. Über Einzelheiten reden wir noch ausführlich, sobald Sie wollen. Sie sollen gut recherieren, hat er gesagt. Und Sie sollen den Mann als das bloßstellen, was er ist: ein wild gewordener Spießer. So was könne man nicht mit Pathos angreifen. So was könne

man nur durch Lächerlichkeit töten, sagt er.«
»Okay«, sagt Stein. »Wenn es recht ist, komme ich morgen vormittag vorbei.«
»Ja, gut«, erwidert er. »Kommen Sie am besten zur Konferenz um elf; dann können wir gleich coram publico ausführlich darüber reden.«
»Schönen Dank«, sagt Stein.
»Wie war die Kripo?« fragt Ruschel neugierig.
»Sie sind nicht fündig geworden. Aber das muß ich Ihnen in Ruhe erzählen.«
»Gäbe das nicht eine Geschichte für uns?«
»Möglich. Vielleicht paßt sie sogar in die Serie.«

Stein ist sehr müde und geht früh schlafen.
Nachts um drei wird er wach. Das ist nichts Besonderes. Er wacht jede Nacht um diese Zeit auf.
Doch das heutige Aufwachen ist schlimm. Er hat im Traum über irgend etwas geweint. Sein Gesicht ist noch ganz naß, aber er kann sich nun, da er seine Nachttischlampe angeknipst hat, nicht mehr erinnern, warum er geweint hat.
Es muß etwas sehr Trauriges gewesen sein.
Er steht auf und späht durch den Vorhang nach draußen. Es ist schon ein bißchen dämmrig. Leos Auto steht neben seinem auf dem Parkplatz. Stein hat den Jungen nicht kommen hören.
Er geht barfuß in die Küche, trinkt ein halbes Glas Wasser und wäscht sich das Gesicht. Das grobleinene, blaue Küchenhandtuch kratzt beim Abtrocknen.
Auf der Arbeitsplatte neben dem Elektroherd liegt Illes Einkaufszettel für morgen: Schultasche zum Sattler, Toastbrot, Butter, Obst, Reinigung, Kalbsbraten bestellen, Besenstiel, Turnhemd für B ...
Stein geht wieder zu Bett. Im Augenblick, als er das Licht ausmacht, streift ihn ein Erinnerungsfetzen an seinen Traum.

Er hat sich selbst tot daliegen sehen, und das Mitleid hat ihn übermannt.

Er lag in einem Schuppen zwischen lauter Gerümpel, und viele Leute standen um ihn herum.

Babette weinte ganz schrecklich ...

An Einschlafen ist nicht zu denken. Nicht auf der linken Seite, nicht auf der rechten, nicht auf dem Rücken.

Er zermartert sich den Kopf, was diesen Traum wohl ausgelöst hat.

Draußen ist es unterdessen hell geworden. Vier Uhr zeigt der Wecker.

Wenn ich schon die Wunschreise nicht mache, nach Rio, Timbuktu oder zu den mandeläugigen Mädchen von Bangkok, denkt er; wenn ich schon nicht das Buch schreibe, das ich im Kopf habe ... wenn ich mich schon nicht entschließe, die zweihundert Tage gewaltsam abzukürzen, indem ich über das hohe Geländer der Autobahnbrücke da irgendwo zwischen Göttingen und Kassel fahre — was für einen sinnvollen Abschluß soll ich meinem Leben denn dann geben?

Nun gut, ich könnte noch versuchen, Hermann Schlier durch meine Serie als das zu entlarven, wofür ihn der Chef des *Kurier* hält ... Wie hat Ruschel gesagt? »Ein wild gewordener Spießer ...« Ich könnte etwas leisten, was für die Deutschen vielleicht ungeheuer wichtig ist.

Aber stimmt es wirklich, daß man jemanden durch Lächerlichkeit umbringen kann?

Den kleinen Kommunalpolitiker kann Lächerlichkeit töten, den Wichtigtuer, der hinter einem Postschalter sitzt oder in Polizeiuniform durch die Straßen patrouilliert. Aber sicher ist auch das nicht.

Und einen Mann wie Schlier? Einen Mann, auf den eine ganze Partei eingeschworen ist, einen, der es verstanden hat, sich zur Verkörperung von Hunderttausenden Irregeleiteter zu machen?

Kann man so einen Mann mit Ironie, mit Spott, mit Lächerlichkeit erledigen?

Darf man es überhaupt?

Ist ein toter Märtyrer nicht noch viel gefährlicher als ein lebender Demagoge?

Stein weiß es nicht ...

Die Spatzen, die unter der Dachrinne am Haus nisten, machen ungeheuren Lärm.

Stein steht wieder auf und schließt sein Schlafzimmerfenster.

Obschon aus vielen Gründen ein entschiedener Gegner des Ehebettes, wünscht er jetzt, Ille schlafe neben ihm.

Er würde ihr ganz behutsam, um sie nicht zu wecken, seine Hand auf den Rücken legen oder auf die Brust, auf den Arm ... Einfach nur, um nicht so allein zu sein.

Dann würde er ruhig einschlafen.

II

Die Krankheit

I

Die Straße, die Paul Stein am zweiten Morgen seines neuen Lebens stadteinwärts fährt, ist berühmt.

Sie gilt als eine der schönsten Chausseen Europas. Sie wird kilometerweit von feudalen Villen flankiert, von gepflegten, parkartigen Gärten, in die durch schmiedeeiserne Tore sorgfältig geharkte Kieswege führen.

Hier zu wohnen gilt als Gipfel der Gediegenheit.

Die Grundstückspreise, vor allem auf der südlichen, der Flußseite, haben Höhen erstiegen, die selbst Schwerindustriellen Schwindel verursachen.

Wenn Stein sich dort auf fünfzig Quadratmeter eine Gartenlaube bauen wollte — was er gar nicht möchte —, müßte er ungefähr ein Jahreseinkommen hinlegen.

Die Straße führt von den weiter draußen liegenden, weniger vornehmen Vororten aus direkt in die Innenstadt.

Richtig schön ist sie allerdings nur dort, wo sie die erwähnten Quadratmeterpreise quert, und dort, wo sie unmittelbar den Fluß berührt, so daß zwischen Asphalt und breiter, asphaltgrauer Wasserfläche kein exklusives Gemäuer mehr steht und die Sicht behindert.

Stein ist in den Jahren, seit er draußen am Stadtrand wohnt, wohl zu jeder Tages- und Nachtzeit die berühmte Straße entlanggefahren. Nachdenklich und gedankenlos, heiter und traurig, aufgeregt und gleichgültig, satt und hungrig, hellwach und hundemüde, stocknüchtern und illuminiert hat er sein Auto durch die sanften Kurven gelenkt, hat über sie große Reisen angetreten, den Wagen voll Gepäck und Proviant, eine aufgeregte Ille und reisefiebrige Kinder dabei. Er hatte sie, heimkehrend, als sicher erreichtes Ziel begrüßt und von ihr aus dem Fluß zugenickt, dem imponierenden Strom, der immer nach Schlick roch, nach Brackwasser und weiter Welt.

Die Straße hat — neben allem anderen — auch so etwas wie einen soziologischen Aspekt.

Der wird einem deutlich, wenn man, wie Stein, mal morgens um halb sechs, mal um sieben, mal gegen neun Uhr und auch mal am späten Vormittag stadtwärts, arbeitswärts fährt.

Früh um halb sechs sind es die kleinen Autos der kleinen Leute, die Fahrräder und Mofas der ungelernten Arbeiter und anderen Unterprivilegierten aus den weniger vornehmen Vororten, die über das berühmte Pflaster rollen.

Die meist älteren Autos sind oft mit drei oder vier Leuten besetzt, und die Autobusse quellen über, so voll sind sie.

Nach sieben Uhr ändert sich das Bild. Die Mofas und Fahrräder verschwinden, Mittelklassewagen nehmen zu. Auch die transportieren mehrere Fahrgäste, und die Busse sind noch immer sehr voll.

Zwischen acht und halb neun beherrschen jene Autos die Szene, denen man bereits eine gewisse Wohlhabenheit ansieht: Abteilungsleiterautos, neue, blankgeputzte Wagen, auch manch größerer darunter aus der kleinen Mercedesklasse und gelegentlich ein röhrender Sportwagen.

Die Busse sind noch immer ganz gut besetzt, aber die Busbenutzer lesen schon andere, anspruchsvollere Tageszeitungen als die früheren Fahrgäste.

Die Straße ist um diese Tageszeit leerer. Es sind jedoch schon mehr Lieferwagen unterwegs als vorher.

Am eindruckvollsten geht's gegen halb zehn zu: Da gleiten die leisen Luxuslimousinen in Richtung Direktionsbüros. Große, teure Fahrzeuge, von Chauffeuren — teils livrierten — gelenkt, transportieren einzelne Highsociety-Herren an die Schalthebel ihrer Macht; und man riecht förmlich das engliche Kammgarn, die Viermarkzigarre und den Einfluß, den die Auserwählten auf die Lederwarenwirtschaft, den Puddingpulvermarkt, das Börsengeschehen und — sowieso — auf die Politik haben.

Hier und da befördert eins der feinen Fahrzeuge auch eine wohlausgeruhte, frischgebadete Dame zum Schneider, zum Friseur, zur Massage oder einfach nur zum Einkaufen.

Die Busse sind von nun an leer, bis sie am späten Nachmittag wieder die arbeitsmüden Massen nach Hause schaufeln.

Wie es mit den Ausnahmemenschen-Autos abends steht, ist schwer festzustellen. Da verkrümelt sich möglicherweise sogar mal ein Rolls-Royce zwischen verbeulte Volkswagen.

Jetzt, kurz nach neun, ist Paul Stein tatsächlich sechs Kilometer weit beinah der einzige Selbstfahrer, und sein Auto ist das einzige, das keine fünfundzwanzigtausend Mark kostet.

Vor ihm, im silbergrauen Vorstandsvorsitzer-Fahrzeug, sieht er unter silbergrauem Gelock das rosarote Genick eines Machtmenschen, der Zeitung — eine konservative — liest.

Hinter ihm rollt ein noch teurerer Wagen.

Im Rückspiegel erkennt Stein, daß der darin Transportierte eine dunkle Brille trägt.

Steins Phantasie macht sogleich einen Geheimdienstchef aus dem Herrn, einen Superagenten ausländischer Großkonzerne, einen Filmproduzenten auf dem Wege von oder zu einer Leinwandschönheit.

Stein unterhält sich damit, die verschiedenen Geschichten auszumalen. Er stellt sich vor, was geschähe, wenn er nun plötzlich scharf bremste und den Geheimdienstchef oder Filmproduzenten mit dem Bentley — es ist wahrhaftig ein Bentley, in dem der gefahren wird, Mann! die kosten soviel wie acht Autos von Steins Sorte! —, mit dem Bentley also auf sein Heck auffahren ließe.

Wer auffährt, hat Schuld — na, und der Gläubiger eines Konzern- oder Geheimdienstsuperagenten zu sein könnte vielleicht ganz komische Folgen haben . . .

Stein ist überhaupt guter Laune heute morgen, obwohl er in der letzten Nacht so schlecht geschlafen hat.

Sie haben ausgiebig und harmonisch gefrühstückt, Ille und er, nachdem Babette aus dem Haus war, während Leo noch schlief, weil er heute erst später Vorlesungen hat.

Das Wetter ist wundervoll. So ein Samt- und Seidenwetter, wie es im Juni manchmal herrscht.

Außerdem hat er eine große und interessante Arbeit vor sich. Sie ist schwierig, aber sie ist auch mehr als Alltags- und Eintagsjournalismus. Vielleicht sogar mehr, als er je gemacht hat — was die mögliche Wirkung angeht.

Vor der Redaktionskonferenz um elf will er sich noch ins Archiv setzen und den Rest der Akte Schlier studieren, den er gestern nicht mehr geschafft hat.

In die Bildredaktion will er ebenfalls noch. Mal sehen, was die da für Fotos von dem Parteichef haben.

Stein stellt gern Fotos von den Leuten auf seinen Schreibtisch, über die er schreibt.

Wenn Pressefotos meist auch nur Schnappschüsse sind — gerade die verraten oft mehr als die einstudierten Posen, die man, zum Beispiel, bei einem vorbereiteten Interview vorgesetzt bekommt.

Man braucht sich nur einmal die Fotos berühmter Leute anzuschauen, die, ohne daß sie es wußten, fotografiert wurden. Das ist wie ein Blick auf einen Operationstisch, ehe der Patient wieder zugenäht wird.

Das Grübchenmädchen von gestern hat heute offenbar keinen Dienst. Am Informationstisch des Archivs hockt eine hagere Hellblonde, die eine Russenbluse trägt und Stein durch getönte Brillengläser anstarrt.

Sie weiß, wer er ist.

Viele Leute wissen es, wer er ist und wie er heißt. Stein hat keine Ahnung, womit er diese Popularität verdient hat — oder richtiger: weshalb er mit ihr bestraft wird; denn sie ist für einen wie ihn, der kein Personengedächtnis hat, eine echte Strafe.

Jeder, der ihn mit: »Hallo, Herr Stein!« oder gar mit: »Hallo, Paul!« anredet, erwartet natürlich, daß Stein seinen Namen gleichfalls kennt, was nur selten der Fall ist. Es ist zum Verzweifeln. Er weiß genau, daß er dieses Gesicht schon mal irgendwo gesehen hat — aber wo war das? Wer ist es bloß? Wie heißt das Mädchen, die Frau, der Mann?

Mit der Zeit hat er sich eine trickreiche Methode ausgedacht, die es ihm erlaubt, die peinlichsten Klippen zu umsegeln, und die ihm häufig hilft herauszufinden, wen er vor sich hat.

»Wie geht's?« So geht es los, und dann weiter: »Sind Sie immer noch dort?« Irgendwo ist schließlich jeder mal gewesen, nicht wahr? Und: »Was macht denn Ihre Sache von damals?« In irgendeine Sache ist jeder einmal irgendwann verwickelt gewesen! Endlich: »Und beruflich?«

In den meisten Fällen erfährt Stein schon aus den Antworten auf diese Fragen, daß der Betreffende immer noch im Außendienst der Unfallversicherung Deutsches Leben ist oder als Fotograf im Ausstellungsgelände arbeitet, wo er ihn dann einordnen kann in das Durcheinander seiner Erinnerungskartothek. Stein hört, daß des anderen Plan, sich selbständig zu machen, zu heiraten, auszuwandern, den Beruf zu wechseln, ein Haus zu bauen, Schwimmen zu lernen oder wer weiß was, daß dieser Plan gelungen oder gescheitert ist oder auf Eis liegt.

Und dann fällt auch der Name Otto Meier oder Hanna Müller oder gar ein Satz wie der: »Da hat doch mein Chef zu mir gesagt: ›Hören Sie, Bergstädter, hat er gesagt . . .‹«

Und Stein atmet erleichtert auf und erwidert: »Na, dann

ist ja alles soweit in Ordnung, Herr Bergstädter!«, und verabschiedet sich froh und geht weiter und trifft, wenn er einen besonders schlechten Tag hat, zwei Straßen weiter wieder jemanden, den er eigentlich kennen müßte.

Das Mädchen mit der Russenbluse sagt: »Guten Morgen, Herr Stein!«

»Einen wunderschönen guten Morgen!« erwidert Stein und lächelt sie an, als ob sie den ganzen vergangenen Abend miteinander getanzt hätten. Dann redet er fix weiter: »Ich habe mir die Akte Schlier beiseite legen lassen«, und sieht sich suchend um. »Gleich griffbereit, weil ich da heute noch etwas nachsehen wollte. Wissen Sie . . . ?«

Sie weiß Bescheid und gibt ihm die Ordner aus dem Schreibtischfach. Er nimmt sie und setzt sich wieder an den Tisch, an dem er schon gestern gesessen und Hermann Schliers Geschichte studiert hat.

Wo war er gewesen, als er hinauf zu Ruschel gemußt hatte?

Ach ja: Leutnant Schlier.

Da kann er sich eigentlich Details ersparen. Ein Leutnant bei der schweren Artillerie (mot), und noch dazu — den Seinen gibt's der Herr im Schlaf! — zuerst zwei Jahre in Dänemark und dann in Holland . . .

Heilige Barbara, Schutzpatronin der schweren Ari — was kann der da wohl vom Krieg gemerkt haben?

Zum Schluß des Kriegskapitels findet Stein Alfred Schlier als Hauptmann im Stabe eines »Höheren Artilleriekommandeurs« in der Nähe von Hilversum.

Irgend jemand hat einmal erzählt, wie das dort in der Endphase gewesen ist: Die Herren Welteroberer wohnten in den Villen, die sie erobert — nein, beschlagnahmt hatten, pflegten eine kultivierte Kasinogeselligkeit, ließen ihre Ordonnanzen tanzen, hatten bei zunehmender Luftüberlegenheit der »imperialistischen Kriegsverbrecher« zunehmende Sorgen mit dem Nachschub an Getränken, was sich bei denen, die aus Langeweile nichts anderes anzufangen wußten, als sich zu besaufen, allmählich zum Problem auswuchs.

Auch die Speisenfolge wurde schließlich etwas eintöniger.

Es soll ab Februar/März '45 sogar drei- bis viermal wöchentlich Eintopf gegeben haben. Schmackhaft natürlich und vitamin- sowie kalorienreich. Denn die Einsatzbereitschaft der Herren des Heeres mußte ja gewährleistet bleiben.

Man brachte aber mit schöner Selbstverständlichkeit Opfer für den Führer, den Endsieg und für das Großdeutsche Reich, obschon man im Grunde gar nicht mehr daran glaubte und zum Teil auch gar nicht wünschte, daß »der Gefreite aus Böhmen und seine SA« am Ruder blieben.

Aber was sollte bloß werden, wenn der Krieg verlorenging, wenn etwa gar die Russen . . . ?

Also aß man — das war auch eine Form von Anti-Bolschewismus — Eintopf. Am weißgedeckten Tisch natürlich, aus edlem, beschlagnahmtem Porzellan und mit ebenfalls beschlagnahmten silbernen Löffeln — aber eben Eintopf. Für Deutschland.

Der alte Artilleriegeneral, ein Österreicher mit klangvollem Namen, ordnete, um seinen Opfermut zu beweisen, an, daß die ausgekochten Knochen des Mastkalbes, das er sich hatte schlachten lassen, weil er so gern Kalbsnierenbraten zu essen pflegte — daß also diese Knochen und sogar das Fell, an dem ja auch noch Fett saß, nicht wie sonst hinten im Park der beschlagnahmten Villa vergraben, sondern an die halbverhungerten Holländer verteilt wurden, die mit ihren hohläugigen Kindern um Brot bettelnd vor dem Stacheldraht lungerten, den der hohe Stab vorsichtshalber um sein Villenviertel hatte ziehen lassen.

Denn es war nicht mehr weit her mit der sicheren Herrschaft in den »befreiten« Gebieten. Sogar ein Oberst war schon von den Partisanen — die sich »Oranjes« nannten und sich täglich zu vermehren schienen — neulich nachts beschossen worden, von den ständigen Bombenattentaten auf Bahnlinien und den richtigen Gefechten mit SS-Kommandos, die die Konzentrationslager bewachten, ganz zu schweigen.

Dann war Schluß mit Schliers und aller großdeutschen Herrlichkeit, Schluß für ein paar Jahre; denn über die erste Zeit nach dem Kriege ist in dem Archivordner nichts zu finden.

Wahrscheinlich ist Hermann Schlier, Hauptmann a. D. — aber wenigstens mit einem Eisernen Kreuz 2. Kl. auf der Brust, über dessen Herkunft auch nichts zu entdecken ist —, wahrscheinlich also ist Schlier ein paar Monate in einem jener Internierungsgebiete gewesen, die von den Kanadiern zwischen Ems, Jade, holländischer Grenze und Nordsee auf deutschem Boden eingerichtet worden waren.

Das war gewiß eine böse Zeit für den Dreiundzwanzigjährigen, obwohl es auch dort zwischen oben und unten durchaus Unterschiede gab.

Soldaten und niedere Dienstgrade kampierten zum Beispiel meistens in Ställen, Scheunen, in Zelten oder unter freiem Himmel, während die ehemaligen Offiziere, die sich nur schwer daran gewöhnen konnten, »ehemalig« zu sein, in Bauernhöfen einquartiert waren und sich bei Skat und Rübenschnaps die Zeit bis zur Entlassung vertrieben.

Im Spätherbst '45 — so gibt es das Gedruckte, das Stein durchblättert, wieder —, im Spätherbst '45 ist Jung Hermann wieder daheim in der Wohnung der verstorbenen Mutter nahe der Nordsee. Und dort, in der Kleinstadt mit den rotschwarzen Ziegelhäusern und dem steten Westwind, gründet er zusammen mit acht anderen — wahrscheinlich, so spekuliert Stein, mit den übriggebliebenen Kameraden aus Vaters vaterländischem Verein oder mit deren Söhnen — eine Partei.

Die Partei heißt »Demokratische Sammlung«.

Das klingt sehr hübsch und wird von der britischen Besatzungsmacht auf Antrag ordnungsgemäß zugelassen.

Der englische Offizier, der die Zulassung begutachtet

und unterschrieben hat, muß entweder politisch halbblind gewesen sein oder einer von jener Sorte alter Kolonialoffiziere, deren Horizont nicht über die Spitze ihrer Reitpeitsche reichte.

Oder die Parteigründer um Hermann Schlier hatten ein paar richtig schön unbelastete Aushängeschilder.

Wie dem auch sei, die »Demokratische Sammlung« wurde mit britischer Befürwortung gegründet, und Hermann Schlier, Hauptmann der Artillerie a. D., knapp vierundzwanzigjährig, saß selbstverständlich im Vorstand dieser Partei, die sich bald über das Land ausbreitete wie Hahnenfuß über eine Wiese.

Was Schlier, der ja außer einigen Schulweisheiten und Schußbahnberechnungen nichts gelernt hatte, sonst noch war, was er arbeitete, womit er sein Geld verdiente, wovon er lebte — das alles blieb unklar.

Aber man kann ihm und niemandem daraus einen Vorwurf machen; denn in jenen Jahren war bei vielen vieles unklar.

Stein selber, zum Beispiel, hat davon gelebt, daß er auf einem alten, unendlich mühsam ergatterten und wieder instandgesetzten Fahrrad über Land gefahren ist und seine Geschicklichkeit im Umgang mit Ölfarben, Pinseln und Malgründen genutzt hat, um gegen Eier, Butter, Milch und Mehl, gegen Kartoffeln und Kohlrüben, Haferschrot und andres Eßbare Bauernhöfe zu konterfeien.

Das mußte naturgetreu sein und deutlich als Bruhns' oder Jensens Hof erkennbar. Und gegen einen Aufschlag — etwa ein Pfund Speck oder eine Büchse Blutwurst — malte er auch, täuschend ähnlich, die Lieblingskuh mit, die dann im Vordergrund als Modell angepflockt wurde.

Mit dem so ehrlich Erworbenen konnte er ganz gut leben.

Die Überschüsse tauschte er gegen die Dinge ein, die sonst kostbar waren, Kohlen, Kaffee, Kleidung oder Zigaretten, und so befand er sich in der unklaren Zeit einigermaßen wohl.

Eine Partei hat Stein allerdings nicht gegründet.

Vielleicht hätte er es tun sollen ...

Doch weiter mit Hermann Schlier. Von 1947 bis 1950 studierte der junge Mann in der nahegelegenen Universitätsstadt. Was studierte er? Geschichte und Geographie. Wollte er Lehrer werden?

Die anfallenden Examina bestand er magna cum laude, gescheit und vor allem fleißig, wie er nun mal war.

Seine Partei, die '46 gegründete »Demokratische Sammlung«, war nach zweijährigem Bestehen eingegangen. Kann sein, daß sie sich auch gespalten hat, daß sie den einen nicht rechts genug war, denen, die immer noch nichts kapiert hatten, und den anderen, die ängstlicher waren, zu rechts ... Egal, sie existierte nicht mehr.

Ob Schlier sich anderswo engagiert hat, ist nicht auszumachen. Es finden sich jedenfalls keinerlei politische Aktivitäten des hochintelligenten Hochschülers — wenn man von seiner Mitgliedschaft in einer schlagenden Verbindung absieht. Aber auch da scheint er nicht sonderlich aktiv gewesen zu sein. Nicht mal einen Schmiß hat er sich besorgt in den offiziell verbotenen Pflichtmensuren. Es gibt leider kein Foto von ihm »in blankem Wichs« ... Nichts.

Wie er das Studium finanziert hat, ist ebenfalls nicht festzustellen. Vielleicht haben die Tanten geholfen. Die aus Australien anfangs mit Care-Paketen, die andere mit kleinen Geldbeträgen. Und der Staat hat das Seine getan, denkt Stein. Da Schlier im Entnazifizierungsverfahren als »nicht belastet« eingestuft worden war, mußte er die gleichen Chancen haben wie alle anderen.

Gutgegangen ist es ihm offensichtlich jedoch nicht, den paar Fotos aus jener Zeit nach zu schließen. Da wirkt er mager und müde, sein Anzug ist schlottrig und schäbig ...

1952 folgte die Promotion.

Stein stutzt. Hallo, das hab' ich ja bisher gar nicht gewußt! Wir haben es mit einem Dr. phil. zu tun!

Sehr geschickt, diese Art Tiefstapelei!

Sich auf Plakaten und als Parteiboß einfach nur Hermann Schlier zu nennen, wenn man einen Doktortitel besitzt!

Das empfinden die kleinen Leute, die Kleingärtner und Tante-Emma-Laden-Besitzer, bestimmt als sympathische Bescheidenheit.

»Kiek em, Korl — he prohlt nich mit sien Doktor!«

»Tjä — so'n klogen Kierl. Und dorbi soo bescheiden, nöch!«

Dr. phil. Hermann Schlier.

Die Doktorarbeit hat das Thema : »Bismarck im Spiegel der zeitgenössischen Literatur.«

Sieh mal einer an! Das klingt ja fast nach musischen Ambitionen. Mal sehen, ob man das nicht zu lesen kriegt . . .

1953 Referent im Kultusministerium eines nördlichen Landes der Republik.

Was für ein Referent? In welchem Ressort? Schule? Sehen vielleicht deshalb die Lesebücher dort noch immer so aus wie zwischen '33 und'45?

Das muß Stein noch herauskriegen.

1957 war Schlier Parlamentskandidat der konservativen Partei für den Wahlkreis, zu dem auch seine Vaterstadt gehört.

Er verlor.

Der gegnerische linksliberale Demokrat siegte, zu aller Überraschung. Knapp zwar, aber er siegte. Schlier fehlten hundert Stimmen. Auf der Landesliste war er leider nicht abgesichert. Die war von älteren Herren besetzt.

Aber sonst — privat — scheint er recht gut abgesichert gewesen zu sein.

Seit 1955 bekleidete er eine hohe Beamtenstelle im Ministerium, im gleichen Jahr heiratete er ein blaßgesichtiges Mädchen, einziges Kind eines der reichsten Reeder des

Landes, saß in mehreren Aufsichtsräten und galt — trotz der knapp verlorenen Wahl — als eine Hoffnung seiner Partei.

Aus Schwiegervaters gutgespickter Tasche und mit Hilfe zinsbegünstigter Landesmittel baute sich Hermann Schlier ein — im landläufigen Sinne sehr schönes — großes Haus am Rande der Hauptstadt: viel Schmiedeeisen innen und außen. Ein vornehm ziseliertes Messingschild, auf dem dezent die Anfangsbuchstaben des Bungalowbesitzers prangten: H. S.

Im gepflegten Garten gab es einen heizbaren Swimmingpool und einen gutgenährten Schäferhund, der aufs Wort gehorchte.

Wenn Schlier »Faß, Hasso!« riefe, ginge das Tier jedem an die Gurgel, auf den Herrchen es hetzte.

Und zwei Garagen waren vorhanden. Eine für den Mercedes des Hausherrn, die andere für den Kharman-Ghia der Dame.

Schwarz mit Weißwandreifen der Mercedes, resedagrün der Kharman.

Gelbe Kletterrosen rankten von der Garage hinüber um das riesige Fenster des Wohnraums. Wolkenstores verhinderten, daß Besucher oder Lieferanten hineinsehen konnten.

Der von soviel Wohlstand umgebene Hermann Schlier — unterdessen bereits Regierungsdirektor — zog Anfang der sechziger Jahre als Abgeordneter des rechten Flügels der regierenden Konservativen ins Parlament ein.

Im März '63 starb seine blasse Frau bei der Geburt des ersten Kindes, eines Jungen. Das Kind lebte auch nur einen Monat. Getauft war es auf den Namen Eckehard.

Noch vor Ablauf der Legislaturperiode gab es einen Korruptionsskandal um irgendwelche Subventionen der Regierung für einen Chemiekonzern.

Schlier schien darin verwickelt zu sein.

Er bestritt — sonst bisher nicht in Erscheinung getreten

— energisch seine Beteiligung an suspekten Machenschaften, die nie ganz aufgeklärt wurden.

Kurz nach der undurchsichtigen Geschichte legte er sein Mandat nieder und kaufte sich eine Yacht.

Wenig später trat er aus der Partei der Konservativen aus — ohne weitere Angabe von Gründen.

Dann gründete er mit Gleichgesinnten die neue Partei. »National-Konservativ« nannte sie sich, errang auf Anhieb eine Anzahl Sitze in Kommunal- und Länderparlamenten und hatte einen erstaunlichen Zulauf.

Heute ist sie in einer ganzen Reihe von Landtagen vertreten, und die Demoskopen-Prophezeiungen, sie werde möglicherweise mit einer beachtlichen Anzahl von Abgeordneten auch in den Bundestag einziehen, erscheint durchaus als wahrscheinlich.

Stein klappt den zweiten Ordner zu, sammelt seine Notizzettel in der Hoffnung ein, daß er nichts vergessen hat und daß er das, was er notiert hat, übermorgen auch noch lesen kann.

Es geht auf elf zu.

Die Bildredaktion muß er nach der Konferenz aufsuchen.

Er gibt das Schlier-Material mit Dank bei dem Russenblusenmädchen ab, lächelt ihm wieder zu (immer noch nicht wissend, wie sie heißt) und verläßt den neonerleuchteten Keller.

2

Bei einer großen Illustrierten gibt es mehrere Arten von Redaktionskonferenzen.

Die, zu der Gregor Ruschel Stein eingeladen hat, ist eine große, allgemeine Themenkonferenz.

Da sitzen fünfunddreißig oder vierzig oder noch mehr Redakteurinnen und Redakteure, Reporterinnen und Reporter, Ressortleiterinnen und Ressortleiter, Frauen und Männer aus der Grafik, Rechercheure, Fotografen, und was alles sonst dazugehört, im großen Konferenzraum und reden, schweigen, erregen sich, mokieren sich, giften sich an, werfen sich Bälle zu und Versäumnisse vor oder hören nur zu — je nach Gewicht, Geltung, Geltungsbedürfnis und Temperament.

Paul Stein hat noch nicht viele solcher Konferenzen mitgemacht, und wenn, dann nur als stiller Zuhörer.

Heute soll er auf Gregor Ruschels Wunsch seine eigene Idee vortragen, begründen, verteidigen und verkaufen.

Er weiß, daß das eigentlich überflüssig, um nicht zu sagen, eine Farce ist; denn wenn der Chef, King Joe, und Gregor gesagt haben: »Wir machen das!«, dann müßte es mit dem Teufel zugehen, wenn die Konferenzrunde sie zu einer anderen Meinung brächte.

Deshalb braucht er, genaugenommen, kein Lampenfieber zu haben.

Er hat trotzdem welches; denn er ist ein schlechter Redner vor einem größeren Forum. Wenn ihn mehr als vier Paar Augen anstarren, kommt er leicht ins Stottern — noch dazu, wenn die Augen von Leuten dabei sind, die er nicht kennt, oder gar von Leuten, die ihm aus irgendwelchen Gründen nicht grün sind. Und unter den vierzig hier im Konferenzraum sind ihm mehrere nicht grün. Schließlich ist er ein Konkurrent, und manchen ist er bei irgendeiner Gelegenheit auch einmal empfindlich auf die Redakteurszehen getreten.

Redakteure haben oft mehr Zehen, auf die ein freier Mitarbeiter treten kann, als irgendwelche andere Menschen.

Hinzu kommt, daß es einzelnen Spaß macht, den Sack zu schlagen, wenn sie den Esel meinen. Der Sack ist dann Stein, der Esel Gregor Ruschel.

Stein glaubt sogar, daß Ruschel das weiß und sich darüber amüsiert, der Fuchs ...

Es geht los.

Gregor Ruschel hat den Vorsitz an der Stirnseite der Zwölfmetertafel übernommen; King Joe ist nicht da.

Es wird der Reihe nach vorgetragen.

Der Moderedakteur, links neben Ruschel, beginnt. Er möchte in einem der nächsten Hefte statt des üblichen Saisonbeitrags einen »größeren, vielleicht sogar geschichtlich fundierten Überblick« bringen, in dem er »die Tendenzen beim Damenoberbekleidungsgeschehen« aufzeigen will und »ihre Parallelen zu politischen Entwicklungen«.

Er trägt das mit Ernst und viel Pathos vor — und es wird ihm prompt die Luft abgelassen durch die freche Frage, ob die Zusammenhänge zwischen Ölkrise und Büstenhalterform auch optisch zu erkennen seien.

Großes Gelächter.

Der Moderedakteur lacht mit, aber sein Lachen ist so echt wie eine Perlenkette für zwölf Mark fünfzig.

Es wird aus Nettigkeit noch ein bißchen diskutiert, doch »die Tendenzen beim Damenoberbekleidungsgeschehen« sind bereits vor Ende der Diskussion gestorben.

Eine »Kulturgeschichte des Sofas« wird vorgeschlagen und ebenso verworfen.

»Der deutsche Mann als Liebhaber aus der Sicht ausländischer Mädchen und Frauen« wird lang und breit, mit viel Hallo, Flachs und Blödelei besprochen und als möglicher Beitrag akzeptiert.

Jemand berichtet, der »Ur-Tarzan« liege in Amerika im Sterben. Ein anderer weiß, daß schon ein Reporter dorthin unterwegs sei, um zu sehen, ob sich daraus was machen lasse.

Ein Bau-Skandal in Schwaben. Ein Streit um einen toten Hund, der dreizehn Juristen beschäftigt. Die Folgen einer Hausbesetzung in Frankfurt. Korruption in einem afrikanischen Entwicklungsland. Versicherungsbetrug mit einer abgehackten Hand ...

Gregor Ruschel lenkt und leitet das Hin und Her unauffällig geschickt. Stein wartet auf das Zeichen, mit dem er ihm grünes Licht für seinen Vortrag geben will.

Es kommt kein Zeichen. Haben sie es sich anders überlegt? rätselt Stein. Soll er die Serie über Hermann Schlier doch nicht schreiben?

Er raucht zuviel. Der große Raum besitzt eine gute Entlüftungsanlage, aber es hängt dennoch eine dicke Qualmwolke von den vielen Pfeifen, Zigarren und Zigaretten, die ringsum brennen, unter der Decke.

Warum rege ich mich eigentlich auf? denkt Stein. Das lohnt sich doch für die paar Monate gar nicht mehr. Warum versitze ich eigentlich das bißchen Zeit, das ich noch habe, mit Leuten, die sich in der Mehrzahl für den Nabel der Welt halten und schon deshalb langweilig sind?

Warum hocke ich nicht zu Hause und höre den Spatzen zu, die sich in der Dachrinne zanken?

Die Konferenz ist zu Ende und zerbröckelt. Einige sind schon aufgestanden. Es wird noch in kleinen Gruppen geredet.

Gregor beantwortet noch ein paar Fragen. Dann wendet er sich an Stein: »Kommen Sie eben noch mit hinüber zu mir, Herr Stein?«

»Ja«, sagt Stein unsicher und lustlos.

Sein Lampenfieber, das vergeblich war, liegt ihm wie zu fetter Gänsebraten im Magen.

»Bitte, entschuldigen Sie«, sagt der Fürst zehn Minuten später, als Stein ihm in seinem schön möblierten Redaktionszimmer gegenübersitzt. »Ich habe mir das nicht gut überlegt, als ich Sie bat, zur Konferenz zu kommen.«

Er steht auf und macht die Tür zum Vorzimmer zu, die sonst meist offen bleibt.

»Es ist mir erst richtig klar geworden, als ich den ganzen Verein vor mir sitzen sah«, fährt er fort und setzt sich wieder in den Biedermeierstuhl hinter seinen Schreibtisch. »Ihre Geschichte durfte nicht in der Konferenz erörtert werden. Wir haben undichte Stellen im Haus, seit langem schon; das ist nichts Neues. Die Konkurrenz hat uns bei vielen Themen schon einen Strich durch die Rechnung gemacht, weil sie zu früh erfahren hat, was wir planten. Das ist bei der Kulturgeschichte des Sofas nicht weiter wichtig — obschon ich mich auch bei so was oft genug ärgere. Aber ein so gutes und wichtiges und so brisantes Thema wie Ihre Schlier-Serie dürfen wir nicht gefährden, indem wir mit zu vielen Leuten zu früh darüber reden, verstehen Sie?«

»Ich verstehe«, sagt Stein erleichtert und auch ein wenig geschmeichelt.

»Es kommt hinzu«, fährt Ruschel fort, »daß Sie — weil Sie den Laden nicht so gut kennen, wie ich ihn seit zwanzig Jahren kenne —, daß Sie vielleicht in Ihrer Begeisterung die Katze aus dem Sack gelassen und der Konferenz erzählt hätten, was Sie, was wir mit dieser Serie erreichen wollten, nämlich den Herrschaften das Wahlwasser abzugraben. Und da möchte ich zehn zu eins wetten, daß die Schlierschen Kameraden Wind bekommen hätten, glauben Sie nicht? Und dann hätten Sie dort bei Ihrer Arbeit kein Bein mehr auf die Erde gekriegt.«

»Okay«, sagt Stein. »Alles klar! Aber das bedeutet . . .«

»Das bedeutet, daß Sie die Sache so weit wie möglich im Alleingang machen müssen. Allein recherchieren. Allein interviewen. Nie mit unserem Auftrag hausieren, denn wir sind bei den National-Konservativen ohnehin nicht gut angeschrieben. Das darf keine *Kurier*-Reportage werden — nach außen hin —, sondern eine Stein-Reportage, bis Sie alles zusammenhaben und wir die erste Folge drucken.«

»Das leuchtet mir ein«, sagt Stein und freut sich, obschon er die Schwierigkeiten erkennt und sich ein bißchen vorm Alleingang fürchtet.

»Sie haben inoffiziell jede Hilfe von uns«, fährt Ruschel fort. »Aber auch bei uns dürfen nur ein paar wenige davon wissen. Wir werden zwei gute freie Fotografen auf die Geschichte ansetzen. Mit denen können Sie sich abstimmen. Aber wir, der *Kurier*, unser Blatt, hat mit Ihnen, wie gesagt, offiziell nichts zu tun. Sonst wird das nichts.«

Er schenkt Stein einen Whisky ein. Stein fragt beim zweiten Schluck nach einem Vorschuß — nicht, weil er geldgierig ist, sondern weil er in langen Jahren die Erfahrung gemacht hat, daß eine bevorschußte Arbeit anders, besser beurteilt wird und seltener der Ablehnung verfällt als ein »Machen-Sie-mal«-Auftrag.

»Drei bis vier Folgen, sagten Sie?« fragt Ruschel.

Stein nickt.

»Fünftausend Vorschuß«, ordnet Ruschel an. »Spesen rechnen Sie extra ab — wie sonst . . .«

»Geht in Ordnung, danke!« erwidert Stein.

Ruschel macht sich eine Notiz. »Na, dann Hals- und Beinbruch!« sagt er.

In der Bildredaktion bittet Paul Stein, ihm ein paar Aufnahmen Hermann Schliers herauszusuchen.

Er bittet den Chef des Ressorts, denn auch in einer noch so liberalen Redaktion sind die hierarchischen Bräuche streng.

Der Ressortchef heißt Erdmut Köhler, allerdings nur im Impressum. Unter Kollegen wird er »Eddy« genannt, was sich seine Eltern, als sie ihn vor 48 Jahren mit dem Vornamen Erdmut straften, sicher nicht gedacht haben.

Eddy ist bis vor etlichen Jahren ein wirklich weltberühmter Fotoreporter gewesen. Er hat die unglaublichsten Dinge gemacht: Er ist mit dem Fallschirm mitten im unwegsamsten südamerikanischen Urwald abgesprungen, weil er einen Pygmäenstamm fotografieren wollte, der sich dann als kannibalistisch erwies und ihn nur nicht auffraß, weil er vom Himmel gefallen war.

Er hat eine Black-Panther-Geheimversammlung fotografiert, indem er sich von einem sehr guten Maskenbildner zum Halbblut hat umschminken und frisieren lassen.

Er hat drei heiße Tage und zwei kalte Nächte in einem Tamariskenbaum gehockt, nur um einen berühmten Kinostar weiblichen Geschlechts über eine hohe Mauer in zärtlicher Pose mit einem ebenso berühmten, verheirateten, konservativen Politiker zu knipsen.

Er hat in Bordellen und Königsschlössern, in und aus Rennwagen, Flugzeugen, Unterseebooten, Bergwerken, Gefängnissen und Panzern fotografiert, hat im Laufe seiner »aktiven« fünfzehn Jahre die ganz Welt bereist und alles auf Zelluloid gebannt, was ihm vors Objektiv gekommen ist. Er hat mehr als zwanzig Kameras, teure und gute Kameras, verloren — mal durch Gummiknüppelschläge eines Polizisten bei einer Demonstration in Berlin, mal durch den Tritt eines Pferdes beim Stierkampf in Toledo, mal durch den Faustschlag eines Ganoven in Harlem, mal durch den Flossenschlag eines harpunierten Wals in der Arktis.

Wenn Eddy zu erzählen anfängt, wird schnell auch die lauteste Runde still. Er ist ein unbezahlbarer Gast bei Partys.

Man muß nur aufpassen, daß er sich nicht zu sehr betrinkt; denn dann blättert fix die Abenteurertünche ab, und es bleibt ein armseliger, kaputter Homosexueller zurück, der mit dem Altwerden nicht zurechtkommt, der ein Vermögen für Toupets, Maßanzüge, hochhackige Schuhe und seidene Wäsche ausgibt und Angst davor hat, in den Spiegel zu gucken.

Stein mag Eddy. Er mag ihn mit einer Mischung aus Mitleid und Solidaritätsgefühl.

Nein, nicht daß er selber Sinn oder Neigung für schwule Geschichten hätte — schon der Gedanke an einen stoppelbärtigen Kuß jagt ihm Schauer über den Rücken —, aber er hat da keine moralischen Vorurteile.

Wenn einer sich zu seinesgleichen hingezogen fühlt und Frauen ihn kaltlassen, ist das allein sein Bier.

Es würde Stein ja auch nie einfallen, Leute nur deshalb zu verurteilen, weil sie ihre Steaks gerne blutig essen, während er die seinen lieber halb durchgebraten haben möchte.

Sein Mitleid und Solidaritätsgefühl mit Eddy entspringt der gleichen Quelle, die ihn mit allen Verfolgten fühlen läßt, mit allen, die zu Outcasts gemacht worden sind von der erbarmungslosen Gesellschaft, in der wir leben — und auch mit denen, die sich selber zu Outcasts gemacht haben.

Im übrigen mag Stein Eddy, weil sich gut mit ihm arbeiten läßt. Er ist sensibel und kapiert auch ohne große Rederei, warum man zu dieser Geschichte diese Art Fotos haben will und warum zu jener eine andere Art. Wenn er ein Zeichner wäre, würde er ein großartiger Buchillustrator sein, weil er sich anzupassen versteht, ohne dabei ein Opportunist zu sein.

Eddy sitzt in seinem Zimmer am überladenen Schreibtisch, als Stein kommt.

Seine zartgliedrige, kühl-trockene Hand mit dem dünnen Goldkettchen am Handgelenk fühlt sich an wie Elfenbein. Wie immer ist er sehr gut angezogen. Der hellgraue Anzug ist — aber das sieht nur, wer Eddy kennt — fünf Jahre zu jung für ihn. Die großen, grauen, von langen Wimpern beschatteten Augen wirken freundlich und müde — wie Schauspieleraugen nach einer anstrengenden Aufführung.

»Hallo, Paul«, sagt er und lächelt.

Dabei zieht er die schmale Nase kraus und blinzelt. Die Hand läßt er nach dem Händedruck auf einen Stapel Fotos fallen, als gehörte sie ihm gar nicht.

»Hallo, Eddy«, sagt Stein, setzt sich auf den freien Stahlrohrstuhl neben dem Schreibtisch, kramt seine Zigaretten aus der Jackentasche und hält ihm die geöffnete Schachtel hin.

»Apage, Satanas!« ruft Eddy in gut gespieltem Entsetzen. »Weiche von mir und führe mich nicht in Versuchung!« — und spreizt abwehrend alle zehn Finger vor der Zigarettenschachtel.

»Nanu!« sagt Stein. »Seit wann?«

»Seit neunzehn Tagen!« erklärt Eddy. »Aber es ist ein hartes Unternehmen. Man braucht ein halbes Jahr, hab' ich gehört, bis es einem nichts mehr ausmacht, andere rauchen zu sehen und zu riechen. Vor allem zu riechen! Aber ich will nicht mehr. Ich war bei fünfzig Stück am Tag. Fünfzig! Einschränken geht nicht. Ich hab's versucht. Nur vor dem Dickwerden hab' ich jetzt Angst. Man wird ja dick, wenn man aufhört zu rauchen, nicht wahr?«

»Da mußt du mal Betty fragen, was dagegen zu tun ist. Sie hat ein sicheres Rezept: Liegestütze und Orangensaft, Knäckebrot und so wundervolle Sachen.«

»Liegestütze . . . ?«

»Oder meinetwegen auch Kniebeugen. Turnen ist überhaupt gut gegen alles, Eddy. Gegen das Dickwerden, gegen das Altwerden, gegen das Abschlaffen ebenso wie gegen das Überhandnehmen aller Triebe. Turnen ist sicher auch gut gegen Rauchen.«

»Kannst du dir mich bei Liegestützen oder Kniebeugen vorstellen?« fragt er.

»Wenn du das richtige Turnhemd anhast, dann schon . . .« sagt Stein.

Eddy lacht.

»Turnst du?« will er wissen.

»Ich denke nicht daran!« sagt Stein, steckt seine Zigarettenschachtel ein, ohne sich eine anzuzünden, und sucht in seiner Tasche, ob er nicht zufällig Bonbons bei sich hat. Ja, da sind noch drei oder vier. Er fummelt sie heraus. Sie sind in goldenes Papier eingewickelt und trotzdem ein bißchen unscheinbar; er trägt sie schon länger mit sich herum.

»Magst du ein Bonbon?« fragt er und hält Eddy die vier auf der offenen Hand hin.

Eddy zögert, aber dann nimmt er, Stein zuliebe, doch eins. Sie wickeln im gleichen Rhythmus das Goldpapier ab und stecken die lauwarmen Dinger gleichzeitig zwischen die Zähne.

»Danke«, sagt Eddy lutschend. »Und was kann ich für dich tun?«

Stein sagt ihm, was er braucht.

Eddy ruft eines der niedlichen Mädchen an, die in seinem Ressort beschäftigt sind, bittet, für Stein Schlier-Fotos herauszusuchen.

Das Mädchen bringt einen ganzen Stapel — zwanzig oder noch mehr.

Aufregende Bilder.

Einige kennt er schon: Das sind die, auf denen der Parteiboß der National-Konservativen die Pose eines markigen Redners einnimmt, und die, auf denen er mit blitzendem Blick den Retter des bedrohten Vaterlandes darstellt.

Sie sind gestellt, und wahrscheinlich sind auch die Posen vor dem Spiegel geübt. Schnappschüsse sind es nicht.

Aber es sind auch genug Momentaufnahmen unter den übrigen Bildern.

Da ist ein Foto, das Schlier mit anderen Politikern auf der Gästetribüne einer großen Kirchenveranstaltung zeigt. Rechts neben ihm auf dem Rednerpult spricht gerade ein sehr fortschrittlicher Kirchenmann, einer der wenigen, die sich sogar dann politisch äußern, wenn es gegen die gerade herrschende konfessionelle Generallinie geht. Der Blick, den der sich wahrscheinlich unbeobachtet fühlende Schlier dem Redner zuwirft, ist atemberaubend.

So mögen — Stein fällt kein anderer Vergleich ein — die Ärzte in Auschwitz geguckt haben, wenn sie die Reihen der Sträflinge entlanggingen und sich geeignete Opfer für ihre

Versuche aussuchten.

Da ist ein anderes Foto: Schlier auf einem sogenannten Kameradschaftsabend im Kreise seiner »Landesführer«.

Er scheint bereits ein wenig angetrunken zu sein und betrachtet mit gesenktem Kopf die Männer an seiner Seite, die singend die Bierseidel heben.

Das sollte man den Leuten als Poster ins Haus schicken. Schlier sieht seine Leute an wie ein Metzger, der sich am lebenden Kalb ausrechnet, wieviel Kilo Fleisch davon zu welchem Preis zu verkaufen sein mögen.

Und hier drei Schnappschüsse nebeneinander: Schlier mit Kindern. Zwei sechs- oder siebenjährige Mädchen in weißen Blüschen stehen mit Blumensträußen vor ihm. Sie scheinen verwirrt und ahnungslos und wissen offensichtlich nicht, was das für ein Onkel ist, von dem ihre Mutter so viel Wesens macht.

Schlier blickt durch die Kinder hindurch die Mutter an, eine dralle Weißblonde, noch jung und hingerissen von der Ehre, dem großen Schlier so nahe sein zu dürfen ...

Schlier sieht sie an, als ob ihm das Wasser im Munde zusammenliefe.

Nun, das ist nichts Unrechtes. Warum soll einem Mann nicht angesichts einer so hingebungsvollen Weißblonden das Wasser im Munde zusammenlaufen?

Aber der Blick Schliers hat neben allem Verlangen etwas von blutunterlaufener Brutalität ... Und auf dem zweiten Bild, das die gleiche Situation zeigt, ist das ärgerliche Stirnrunzeln zu sehen, das die Kinder auslösen, weil sie ihn stören. Und auf dem dritten ist er plötzlich der lächelnde, sich väterlich zu den lieben Kleinen hinabbeugende, große Mann, dessen Kinderliebe stimmt, wie ein päpstlicher Hirtenbrief stimmen würde, der die Seligsprechung François Villons verkündete.

Natürlich weiß Paul Stein, daß solche Bilder kein Kriterium für einen Charakter sind. Es gibt von ihm selbst Paßfotos, die er irgendwann in irgendeinem Warenhaus in einem Automaten hat machen lassen. Wenn man die vergrößerte und darunterschriebe: »Der Massenmörder P. St., kurz nach der Zerstückelung zweier Knaben« — jeder würde es glauben.

Stein weiß also, daß man einen Menschen in keinem Fall nach Schnappschüssen, und schon gar nicht nach Blitzlichtaufnahmen beurteilen darf. Deshalb muß er den Mann sobald wie irgend möglich kennenlernen, der heute, dreißig Jahre nach Kriegsende, seinen Namen unter ein Programm schreibt, wie es die National-Konservativen verkünden.

Wie war das noch?

»Recht und Ordnung. Verschärfung der Strafgesetze bei Kapitalverbrechen und Widerstand gegen die Staatsgewalt . . .«

»Gegen Auflösung der Ordnung in Schulen und Universitäten. Gegen Verfall der Justiz . . .«

»Glaubhaftmachung des Privatkapitalismus für jedermann, als Damm gegen Marxismus und Bolschewismus . . .«

Stein muß Hermann Schlier persönlich kennenlernen, muß ihn sehen und hören, muß ihm Fragen stellen und auf seine Antworten achten.

Vielleicht ist er ja nur ein Strohmann, eine Marionette und das Aushängeschild anderer. Das kann sich Stein zwar nicht vorstellen, nach allem, was er weiß, und auch nach diesen Fotos nicht; aber Fotos, wie gesagt, sind keine Grundlage für ein Urteil.

Eddy hat die ganze Zeit mit einer großen Lupe Farbdias von strammbusigen Mädchen betrachtet und sortiert. Er hat ein oder zwei Dutzend herausgesucht und die anderen hundert oder mehr beiseite gelegt. Jetzt nimmt er die ausgesuchten Bilder ein zweitesmal vor, legt sie auf die erleuchtete Milchglasscheibe und sieht sich jedes noch einmal genauer an.

»Reizende Beschäftigung«, sagt Stein.

»Kommt darauf an, unter welchem Gesichtswinkel man

das machen muß«, sagt Eddy. »Ich muß nur nachgucken, ob die scharf sind.«

»Oho«, grinst Stein.

»Fotografisch scharf«, stellt Eddy richtig und lächelt. Er lächelt gequält. An seiner Stelle würde Stein gewiß auch gequält lächeln.

»Klar«, sagt er, »wie denn sonst? Sag mal, Eddy, kann man aus Fotos ersehen, wie jemand in Wirklichkeit ist? Du mußt das doch wissen. Ich meine jetzt nicht ›scharf‹ oder so'n Kram. Ich meine, kann man sehen, ob einer ein Lump ist oder ob einer dumm ist oder ob einer gefährlich ist? Was meinst du?«

»Das wirst du gleich sehen«, erwidert Eddy. »Wir haben neulich schon mal darüber diskutiert. Ich habe mir nach der Diskussion ein halbes Dutzend Bilder rausgesucht. Warte, ich zeig' sie dir!«

Er steht auf und holt aus seinem Rollschrank eine Mappe. Die Mappe enthält sechs Vergrößerungen. Er legt die erste vor Stein auf den Tisch. Das Bild zeigt einen korpulenten Mann mit gutmütigen Gesichtszügen. Er trägt einen Dufflecoat, eine Schiffermütze und einen Seemannskinnbart. Er raucht eine lange Zigarre und lächelt freundlich in die Kamera.

»Was ist das für ein Mensch?« fragt Eddy.

»Ein Kapitän«, sagt Stein. »Chef an Bord eines kleinen Küstenschiffes. Oder Lotse. Netter Mann. Sympathisch. Zuverlässig ... Oder?«

Er fragt ›oder‹, weil er ja weiß, daß bei den Bildern irgendwelche Haken sind.

»Augenblick«, sagt Eddy und legt Stein das Foto einer alten Frau vor, die unter einem wirren, weißen Haarwust verkniffen und böse guckt. Sie sieht beängstigend aus. Stein bildet sich zwar ein, das Gesicht schon einmal gesehen zu haben, aber er weiß nicht, in welchem Zusammenhang.

»Und was hältst du von der hier?« fragt Eddy.

»Die sieht so aus, daß ich von ihr keine Tasse Tee nehmen würde«, erwidert Stein. »Eine Giftmischerin . . . Oder wenigstens eine Schauspielerin in der Maske einer Furie.«

»Weiter«, sagt Eddy vergnügt und gibt Stein das dritte Foto. Es zeigt einen ernst dreinblickenden, seriösen Herrn mit dunklem Vollbart. Er trägt einen gutgeschnittenen, dunklen Anzug, dazu jene Art Krawatte, die man »Plastron« nennt und die mit einer Perlennadel festgehalten wird.

»Das könnte ein Pfarrer sein«, sagt Stein. »Zumindest ein Lehrer. Latein und Geschichte an einem humanistischen Gymnasium in Bayern. Ein Mann mit Selbstdisziplin und so weiter . . . Vielleicht ein bißchen trocken.«

»Der Herr war Arzt«, erklärt Eddy. »Er hieß Doktor Lamson und ermordete seinen Schwager — ich weiß nicht, warum — im Jahre 1881 mit einem Pflanzengift. Und die Furie « — er zeigt auf die Frau mit dem bösen Blick und lacht —, »die Furie hieß Elly Ney und galt als größte Beethoven-Interpretin ihrer Zeit. Rohköstlerin war sie außerdem. Das weiß ich genau; denn ich habe mal in der ersten Reihe vor dem Konzertpodium gesessen, auf dem sie saß und hinreißend die Mondscheinsonate spielte. Und die Knoblauchdüfte wehten durch alle drei Sätze. Der dicke Kapitän war zwar tatsächlich ein Marineoffizier, aber ein äußerst zwielichtiger. Er hieß John Donald Merrett, hat 1926 seine Mutter erschossen und — nach einem Freispruch mangels Beweisen — knapp dreißig Jahre später seine Schwiegermutter und seine Frau. Fein, nicht?«

»Reizend!« sagt Stein. »Und wen hast du da noch, in dessen Fotos ich mich täuschen kann?«

»Was hältst du von dem hier?« fragt Eddy und zeigt Stein einen Halbstarken mit verschlagenem Blick und brutalem Kinn.

»Er sieht aus wie ein Raufbold«, sagt Stein. »Wie ein tükkischer Schläger. Aber er wird wohl ein sensibler Lyriker oder sonst ein Künstler sein, wie ich annehme . . .«

»Er war ein Raufbold *und* ein Künstler, sogar einer der

ganz großen«, sagt Eddy. »Er hieß Jack London.«

»Ich werd' verrückt«, meint Stein. »Dann ist diese Dame hier keine Wissenschaftlerin, obwohl sie so aussieht, sondern eine Massenmörderin ... Oder?«

»Erraten«, sagt Eddy und hebt das Bild der Frau mit der römischen Nase und den klugen Augen hoch. »Das ist eine Massenmörderin — das heißt, sie ist mit an Sicherheit grenzender Wahrscheinlichkeit eine Massenmörderin. Sie heißt Maria Besnard und war des zwölffachen Giftmordes angeklagt, mußte jedoch nach elf Prozeßjahren mangels Beweisen freigesprochen werden. Sieht gut aus, nicht wahr?«

»Ja«, gibt Stein zögernd zu. »Und der letzte hier, das ist ein Verbrecher. Sag bloß nicht nein! Mit so einem Gesicht kann einer nur ...«

»Der Herr heißt Paul Hindemith«, unterbricht ihn Eddy, »und war einer der aufregendsten Musiker unseres Jahrhunderts. Er hat —«

»Hör auf!« protestiert Stein. »Willst du mich auf die Schippe nehmen?«

»Es ist wirklich Hindemith!« sagt Eddy.

»Sicher! Aber du brauchst mir nicht zu erklären, daß der ein bedeutender Musiker und kein Lustmörder war, zum Teufel!« Sie müssen beide lachen.

»Eins ist klar«, sagt Stein zu Eddy — und vor allem zu sich selbst —, »ich muß so schnell wie möglich den Schlier kennenlernen und mit ihm reden ...«

»Viel Vergnügen!« sagt Eddy.

»Du sollst niemanden nach seinen Fotos be- oder verurteilen!« tadelt Stein im Spaß.

»Ich habe ihn mal in einer Versammlung in natura erlebt«, sagt Eddy. »Es war wie ein schlimmer Traum, Paul!«

Eddy wird zum Chef gerufen. Paul Stein strapaziert in der Zwischenzeit mit seiner Erlaubnis das Telefon auf dem Schreibtisch. Die National-Konservative Volkspartei ist im Telefonbuch unter V zu finden. Stein wählt. Es meldet sich eine Männerstimme.

3

Die Männerstimme klingt freundlich und höflich.

»National-Konservative Volkspartei.«

Man hört, daß sie die schwierigen Worte häufig sagt. »National-Konservative Volkspartei« klingt es flüssig, und anschließend: »Guten Tag!«

»Guten Tag«, wünscht Stein zurück und nennt seinen Namen. Dann erklärt er, daß er Journalist sei, und fragt den Mann mit der höflich-freundlichen Stimme, ob es jemanden im Parteibüro gebe, der für die Presse zuständig sei.

»Presse und Propaganda — das macht Herr Doktor Leisser bei uns«, erwidert der Freundliche. »Ich will sehen, ob er da ist . . . Dann verbinde ich Sie!«

»Danke«, sagt Stein. Während es in seinem Hörer knackt und rattert, überlegt er, wieso er eigentlich so überrascht von der Freundlichkeit und Höflichkeit ist.

Was hat er denn erwartet?

Die werden ja wohl nicht so dämlich sein, gleich nach außen hin sich eines SA-Tones zu befleißigen. Stein fürchtet, er muß umdenken, was die NKVP angeht. Nicht, was ihr Programm und ihre Ziele angeht, nein, aber was ihre Formen, ihr Auftreten betrifft. Die Leute sind Schlachtermeister mit manikürten Fingernägeln, weißem Kragen und seidener Krawatte . . .

»Hallo«, meldet sich eine sonore Stimme. »Hier Leisser!«

Stein nennt abermals seinen Namen, sagt sein Sprüchlein nochmals auf und fügt gleich sein Anliegen hinzu: »Ich möchte sehr gern Ihre Organisation näher kennenlernen, Herr Doktor Leisser. Ein paar Fragen stellen, mich umsehen dürfen, diese oder jene ihrer Veranstaltungen besuchen, einige Interviews machen — vor allem auch mit Herrn Doktor Schlier, wenn es irgend möglich ist — und mir so das Material schaffen, aus dem ich dann entweder eine Funkreportage oder eine Serie für eine Zeitung schreiben könnte.«

»Für welche Zeitung?« fragt Leisser sofort.

»Das weiß ich noch nicht«, erwidert Stein. »Kommt darauf an, wie ich das in den Griff kriege, verstehen Sie ... Und wer es dann nimmt.«

»Tja ...«, sagt Leisser zögernd. »Ich muß Sie bitten, unser Mißtrauen zu verstehen, Herr Stein, aber wir sind schon ein paarmal von Kollegen von Ihnen unter dem Vorwand objektiver Berichterstattung ausgehorcht und anschließend böse diffamiert worden. Für welche Blätter arbeiten Sie denn?«

Stein nennt ihm die drei unpolitischsten, für die er gelegentlich mal etwas gemacht hat. Es scheint, Dr. Leissers Skepsis beginnt zu schwinden.

»Und wie kommen Sie gerade auf uns als Thema?« fragt er.

»Sie sind eine demokratisch zugelassene Partei«, erklärt Stein. »Und Sie sind ganz offenbar im Kommen. Ich stimme nicht in allen Ihren Programmpunkten mit Ihnen überein — aber vieles scheint mir doch sehr interessant und durchaus diskutabel. Und da dachte ich ...«

Es ist eine üble Heuchelei, was er da treibt. Er stimmt durchaus nicht, in keinem Programmpunkt, mit den Herrschaften überein — aber der Zweck heiligt die Mittel. Stein lügt, ohne rot zu werden.

»Tja ...«, überlegt der national-konservative Propagandadoktor. »Dann kommen Sie vielleicht am besten mal her, wie?«

»Ja, gern«, antwortet Stein. »Wann paßt es?«

»Heute und morgen — überhaupt diese Woche — ist es schlecht«, sagt Dr. Leisser. »Wir haben eine Reihe Versammlungen, die unseren konzentrierten Einsatz erfordern.«

»Wo?« will Stein wissen.

»Heute abend zum Beispiel«, erwidert Dr. Leisser, »in B. in den Rheingold-Sälen. Eine Massenversammlung. Wir erwarten achthundert bis tausend Leute, vielleicht sogar mehr. Unser Parteivorsitzender spricht über das Thema ›Familie und Vaterland, die wahren Werte‹. Das ist eins seiner Zentralthemen.«

»Kann ich da nicht hinkommen?« fragt Stein.

»Wenn Sie die hundert Kilometer Weg nicht scheuen, von mir aus jederzeit gern. Ich würde Sie dann bitten, sich am Saaleingang gleich an den Führer der Ordner zu wenden. Das ist Herr ... äh ..., warten Sie mal, ich muß nachfragen, wer dort heute abend Dienst macht. Augenblick bitte ...«

Es knackt erneut. Er fragt quer. Stein kann nichts hören. Dann kommt die Stimme zurück: »Hören Sie, Herr Stein?«

»Ja«, sagt Stein.

»Den Ordnungsdienst heute abend in B. leitet unser Herr Scharf. Ich werde ihm Bescheid sagen, daß er Sie hereinläßt und nach vorn bringt. Einverstanden?«

»Ich danke Ihnen vielmals, Herr Doktor Leisser!« sagt Stein mit Wärme.

»Keine Ursache«, erwidert Dr. Leisser. »Vielleicht sehen wir uns ... Würde mich freuen. Dann können wir ja eventuell Näheres besprechen.«

»Das wäre gut!« stimmt Stein zu. »Auf Wiedersehen!«

»Auf Wiedersehen!« sagt Dr. Leisser.

B. ist eine Mittelstadt mit etwa fünfzigtausend Einwohnern am Nordrand des Industriegebiets. Die Menschen dieser Gegend gelten als schwerfällig, schweigsam und schwierig. Ursprünglich haben hier nur Bauern gelebt, aber heute wachsen aus dem schweren, dunklen Boden immer mehr kleine und mittlere Fabriken, die nicht nur die Landschaft verändern, sondern auch die Bewohner der Dörfer und Städte.

Der Landstrich hat bei Politikern den Ruf, ein besonders schwieriges Terrain zu sein. Und da ist etwas Wahres dran; denn die überkommenen bäuerlichen Vorstellungen und

Voreingenommenheiten verhindern, daß soziale oder gar sozialistische Bestrebungen richtig Fuß fassen können. Und die Zwänge der neuen Industrien — Umweltschutzfragen, Lohnstreitigkeiten, Wohnungsnot, Mietwucher — machen es auf der anderen Seite schwierig, wenn nicht gar unmöglich, daß sich die konservativen Vätersitten weiter erhalten und durchsetzen.

Alle, die sich dort um politischen Einfluß bemühen, haben es schwer. Für jede Richtung steht eine massive Opposition bereit; keiner weiß mit Sicherheit, worauf er rechnen kann.

Hinzu kommt, daß die Leute seit eh und je ein bißchen hintersinnig veranlagt sind. Der Schäfer aus dem Nachbardorf zum Beispiel, der durch Handauflegen alle Gebrechen vom Beinbruch bis zur Tuberkulose zu heilen vermag, braucht nur eine verächtliche Bemerkung über den Kandidaten einer Partei zu machen, und der Mann ist so erledigt, daß es eigentlich keinen Sinn mehr hat, überhaupt noch seinen Namen zu nennen.

Und inzwischen mischt die Kirche — äußerst besorgt um ihre bedrohten Pfründe — auch noch kräftig mit. Mit der Linken fördert sie eine progressive Jugendarbeit, um die jungen Leute aus den Fabriken in den Gemeinden zu halten, und mit der Rechten demonstriert sie die reaktionären Gebräuche der noch ländlichen Gläubigen, die — zum Beispiel — bei dem Reizwort Abtreibung mit gesenktem Blick das Kreuz schlagen.

Dort also, mitten in dieser Umbruch-Gegend, in der vormals hübschen, heute zerbröckelnden, rußigen und nach Chemie riechenden Stadt B., hat die National-Konservative Volkspartei an diesem Abend eine »Massenversammlung« angesetzt.

Paul Stein fährt schon am Nachmittag los, nachdem er zu Hause noch gegessen und eine halbe Stunde geschlafen hat. Er möchte sich vor der Veranstaltung ein wenig im Ort umsehen und umhören.

Man muß, um B. zu erreichen, dreißig Kilometer nördlich der Stadt die Autobahn verlassen und sich über eine Landstraße, die vor mehreren hundert Jahren einmal eine berühmte Salzstraße war, weiterschlängeln.

Die Straße ist sehr malerisch und quert ebenso malerische Dörfer. Da, wo sie am allermalerischsten ist, hat der Autofahrer jedoch nichts davon, weil das Kopfsteinpflaster ihn und die Achsen seines Wagens voll in Anspruch nimmt.

Trotzdem gelingt es Stein, die intensive Plakatwerbung zu registrieren, mit der die NKVP für ihre Veranstaltung in B. trommelt. Überall leuchten die schwarzweißrot umrandeten Anschläge; er hält an, um die Plakate genauer zu studieren.

National-Konservative Volkspartei
Die Partei der Zukunft
Hermann Schlier
spricht über
Vaterland und Familie –
die wahren Werte
Es spielt der Musikzug der NKVP
Eintritt frei!
Kommt in Massen!

Na also.

Da Stein nun einmal angehalten hat und gerade gegenüber auf der anderen Seite der Dorfstraße eine Kneipe ist, steigt er aus, um ein Bier zu trinken; denn das Kassler heute mittag zu Hause hat ihn durstig gemacht.

Vor der schönen Fachwerkfassade der Kneipe stehen ein alter Mercedes-Diesel und ein neuer Kombiwagen.

In der Gaststube sitzen drei Männer an einem runden Tisch unter einem Bord, auf dem eine Anzahl kleiner, gestickter Tischfahnen stehen.

Einer der Männer steht auf, als Stein eintritt — nicht sofort, nein, erst nach einem prüfenden Blick über die Schulter. Er sieht Stein, seinen Gruß mit einem gebrummten Gegengruß beantwortend, fragend an.

Das ist der Wirt.

So grau, gedunsen und großporig sind nur Wirte.

Stein bestellt sich ein Bier vom Faß und setzt sich an einen Tisch am Fenster neben der Tür.

Der Wirt schlurft hinter seine Theke und nimmt das Bier in Arbeit.

»Aber ich kann ja nicht gut den Laden hier zumachen«, sagt er mit seiner Raucherbronchienstimme zu den Männern am runden Tisch.

»Warum nicht?« fragt der Ältere zurück. »Glaubst du denn, daß heute abend jemand bei dir auch nur ein Bier trinkt?«

»Der Honoratiorenstammtisch tagt heute«, sagt der Wirt und streicht mit dem Hornlöffel den Schaum vom Bierglas.

»Haha!« Jetzt lacht der Jüngere los, der gut aussieht, hellblond und braungebrannt, mit ganz erstaunlich hellen Augen und so breitschultrig, daß sein blaugestreiftes Hemd spannt. »Der Honoratiorenstammtisch! Der Pastor und der Verwalter und Erich Balke, das Rindvieh von Tierarzt ... Haha, die gehen nicht zu Schlier, wie?«

»Weiß nicht«, krächzt der Wirt. »Aber ich muß hierbleiben. Elly kann das auch nicht mehr mit ihrem offenen Bein. Ihr müßt mir eben morgen erzählen, wie es war!«

Er hat Steins Bier eingeschenkt und bringt es ihm an den Tisch.

»Zum Wohl!« sagt er.

»Danke«, sagt Stein, trinkt und zündet sich eine Zigarette an.

Das Bier ist gut.

»Wir fahren alle hinüber«, sagt jetzt der Ältere. »Der ganze Verein. Und Ihr auch, Karl, oder?« Er wendet sich an den Jungen.

»Ja«, sagt der. »Erst wollten wir alle, aber dann hat Heinrich angeordnet, daß drei dableiben müssen, weil ja nicht die gesamte Feuerwehr unterwegs sein darf. Wir haben geknobelt. Janssen hat geflucht. Er steht so auf Schlier und die Partei. Er hat zwanzig Mark geboten, wenn einer mit ihm tauscht. Aber keiner wollte.«

»Na ja«, sagt der Wirt. Er hat sich wieder zu den beiden Männern gesetzt. »Aber ich kann nicht!«

»Du verlierst sonst die Honoratioren«, spottet der Junge. »Wo der Pastor sowieso gegen Schlier ist, haha!«

»Nolden auch«, sagt der Alte. »Das ist mir klar.«

»Ja«, bestätigt der Junge, »aber der ist nicht mehr lange Lehrer, wenn wir einmal an der Macht sind, das sag' ich euch!«

Eine Weile herrscht Stille in der Gaststube. Nur eine verirrte Wespe summt an der Fensterscheibe, und ein Wasserhahn tröpfelt.

Stein trinkt sein Glas nicht aus. Es schmeckt ihm auf einmal nicht mehr.

»Was habe ich zu bezahlen?« ruft er dem Wirt zu.

»Eine Mark«, sagt der und will sich erheben.

»Lassen Sie nur«, sagt Stein. »Ich leg's hierher. Danke!«

Und steht auf und geht hinaus zu seinem Auto.

*

In B. hält Paul Stein am Ortseingang an einer Tankstelle, um sich nach den Rheingold-Sälen zu erkundigen und zu tanken.

Der Tankwart sagt: »Kommen Sie extra hierher, um sich das Spektakel heute abend anzugucken?«

»Ja«, sagt Stein.

Der Tankwart sieht ihn geringschätzig, ja, beinahe feindselig an.

Das macht Stein wieder ein wenig hoffnungsfroh, und er gibt dem Mann zwei Mark Trinkgeld.

»Gehen Sie nicht dahin?« will er wissen.

»Meinem Vater haben sie in Bergen-Belsen ein Auge ausgeschlagen und das Nasenbein zertrümmert«, sagt der Tankwart. »Wissen Sie, was Bergen-Belsen war?«

»Ja«, sagt Stein. »Ich weiß es gut.«

»Das waren die gleichen Typen«, fährt der Mann fort. »Und die gleichen Parolen. Soll ich da etwa hingehen und mitschreien?«

»Ich will ja auch nicht mitschreien«, sagt Stein. »Aber ansehen will ich mir das schon mal.«

»Ich bin nicht neugierig«, sagt der Tankwart abweisend.

»Neugierde ist keine schlechte Eigenschaft«, meint Stein. »Sie ist die Wurzel allen Fortschritts — und manchmal auch die Bremse für Rückfälle . . .«

»Ich weiß nicht, ob Sie da recht haben . . .«, sagt der Tankwart.

Ein Wagen fährt vor die zweite Zapfsäule. Der Mann muß an die Arbeit.

Stein nickt ihm zu. Der Tankwart nickt zurück und lächelt. Seine Geringschätzung ist verschwunden — aber sein Lächeln ist voller Resignation.

Stein möchte ihm noch irgend etwas zurufen: Schmeißen Sie nicht die Flinte ins Korn! Oder: Es ist noch nicht aller Tage Abend! Aber da fährt ein Lautsprecherwagen die Straße herauf, Marschmusik dröhnt, und dann brüllt eine Stimme:

»Frauen und Männer von B.! Heute abend, zwanzig Uhr, spricht der Bundesvorsitzende der National-Konservativen Volkspartei, Hermann Schlier, zum erstenmal in Ihrer Stadt! Heute abend, zwanzig Uhr in den Rheingold-Sälen! Hermann Schlier spricht über Vaterland und Familie, die wahren Werte unseres Volkes. Kommen Sie! Lassen Sie sich die Gelegenheit nicht entgehen, Hermann Schlier, den Vorsitzenden der einzigen deutschen Partei, zu sehen und zu hören, die ein klares und sauberes Programm hat, die Partei der deutschen Zukunft! Heute, zwanzig Uhr, in den Rheingold-Sälen! Eintritt frei! Kommen Sie alle! Hermann Schlier spricht!«

Und dann dröhnt wieder die Marschmusik los.

Rechts und links am Lautsprecherwagen sind große Plakate angebracht, die den Kopf des Parteivorsitzenden zeigen.

Er guckt ernst und treu auf den Plakaten. Nicht so, wie auf den Fotos, die Stein sich in der Redaktion hat heraussuchen lassen.

Stein klettert in sein Auto. Es ist noch eine gute Stunde Zeit.

Mal sehen, überlegt er, ob ich irgendwo einen Bissen zu essen kriege.

Er fährt also hinter dem Lautsprecherauto her. Der Wagen verbreitet Unruhe und erregt Aufmerksamkeit. Die Menschen bleiben stehen und sehen ihm nach und hören sich den Aufruf an. Die Stadt ist mit Plakaten bepflastert. Keine Litfaßsäule, keine Anschlagtafel, kein Bauzaun ohne die schwarzweißroten Blickfänge und den treu und ernst dreinschauenden Kopf Hermann Schliers. Hier und dort ist mal eins der Plakate abgerissen, hier und dort hat auch mal jemand einen Hitlerbart unter die Schliernase gestrichelt. Aber das ist der Wirkung dieser geschickten und großzügigen Werbung nicht abträglich.

Stein möchte wissen, woher die National-Konservativen das Geld haben, dies alles zu bezahlen: Plakate, Saalmiete,

Lautsprecherwagen, eigener Musikzug ... Das kostet doch ein Vermögen! Da müssen doch Leute mit Geld im Hintergrund sein.

Was sind das wohl für Leute?

Die Rheingold-Säle liegen an einem Platz, der an zwei Seiten von sehr schönen alten Kastanien flankiert ist.

Stein fährt einmal rundherum und entdeckt eine Imbißstube schräg gegenüber dem Versammlungslokal der NKVP. Er parkt seinen Wagen unter dem dichten Blätterdach einer Kastanie und setzt sich in der Imbißstube an einen kleinen Tisch, dessen weiße Kunststoffplatte gerade von einem grauen Mädchen saubergewischt wird.

Es riecht nach Curry, Bratenfett und Pommes frites.

An den Kochplatten hinter dem Glasaufbau der Theke hantiert ein kleiner, dunkelhaariger Mann. Er schwitzt. Der Rand des weißen Leinenkäppis, das ihm schief auf dem Kopf sitzt, ist grau vor Nässe. Hinter dem linken Ohr hat er eine Zigarette stecken, die auch schon Schweißspuren zeigt. Sein Augenweiß ist gelb. Er hat es offenbar mit der Leber. Trotzdem trinkt er zwischen seinen Hantierungen alle Augenblicke einen Schluck Bier.

Ehe Stein seine Frankfurter mit Salat kriegt, die er bei dem grauen Mädchen bestellt hat, trinkt der kleine Mann zwei Flaschen leer und öffnet schon die dritte.

Von den sieben kleinen Tischen sind fünf besetzt. Junge Leute sitzen da und knabbern Pommes frites aus der Tüte oder von Papptellern. Zwei Arbeiter in zerschlissenen Lederjacken essen Buletten und reden laut über irgendein Fußballspiel: »... wenn der nicht kapiert, daß er den besser decken muß, dann hilft alles nischt, sag' ich dir ... Keine Chance aufzusteigen haben die dann, obwohl meiner Meinung nach Kiesel der beste Libero ist, den sie überhaupt kriegen können ...«

Ein alter Mann trinkt Kaffee und liest Zeitung. Er kämpft mit dem Tatterich, der ihn daran hindert, die Zeitung frei zu halten. Schließlich gibt er auf und legt sie auf den Tisch, weil er die Buchstaben auf den zitternden Papierblättern nicht entziffern kann.

Drei Frauen in den Vierzigern am Tisch neben Stein zeigen einander, was sie eingekauft haben: ». . . im Sonderangebot, bügelfrei, für achtfünfzig. Da habe ich gleich drei Stück genommen. Mein Mann muß ja jeden Tag ein frisches ins Büro . . .«

Jetzt kommt ein Pärchen herein. Der Junge ist im Begriff, sich einen Bart wachsen zu lassen. Das juckt noch. Er fährt sich immerzu mit der Hand ins Gesicht. Das Mädchen ist sehr niedlich, aber mitten in der schlimmsten Pickelzeit. Sie setzen sich so hinter eine Säule, daß Stein nur noch ihre Schultern und Rücken sehen kann. Der Junge bestellt eine Cola. Er bestellt eine Nuance zu laut, um seine Unsicherheit zu verbergen.

An der Theke steht seit fünf Minuten eine kleine, weißhaarige Frau. Sie muß sich recken, um den Apfelkuchen erreichen zu können, den ihr der schwitzende Mann auf einem Teller herüberreicht. Nun sieht sie sich um und kommt auf Stein zu.

»Ist der Platz noch frei?« fragt sie mit einer seltsam piepsigen Stimme und deutet mit dem Kinn auf den zweiten Stuhl an seinem Tisch.

»Ja«, sagt Stein. »Nehmen Sie, bitte, Platz!«

»Danke schön«, sagt sie, setzt sich und merkt erst dann, daß sie vergessen hat, sich einen Löffel aus dem Kasten auf der Theke mitzunehmen.

Stein steht schnell auf und holt ihr einen.

»Oh, ein Kavalier!« piepst sie. »Danke! Das wird auch immer seltener heutzutage!«

Sie ist ungefähr Mitte sechzig, vielleicht auch schon an die siebzig, das ist schwer zu schätzen; aber kein bißchen greisenhaft oder hilfsbedürftig. Im Gegenteil: Wie sie jetzt dem Kuchenstück zu Leibe rückt, das beweist, daß sie noch sehr resolut und voller Tatkraft ist, trotz ihrer Zierlichkeit und ihres Alters.

Stein ißt seinen Salat, der nicht schlecht und nicht gut schmeckt — wie eben Kartoffelsalat aus großen Eimern zu schmecken pflegt —, und nimmt sich viel Senf auf die Frankfurter, denn die sind auch nicht besonders reizvoll gewürzt.

Die Frau gegenüber hebt den Blick: »Seien Sie vorsichtig mit Senf«, sagt sie. »Das ist ein Produkt aus den Samen von Sinapis alba, einem Kreuzblütler. Nicht, daß das eine giftige Pflanze wäre — aber die Magenschleimhäute können empfindlich in Mitleidenschaft gezogen werden, wenn man zuviel davon ißt. Wenn Sie wissen, daß Brassica nigra, der schwarze Senf aus der gleichen Familie der Kreuzblütler, ein Hautreizmittel ist und als solches auch in Form von Pflastern verwendet wird, dann können Sie sich gewiß denken, daß auch der weiße Senf mit einer ganzen Portion Vorsicht genossen werden muß. Ich will Ihnen da nicht reinreden, junger Mann, und es geht mich auch einen Pfifferling was an, aber ich meine es gut, bitte verstehen Sie!«

»Vielen Dank«, sagt Stein verblüfft. »Vielen Dank! Das wußte ich wirklich nicht!« Und kratzt sich brav und gehorsam gut die Hälfte Senf wieder vom Würstchen.

»Aber woher wissen Sie das, wenn ich fragen darf, gnädige Frau?«

Das »gnädige Frau« ist offenbar Musik in ihren Ohren. Sie lächelt erfreut. Von ihren grauen Augen laufen, wenn sie lächelt, tausend kleine Fältchen wie Sonnenstrahlen nach allen Seiten über ihr Gesicht.

»Mich interessiert alles, was mit Naturheilkunde zusammenhängt«, piepst sie. »Und da bin ich unter anderem eben auch auf den Senf gestoßen. Übers Senfpflaster zum Tafelsenf sozusagen. Man muß in allem, was man tut, immer gründlich sein, nicht wahr? Was nützt einem ein halbes Wissen? Entweder man weiß zum Beispiel alles über Senf, kennt seine guten und gefährlichen Eigenschaften, oder man weiß nichts. Zu wissen, daß er gut schmeckt, daß eine

Wurst ohne Senf wie ein Kuß ohne Bart ist, das würde mir nicht genügen. Sehen Sie, ich bin über achtzig, ja ja, wirklich — da brauchen Sie nicht zweifelnd den Kopf zu schütteln. Das ist zwar nett von Ihnen, aber nicht nötig ... Wo war ich stehengeblieben?«

»Bei dem Kuß ohne Bart und bei der Gründlichkeit«, sagt Stein vergnügt, weil er die alte Dame hinreißend findet.

»Ja ja, ich weiß schon, so einer sind Sie! Wollen mich ein bißchen auf die Schippe nehmen — ›Kuß ohne Bart‹, na, warten Sie nur! Alte Leute veräppeln ...« Sie lacht und droht ihm mit ihrem kleinen, schrumpligen Zeigefinger, an dessen Spitze ein Kleckschen Apfel klebt.

»Aber nein, ich bitte Sie!« widerspricht Stein. »Von Veräppeln kann überhaupt keine Rede sein. Ich bin nur so sehr überrascht, jemanden wie Sie hier — und überhaupt in B. — zu treffen. Darf ich Sie zu einer Tasse Kaffee oder etwas anderem einladen?«

»Keinen Kaffee«, sagt sie. »Einen Cognac aber schon mal ganz gerne!«

Stein winkt dem grauen Mädchen und bestellt zwei Cognacs und einen Kaffee für sich extra. Das Mädchen nimmt die abgegessenen Teller mit, und Stein bittet die alte Dame um die Erlaubnis, sich eine Zigarette anzünden zu dürfen.

»Zeigen Sie mal Ihre linke Hand«, sagt sie plötzlich, und er hält ihr verdutzt seine Hand über den Tisch.

Sie faßt mit kühlen Fingern sein Handgelenk und betrachtet die nach oben gedrehte Handfläche. Dabei legt sie den Kopf schief — erst nach links, dann nach rechts. Dann zwinkert sie, sichtlich irritiert, guckt ihm ins Gesicht, guckt wieder in seine Handfläche, bewegt seinen Daumen, so daß die Falten, die das große M bilden, sich vertiefen ... Und dann schüttelt sie den Kopf.

»Aber so was!« murmelt sie.

»Stimmt etwas nicht?« fragt Stein erheitert. »Können Sie etwa erkennen, daß ich ein Wüstling bin oder ein Genie?«

Das Mädchen bringt die Cognacs und den Kaffee.

Die kleine Dame läßt seine Hand los, nimmt ihr Glas und nippt. Ihre Zungenspitze erscheint zwischen ihren Lippen. Sie schüttelt abermals den Kopf und greift erneut nach seiner Hand.

»So etwas habe ich noch nie gesehen«, sagt sie. Und ihre piepsige Stimme ist jetzt heiser und brüchig. »Ihre Lebenslinie ist tief und ganz gerade — dann bricht sie plötzlich ab — und dann . . . aber das ist außerordentlich seltsam!«

Stein hat auf einmal wieder den Kloß im Hals, wie gestern bei Harald in der Praxis, nachdem der den ersten Satz seiner Diagnose vorgetragen hatte.

»Na, denn Prost!« sagt er.

Seine Stimme ist heiser. Der Cognac brennt in seiner Kehle.

»Prost!« sagt sie und trinkt wieder ein winziges Schlückchen. »Komisch. Ich muß mal zu Hause nachschlagen, ob in einem meiner chiromantischen Bücher so etwas von seltsamer Handlinie beschrieben und gedeutet wird. Sie wohnen nicht hier?«

»Nein«, sagt er. »Ich bin nur herübergekommen, um mir Hermann Schlier anzuhören. Er spricht heute hier.«

Sie zieht ein erstauntes Gesicht.

»Aber Sie sind doch kein Anhänger dieser . . . ?«

»Nein«, sagt er, »beileibe nicht. Ich bin nur von Berufs wegen neugierig.«

»Geben Sie mir Ihre Adresse«, sagt sie. »Ich schreibe Ihnen, was mit Ihrer Handlinie los ist, einverstanden?«

»Ja, gerne!« Und er gibt ihr seine Visitenkarte.

»Auf diesen Schlier brauchen Sie nicht neugierig zu sein«, fährt sie dann bestimmt fort.

»Nein? Warum nicht?« will er wissen. »Kennen Sie seine Handlinien?«

»Nehmen Sie das nicht auf die leichte Schulter«, rügt sie ihn. »Ich kenne sein Horoskop. Der Mann ist ein Schwätzer. Der ist nur bedingt gefährlich . . .«

»Was hat er denn für ein Sternzeichen?« fragt er.

Es ist zehn vor acht. Stein muß hinüber zur Parteiversammlung der National-Konservativen.

»Krebs . . .«, sagt sie.

4

Auf dem breiten, kiesbestreuten Fußweg gegenüber den Rheingold-Sälen stehen unter den großen Kastanien am Rande des Platzes sechs Mannschaftswagen der Polizei und mehrere Funkstreifenwagen.

Die Wagen sind voll von Bereitschaftspolizisten. Durch die Plastikfenster sieht Stein, daß sie die Visiere ihrer weißen Schutzhelme hochgeklappt haben. Sie reden halblaut miteinander. Einige rauchen. Der Qualm ihrer Zigaretten dringt durch die Schlitze des Verdecks und wird vom lauen Juni-Abendwind über die Straßen geweht.

Es sieht nicht so aus, als würden sie zur Aufrechterhaltung der Ordnung und Sicherheit gebraucht. Niemand demonstriert gegen das Auftreten der NKVP, gegen die Massenversammlung mit Hermann Schlier. Alles verläuft ruhig und friedlich.

In den Rheingold-Sälen könnte ebensogut ein Operetten-Gastspiel stattfinden. Das Publikum wäre das gleiche: vor allem Ehepaare in den Fünfzigern, Rentner, einzelne Frauen. Und viele Leute, denen man ihre ländliche Herkunft an der Lodenkleidung oder am Schuhwerk ansieht.

Auch die rund um den Platz geparkten Wagen sind Operettenbesucher-Autos, von den paar dicken, staubigen Dieseln der Bauern abgesehen.

Paul Stein sieht wenig junge Leute durch den breiten Eingang gehen. Aber die Ordner am Tor sind jung. Sie tragen weiße und gelbe Plastikjacken, wie sie Segler oft tragen, haben breite Koppel darübergeschnallt, in die sie ihre Daumen stecken, und weiße Schutzhelme auf dem Kopf, die mit einer Wolfsangel oder mit einem stilisierten Wolfskopf verziert sind.

Sie stehen in zwei Reihen vor dem hell erleuchteten Saaleingang, breitbeinig in spiegelblanken Stiefeln, stumm, fast bewegungslos, und zwingen so die Besucher ihrer Veranstaltung, sich einzeln in den Saal filtern zu lassen.

Der Polizeioffizier im offenen Jeep beobachtet das mit sichtlichem Wohlgefallen.

Stein schlängelt sich durch die filternde Phalanx und fragt einen der Helmträger, wo er denn Herrn Scharf finden könne.

Der Ordner weist mit dem Daumen, den er zu diesem Zweck aus dem Koppel ziehen muß, zu einem großen Mann neben der Doppeltür, die in den Saal führt.

Der Mann hat einen langen Ledermantel an und trägt einen etwas zu kleinen schwarzen Filzhut mit breitem grünem Band. Er kneift prüfend die Augen zusammen, als Stein auf ihn zukommt.

Das Gesicht ist entstellt von einer breiten, weißgrauen Narbe, die sich von der linken Seite der Stirn zum linken Mundwinkel zieht. Das Auge auf dieser Seite blickt noch kälter als das rechte, und die Lider zwinkern in einem anderen Takt als die rechten.

Jetzt, da er einen Schritt vor dem Mann steht, irritiert Stein das Zweitakt-Zwinkern sehr. Er weiß nicht, in welches der beiden Augen er sehen soll.

»Herr Scharf?« fragt er.

»Ja«, gibt der Große mit überraschend heller Stimme zurück. »Sie wünschen?«

Stein gibt seinen Namen an und erklärt, unter Berufung auf sein Telefonat mit Dr. Leisser, was er wünscht.

»Tut mir leid«, kräht der Mann. »Aber ich habe keine Anweisung von Doktor Leisser.«

»Das paßt gar nicht zu Ihrer sonst so perfekten Organisation«, sagt Stein. »Was machen wir denn nun? Sie haben also keinen Platz für mich auf Ihrer Pressebank?«

Der Große im Ledermantel gehört zu den Menschen, denen man anmerkt, wenn sie denken. Jetzt scheint er zu überlegen, ob er Stein vertrauens- und förderungswürdig finden soll oder ob das am Ende wieder einer von jenen windigen Journalisten ist, einer dieser linken Zeitungsschreiber, mit denen die National-Konservativen so oft Ärger haben und die man gleich bei Übernahme der Regierung wird kaltstellen müssen.

Stein überlegt, was für ein Gesicht er machen müßte, um die Sympathie des Ledermantelherrn zu erringen. Vielleicht ein unterwürfiges?

Es ist nicht nötig, sich darüber den Kopf zu zerbrechen, und auch die sichtbare Gedankenarbeit des Chefs der Ordnungstruppe ist überflüssig. Denn während beide noch stehen und nachdenken — der Große über Stein, Stein über die Rolle, die angemessen wäre —, kommt aus einer der Flügeltüren, die den Vorraum vom Foyer trennen, ein auffallend gut angezogener Mann mit dunklem Bart und breitrandiger, schwarzer Hornbrille.

Er mag um die fünfzig sein und etwa das Doppelte in Kilogramm aufbringen, schreitet jedoch sehr behende auf die beiden zu.

»Herr Stein?« fragt er, noch bevor er sie erreicht hat.

Stein nickt.

Der Bärtige wendet sich an den Ledermantelmann namens Scharf.

»Das geht in Ordnung, Kam'rad Scharf!« sagt er mit sonorer Stimme. »Herr Stein hat mit mir gesprochen. Ich hatte nur noch keine Gelegenheit, Ihnen Bescheid zu sagen!«

Ordnungsdienstleiter Scharf nimmt jene Haltung an, die Stein früher bei Leutnants beobachtet hat, wenn der Bataillonskommandeur mit ihnen sprach: achtungsvolle Devotheit, aber nicht das Untertanen-Zackige des gemeinen Soldaten oder Unteroffiziers. Die Hand zwar in Hosennahtnähe, aber nicht so flach an den Oberschenkel gepreßt, und jener einzigartige Knick in der Wirbelsäule, der den Oberkörper versteift und einige Grade nach vorn winkelt.

»Jawoll, Propagandaleiter!« kräht der Angesprochene.

Er kräht nicht »Herr Propagandaleiter ...« oder »Herr Kamerad ...«, obschon Stein auch das schon merkwürdig finden würde. Er kräht nur »Propagandaleiter ...«

Die Anrede »Herr« gab es damals im Tausendjährigen Reich auch nicht.

Von oben nach unten hieß es einfach nur »Schulze« oder »Kamerad« und von unten nach oben schlicht »Stammführer« oder »Sturmbannführer« — ganz oben kam dann noch das Wörtchen »mein« dazu. Aber Stein hat nie das Glück gehabt, »mein Führer!« sagen zu können. Er hat ihn nur einmal leibhaft gesehen: aus der dritten Reihe eines Spaliers in einer riesigen Halle, wo jener durch den Mitteleingang kam, um zu seinem tatsächlich wie verrückt jubelnden Volk zu sprechen.

Stein erinnert sich genau, wie enttäuscht er war. Er hatte ihn sich größer vorgestellt und war auf die ungeheure Ausstrahlung gefaßt gewesen, die von ihm ausgehen sollte. Aber der mittelgroße Mann, »mein Führer«, der da in schlechter Haltung seine ganz und gar unsportliche, unmännliche Figur mit den hängenden Schultern durch die jubelnde Menge schob, hatte auf den Jungen keinen Eindruck gemacht. Nur seine Stiefel hatten ihm imponiert. Sie waren aus weichem Leder, das um die Knöchel tiefe Falten schlug. Auch die Donkosaken trugen solche glänzenden Stiefel.

»Ich nehme Herrn Stein selbst an den Pressetisch!« sagt der voluminöse Doktor zu Scharf, gräbt die Finger seiner linken Hand in Steins Oberarm und leitet ihn zwischen den immer noch hereinströmenden Besuchern durch die Flügeltüren ins Foyer und von da durch eine Seitentür, die vorn in den Saal führt.

Im Foyer hängt eine große Uhr. Der Minutenzeiger springt gerade auf die Zwölf. Punkt acht. Und im gleichen

Augenblick, als hätte der Zeiger sie ausgelöst, setzt im Saal schmetternde Marschmusik ein.

Der »Hohenfriedberger«. . . .

Der Bundesmusikzug der NKVP spielt, soweit Stein das beurteilen kann, ganz akzeptabel. Das Schnädderetäng knallt ihm in die Ohren, als Leisser nun die Saaltür öffnet. Und er muß erst einmal tief durchatmen, ehe er den ersten Schritt in das Gewölk aus Lärm, Schweißgeruch, Tabakqualm und Bierdunst tut.

Die Bühne ist schwarz ausgeschlagen. An der Rückwand hängt eine fünf Meter breite, silberne Wolfsangel, die von den Buchstaben NK links und VP rechts flankiert wird. Auf der Bühne, inmitten riesiger Gladiolensträuße, die rot und weiß leuchten, das Rednerpult, ebenfalls mit schwarzem Tuch bespannt und mit der silbernen Wolfsangel verziert.

Vor der Bühne sitzt der 20-Mann-Musikzug. Die Männer tragen weiße Hemden mit Schulterklappen, breite, rote Krawatten, breite, schwarze Schulterriemen und schwarze Stiefelhosen und Stiefel.

Der Musikzugführer auf dem kleinen Podest hat einen goldenen Stern auf der Schulterklappe seines weißen Hemdes. Der schnauzbärtige, dickbauchige Mann erinnert Stein an die buntbemalten Holzfiguren, die mit ruckartigen Kopfdrehungen und Armbewegungen vor den alten Orchestrions stehen, denen man hie und da noch auf Jahrmärkten begegnet.

Die Musik dröhnt, aber sie geht so »in die Knochen«, daß ein großer Teil des Saales bereits den Marschtakt mitstampft.

»Wie bitte?« schreit Stein. Dr. Leisser hat ihm, während sie auf den Pressetisch zusteuern, irgend etwas zugerufen.

Leisser beugt sich zu ihm und brüllt: »Gute Stimmung im Saal, nicht wahr?«

Stein nickt nur und setzt sich aufatmend an den Tisch rechts vor der Bühne, den der Doktor ihm gezeigt hat. Auf dem Tisch steht das Pappschild *Presse.*

Aber es ist nicht viel los mit der Presse in B. Eine Kamera liegt da mit einem Blitzgerät, dahinter hockt ein Junge mit langen Haaren, der — nicht zu erkennen, ob gelangweilt oder angewidert von der Stimmung im Saal — seine nikotinbraunen Fingerkuppen betrachtet.

An der Schmalseite des Tisches sitzt ein gelbgesichtiger Mann, dem alle Kleidungsstücke zu weit sind: Der Hals ragt dünn aus dem steifen Hemdkragen, um die Brust schlottert das ausgebeulte Tweedjackett, und als er jetzt aufsteht, um dem Neuen über das weiße Tischtuch und die daraufliegende Kamera seine Hand entgegenzustrecken, sieht Stein, daß auch der Hosenbund zwei Nummern zu weit ist.

Entweder hat der Bedauernswerte in letzter Zeit sehr abgenommen, oder er hat einen Dickeren beerbt und noch keine Zeit gehabt, die Sachen ändern zu lassen.

»Guten Tag, Kollege«, sagt er.

Der »Hohenfriedberger« ist gerade zu Ende.

»Mein Name ist Sengebiel. Ich vertrete das *Kreisblatt* und den *Tagesanzeiger*«, fährt er fort und nickt dazu bei jedem Wort mit dem Kopf.

»Guten Tag«, sagt Stein und drückt kurz die gelbliche, schmale Hand. »Ich heiße Stein — und bin ohne direkten Auftrag hier.«

Dann wendet er sich dem jungen Fotografen zu.

»Heee!« sagt der, als Stein ihn anschaut, hebt zwei Finger knapp von der Tischplatte und guckt durch den Vorhang seiner Locken nur kurz auf.

Dr. Leisser ist weggegangen. Das mangelnde Interesse der Presse an seiner Veranstaltung scheint ihn peinlich zu berühren.

Ein Kellner kommt.

»Was darf ich Ihnen bringen?« fragt er. »Sie sind eingeladen!«

»Nanu«, sagt Stein.

»Damit der Bericht nicht danebengeht!« sagt der junge

Reporter und grinst.

»Und die Fotos«, fügt Stein hinzu.

»Schwierig — bei *den* Köppen!« sagt der Fotoreporter. »Aber ein Bier möchte ich trotzdem.«

»Ich auch«, sagt Stein.

»Mir einen Apfelsaft, bitte«, sagt der gelbe Kollege.

»Und drei Korn auf meine Rechnung«, sagt Stein. »Sie trinken doch einen mit?«

»Ich nicht«, winkt der Gelbe ab. »Mein Arzt . . .«

»Ich schon«, sagt der Jüngling.

»Aber Geld darf ich von Ihnen nicht annehmen«, sagt der Kellner. »Das hat mir der Herr da ausdrücklich . . .«

»Okay!« sagt Stein. »Dann bringen Sie drei Korn auf Rechnung der nationalen Konservativen!«

Die Blaskameraden fangen wieder an: »Der Fehrbelliner Reitermarsch«. Bei Fehrbellin, erinnert sich Stein, hat 1675 der Große Kurfürst die Schweden . . .

Er dreht sich um. Der Saal ist randvoll; sechs, sieben Menschen an jedem Tisch. Es ist sehr warm. Die Gesichter sind rot von der Hitze, von der Aufregung und der vaterländischen Stimmung.

Direkt hinter ihm sitzt ein kahlköpfiger Mann mit einem tomatenroten Gesicht. Er hat seine dunkelgrüne Lodenjacke über die Stuhllehne gehängt. Breite, gestreifte Hosenträger spannen sich über seinem Bauch. In den Achseln hat sein grünes Leinenhemd handtellergroße Schweißflekken. Auf der schwarzen Krawatte prangt ein goldgefaßter Hirschzahn.

Der Mann ist völlig aus dem Häuschen vor Begeisterung. Er bläst mit aufgestülpten Lippen den Marsch mit und haut dazu, nicht ganz taktfest, mit den Fäusten auf den Tisch.

Eine Menge Leute sind in ähnlicher Verfassung. Auch Frauen, sogar ein paar junge Leute — aber meistens Männer, denen man ansieht, daß sie einmal Stabszahlmeister waren, Reichsarbeitsdienstführer oder Kanoniere bei der Schweren Artillerie in Dänemark.

Sie alle scheinen heute noch zu bedauern, daß der Krieg vorbei und verloren ist. So gut ist es ihnen noch nie und nie wieder gegangen.

Der Musikzug beendet den Reitermarsch und setzt gleich einen kräftigen Tusch oben drauf.

Stein wendet sich zur Bühne.

Auf dem Rednerpult steht ein hagerer Mann mit Bürstenhaarschnitt. Er klopft prüfend ans Mikrophon. »Bum, bum, bum . . .«, dröhnt es aus den Lautsprechern rings im Saal.

»Meine Damen und Herren, liebe Freunde, deutsche Frauen und Männer aus B.!« beginnt er.

Bei den »lieben Freunden« quietscht ihm die Rückkopplung dazwischen. Er dreht am Mikrophon. Die »deutschen Frauen und Männer« sind wieder störungsfrei zu hören.

Er hat eine dunkle, rauhe Stimme, die auch durch wiederholtes Räuspern nicht klarer wird, und er hat unruhige Augen, die er, ohne den kantigen Kopf zu bewegen, über die Menge wandern läßt.

»Ich begrüße Sie zur ersten Großveranstaltung der National-Konservativen Volkspartei in dieser Stadt und freue mich, daß Sie unserer Einladung so zahlreich . . .«

Der langhaarige Foto-Kollege nimmt sichtlich gelangweilt seine Kamera vors Auge, richtet mit der rechten Hand den Blitz auf den Redner und schießt zwei Aufnahmen, ohne sich vom Stuhl zu erheben.

Der gelbhäutige Kreisblattjournalist Sengebiel läßt seinen Kugelschreiber über den Stenoblock flitzen, obschon es, wie Stein findet, noch gar nichts zu schreiben gibt.

Oben auf der Bühne greift sich der hagere Redner, durch die zwei Blitze halb gestört und halb geschmeichelt, an die Krawatte. Sie sitzt perfekt. Er dankt der Ortsgruppe für die vorbildliche Organisation, die sie »unter der Führung des Kameraden Steiger für die heutige Veranstaltung geleistet hat«.

Beifall.

Der Redner deutet ein Nicken an, läßt seine Augen wandern und hebt jetzt ruhegebietend beide Hände.

»Und nun«, ruft er mit erhobener Stimme, die in Gefahr ist überzuschnappen, »und nun spricht zu Ihnen unser Vorsitzender ...« kleine Kunstpause »... Hermann Schlier!«

Starker Beifall. Rufe. Trampeln, das nach kurzer Zeit rhythmisch wird wie Marschtritt. Und der Musikzug bläst — Stein traut seinen Ohren nicht — den »Badenweiler Marsch«: Tataaa, Tataaa, Tataaa ... Das war das Auftrittssignal des Mannes gewesen, den sie damals »mein Führer« genannt hatten.

Den Mittelgang des Saales schreitet im selben Augenblick von hinten der angekündigte Hermann Schlier entlang, Jahrgang 22, Steins Jahrgang.

Da kommt der Mann, dem die Demoskopen prophezeien, daß er bei der nächsten Wahl spektakuläre Erfolge haben könnte. Er wird von sechs Männern begleitet, die halb neben ihm und halb hinter ihm gehen und die die beifallklatschende, trampelnde »Schliiiier«-schreiende Menge nicht aus den Augen lassen. Er stolziert den Gang nach vorn, blickt ernst nach allen Seiten, lächelt nicht, auch nicht, als eine dralle Frau aufspringt und ihm die roten, nackten Arme entgegenstreckt, als wollte sie ihn umarmen.

Einer seiner Begleiter ist prompt einen Schritt vorgetreten und hat die Begeisterte beseite geschoben. Sanft, aber sehr bestimmt hat er sie dem Daherschreitenden aus dem Weg geräumt. Und die Frau lächelt verzückt und patscht in ihre dicken Hände.

»Tataaa, tataaa, tataaa ...«, bläst der Parteimusikzug, so laut er kann.

Der junge Fotograf ist auf einen Stuhl gestiegen und blitzt in schneller Folge den Einmarsch des Umjubelten.

Hermann Schlier ist kleiner, als Stein gedacht hat. Der Parteichef sieht aber, wie er jetzt näher kommt, genauso aus wie auf den Paradefotos, die seine Presseabteilung an die Zeitungen gibt: markig, ernst, betont männlich, treu und zuverlässig. Er sieht im landläufigen Sinne — und da gibt es bestimmte Normen — gut aus.

Außerdem ist er sehr geschickt gekleidet. Er trägt einen grauen Maßanzug, guter Stoff, teurer Schneider, dazu, zum weißen Hemd, eine dezente Krawatte ... Man könnte ihn für den Personalchef eines Unternehmens der Waschmittelindustrie halten, vielleicht sogar für einen Direktor aus der Autobranche.

Er sieht aus, als mache er jeden Morgen einen Waldlauf mit anschließender kalter Dusche.

Er sieht aus, als bete er vor dem Mittagessen, wenn er im privaten Kreise speist.

Er sieht aus, als läse er abends Bismarcks Biographie und ein Wirtschaftsmagazin, gelegentlich vielleicht sogar sogenannte Belletristik, Ernst Jünger etwa oder — zur Entspannung — die Reisebeschreibungen des Grafen Luckner.

Er sieht aus, als habe er Erfolg bei Frauen, aber auch so, als interessierten sie ihn nur am Rande.

Er sieht aus wie einer, der immer beim Schachspielen gewinnt, wie einer, der stets auf der anderen Seite sitzt: hinter dem Schreibtisch, hinter dem Schalter, hinter der Schießscharte.

Kurzum, er sieht nicht so aus, daß Stein allein mit ihm acht Tage auf seinem Segelboot verbringen möchte, wenn er ein Segelboot besäße.

Alles das macht Schlier für Stein beinahe unheimlich.

Er erscheint ihm nun viel gefährlicher als auf allen Fotos, die er von ihm kennt.

Der Badenweiler Marsch dröhnt noch, während Schlier die Stufen zur Bühne hinaufsteigt und sich nach kurzem Händedruck mit seinem Vorredner hinter das Mikrophon stellt, das ihm der Hagere beflissen zurechtbiegt.

Seine sechs Begleiter, Männer in bester körperlicher Verfassung, mit ernsten, ausdruckslosen Gesichtern, nehmen direkt vor der Bühne Platz. Zwei setzen sich auf leere Stühle am Pressetisch.

Stein sieht sich abermals um. Viele Menschen im Saal, die

aufgestanden sind, setzen sich wieder. Die vier Ausgänge sind mit je vier uniformierten Ordnern besetzt.

Die Bläser setzen ihre Instrumente ab. Aus den Mundstücken tropft Spucke. Der Mann an der Pauke legt die Hände flach auf das Trommelfell.

Stille tritt ein.

Schlier wartet mit unbewegtem Gesicht, bis auch der letzte Huster im Saal verklungen ist. Dann beginnt er: »Bürgerinnen und Bürger dieses großen Landes!«

Er sagt das gar nicht laut, aber seine Stimme, eine dunkle und seltsam zwingende Stimme, dringt bis in den letzten Winkel des Saales. Er macht eine Viersekundenpause, hebt das Kinn, sein Blick schweift langsam über das Publikum, dann brüllt er plötzlich los: »Deutschland ist in Gefahr! Unser Vaterland ist in tödlicher Gefahr! Es sind Kräfte am Werk, die uns das Heiligste zerstören wollen, das wir besitzen . . . !«

Wieder eine Viersekundenpause, und dann fährt er mit leiser, raunender, sachte vibrierender, unheilschwangerer Beschwörerstimme fort: »Das Heiligste, Bürgerinnen und Bürger, unser Vaterland, das Land unserer Väter, in dem unser Leben wurzelt, das Land, in dem unser Glück, das Glück unserer Familien, die Zukunft unserer Kinder gedeiht . . .« Und endlich, langsam anschwellend, wobei er die beiden Hände zu Fäusten geballt nach vorn stößt, als hielte er die Zügel galoppierender Pferde, schreit er mit bebender Stimme: ». . . aber nur gedeiht, wenn es heil und gesund ist, dieses Land! Wenn es sich wehrt, mit allen Kräften wehrt gegen den Verfall der Sitten, den jene verbrecherischen Kräfte als ›Fortschritt‹ bezeichnen!«

Beifall, Klatschen und Trampeln, »Pfui!«-Rufe und dazwischen »Schliiier . . . Schliiier!«-Schreie.

Zwei Minuten erst, und schon sitzen die Leute erhitzt da, mit offenen Mündern, und blicken gebannt auf den Mann am Rednerpult über den weißrot leuchtenden Gladiolensträußen.

Er winkt beschwichtigend ab. Der Beifallssturm verebbt. Gerade holt Schlier tief Luft, um wieder anzusetzen, da schreit eine junge Stimme aus dem Saal: »Zurück ins Mittelalter!«

Schlier zuckt kaum merklich zusammen und runzelt die Brauen.

»Laßt euch nicht für dumm verkaufen!« schreit eine zweite Stimme.

Stein hat sich umgedreht und sieht, wie drei Ordner von links und drei von hinten auf die Gruppe junger Leute losgehen, die da gerufen haben.

Tumult.

Schreie aus der Menge: »Schmeißt sie raus! — Schlagt ihnen aufs Maul! — Geht doch in' Osten!« und ähnliches.

Die Uniformierten zerren die Jungen aus der Reihe. Sie reißen und schlagen und treten mit einer Brutalität, die Stein nicht fassen kann.

»Fotos!« ruft Stein dem Kollegen an seiner Seite zu.

Der steht schon auf dem Stuhl und sieht auf die Szene. Aber da greift ihm einer der Begleiter Schliers, die am Pressetisch sitzen, an die Kamera und hält sie fest.

»Hallo!« sagt der Reporter. »Was soll denn das?«

»Ich verbiete Ihnen zu fotografieren!« sagt der Mann.

Die sechs Saalschützer haben die jungen Leute schon zum Ausgang geschleift. Der eine kann sich noch einmal losreißen und umdrehen. Blut quillt ihm aus dem Mund.

»Nazi!« schreit er.

Da trifft ihn ein Faustschlag. Er geht in die Knie. Zwei Saalordner fassen ihn an Haaren und Jacke und stoßen ihn durch die Tür.

»Bravo!« schreit eine Frau.

Beifall. Sich steigernder Beifall. Schlier hebt abermals die Hände.

Stille.

Stein hat Magenschmerzen. Warum habe ich nicht eingegriffen? denkt er verzweifelt.

»Solche Zwischenfälle sind uns nicht neu, Bürgerinnen und Bürger!« ruft Schlier. »Ich bedauere sie zutiefst. Aber . . .«, und nun hebt er noch mehr die Stimme, ». . . aber es bleibt uns nichts anderes übrig als Härte, wenn wir die Werte unseres Volkes retten wollen!«

Starker Beifall. Trampeln. »Jawooohl!«-Rufe. »Schliier«-Schreie.

Lang anhaltendes Klatschen.

5

Hermann Schlier redet eine Stunde und zehn Minuten.

Er spricht von den tiefen und unersetzlichen Werten der Familie, sagt »Keimzelle« und »Fundament« und »ewige Quelle der Kraft« und noch vieles andere.

Er hat einen gut geübten Tremolo-Bariton zur Verfügung, wenn er den tausend Menschen im heißen, rauchigen Saal die Bilder einer heilen Welt vormalt, die es nie gegeben hat, wenn er, schamlos die Geschichte fälschend, davon spricht, daß »die Großen« unseres »großartigen Volkes« immer »aus gesunden Familien« gestammt hätten.

Und diese Methode, Geschichtsklitterung im Bariton-Tremolo, kommt genauso gut an wie seine anscheinend spontanen, in Wahrheit wohlberechneten Zornes-Passagen und Empörungsschreie gegen die »Kräfte«, die »international verfilzt« mit einem »Abbau der bewährten und sauberen Moral des gesunden Volksempfindens«, mit »Freigabe perverser, krankhafter Bilder und Texte«, mit »der infamen Kampagne für eine freie Abtreibung die Axt des Untergangs an die Wurzeln dieses noch aufrecht stehenden Eichenstammes« legen wollen.

Mit »Eichenstamm« ist »das deutsche Volk, das Volk im Herzen Europas« gemeint, das »als einziges Gewähr bietet, daß der rote Schlamm des Bolschewismus nicht . . .«

Eine Stunde und zehn Minuten.

Es fehlt nichts aus der schwarzweißroten Kiste.

Die »deutsche Frau« fehlt nicht, die »deutsche Treue« nicht und nicht einmal die besondere göttliche Auserwähltheit dieses Volkes.

Und alle — so sieht es aus, und so hört es sich an —, alle im Saal, der tomatengesichtige Mann mit den Schweißflekken unter den Achselhöhlen, die rotarmige Frau, alle fühlen sich als bessere Menschen, als Auserwählte, als die wahren Herren dieser Erde.

Und alle werden wütend, als Schlier ihnen nun zeigt, wer und was mit welchen teuflischen Mitteln ihr gottgewolltes Herrentum gefährdet und zu Fall bringen will.

Nein, er sagt nicht »Weltjudentum« oder »minderwertige Rasse« — nichts davon, er ist ja klug.

Aber er sagt, mit einer besonderen Betonung, »Bolschewismus« und »rote Gefahr« und immer wieder »Kräfte in diesem Land, die sich sozial nennen und sozialistische Ideen, vor allem unter der Jugend, verbreiten«.

»Kräfte« sagt er fast ebenso häufig wie »Volk«.

Stein hätte sich spaßeshalber eine Strichliste machen sollen — doch ihm ist nicht zum Spaßen zumute; denn es besteht kein Zweifel: Die tausend Leute im Saal sind hingerissen von den Phrasen, die Schlier ihnen um die Ohren schlägt. Und falls wirklich ein paar dabei sein sollten, die noch kritisch zuhören, dann wagen sie nicht, es sich anmerken zu lassen. Vielleicht glaubt Schlier das, was er da eben gesagt und immerzu wiederholt hat. Vielleicht glaubt er es wirklich.

»Wo ist denn der Fotoreporter?« fragt halblaut der Begleiter Schliers am Pressetisch. »Will der unseren Bundesvorsitzenden nicht bei seiner großen Rede fotografieren?«

Der junge Kollege ist weg. Stein hat nicht gemerkt, wie er gegangen ist.

»Vielleicht haben Sie ihn gekränkt vorhin!« meint er.

»Gekränkt ... Das sind so Typen!« erwiderte der Leibgardist Schliers. »Es wird Zeit, daß auch in den Redaktionen mal aufgeräumt wird!«

»Wer soll das machen?« will Stein wissen.

»Dafür sorgen wir schon, wenn es soweit ist!« sagt er und grinst ihn an.

Stein glaubt ihm aufs Wort.

Hermann Schlier beschließt seine Rede mit der Aufforderung an alle, sich der National-Konservativen Volkspartei anzuschließen, um eine »wirksame Abwehr der Feinde Deutschlands« zu organisieren und zu gewährleisten.

»Und nun wollen wir uns erheben«, sagt er und gibt noch einmal volle Pulle Pathos, »und gemeinsam miteinander ein Lied singen, das wie ein Gebet, wie ein Choral ist — das die Studenten von Langemarck sterbend auf den Lippen trugen — das hundertjährige Lied, dessen Worte uns Vermächtnis und Verpflichtung zugleich sind!«

Die Parteimusikzugmänner haben schon die Trompeten an den Mündern und setzen laut ein.

»Deutschland, Deutschland, über alles ...«

Die Leute im Saal haben sich geschlossen erhoben und singen. Einige heben die Hände, Schlier bleibt hinter seinem Rednerpult und bewegt den Mund, als ob er mitsinge. Vielleicht singt er wirklich mit.

Sie singen alle drei Strophen.

Stein ist zwar auch aufgestanden, aber er singt nicht mit.

Der Musikzug spielt, nachdem die dritte Strophe gesungen ist, ohne Unterbrechung weiter die »Alten Kameraden«, während Schlier unter tosendem Beifall von der Bühne steigt, ein Dutzend Hände schüttelt und durch eine Seitentür den Saal verläßt.

Die Veranstaltung ist zu Ende.

Dr. Leisser kommt an den Pressetisch.

»Nun? Wie fanden Sie es?« fragt er.

»Außerordentlich interessant!« antwortet Stein wahrheitsgemäß. »Und ein Riesenerfolg für Sie!«

Der gallenkranke Sengebiel vom *Kreisblatt* verabschiedet sich. Er will seinen Bericht noch in die morgige Ausgabe bringen.

Dr. Leisser freut sich über Steins Reaktion.

»Wir sitzen noch ein Stündchen im Klubzimmer des Hotels ›Zum goldenen Löwen‹ zusammen«, sagt er. »Ich würde mich sehr freuen, wenn Sie ...«

»Gern, danke!« nimmt Stein die Einladung an. »Wird Herr Schlier auch ... ?«

»Ja«, sagt Leisser. »Ich werde Sie ihm vorstellen, wenn Sie wollen.«

»Und ob ich das will!« erwidert Stein und setzt ein Lächeln auf. »Bis gleich!«

Das Hotel »Zum goldenen Löwen«, so erfährt Paul Stein von einem der verkehrsregelnden Polizisten auf der Straße inmitten der startenden Autos, liegt in unmittelbarer Nähe der »Rheingold-Säle«.

Er läßt sein Auto vor der Imbißstube stehen und läuft die zweihundert Schritt zum Stelldichein mit Schlier, dem obersten National-Konservativen.

Vor dem »Goldenen Löwen« stehen eine Reihe Wagen.

In einem, direkt vor dem Eingang, sitzen drei Männer, die Stein genau mustern.

Neben dem Eingang stehen zwei weitere Männer in Ledermänteln. Das Gesicht des einen kommt Stein bekannt vor, soweit man sich solche Gesichter überhaupt merken kann. Der war bei den Begleitern Schliers vorhin im Versammlungssaal.

Sie bewachen ihren Herrn und Gebieter. Stein geht unbehelligt vorbei. Woher sie wissen wollen, ob er keine Maschinenpistole unter der Jacke hat, ist ihm unklar. Die Bewachung scheint unzuverlässig.

Zwei Minuten später wird er eines Besseren belehrt: Das Klubzimmer des Hotels ist nämlich nur über einen Gang zu erreichen, der vom Empfang aus zu den Wirtschaftsräumen führt.

Der Gang ist — wie die gesamte Innenarchitektur des »Ersten Hauses am Platze« — altdeutsch eingerichtet. Und auf zweien der stakeligen, hochlehnigen Eichenstühle, die rechts und links vor der ebenfalls eichenholzenen Täfelung stehen, sitzen zwei weitere gut durchtrainierte Schlier-Wächter.

Der eine erhebt sich, als Stein, vom Portier gewiesen, auf die Klubzimmertür zugeht.

»Wohin wollen Sie, bitte?« fragt er.

»Zum gemütlichen Beisammensein mit Herrn Schlier«, antwortet Stein.

»Darf ich um Ihren Namen bitten?« fragt er mit jener Art eingedrillter Höflichkeit, zu der Fragen eigentlich nicht passen.

»Stein. Doktor Leisser hat mich eingeladen.«

»Einen Augenblick, bitte«, erklärt der Mann, wartet, bis der zweite auf seinen Wink hin aufgestanden ist und sich zwanglos zu Stein gesellt hat, und verschwindet dann durch die Tür, aus der ein Schwall Zigarettenrauch und lautes Männerlachen in den Gang dringen.

Stein wartet. Es dauert nicht lange, da kommt der Mann wieder heraus.

»Geht in Ordnung!« sagt er, mehr zu seinem Mitwächter als zu Stein. »Nur noch eine kleine Formalität, wenn Sie erlauben!«

Bevor Stein »ja« oder »nein« sagen kann, fummeln die beiden Männer an ihm herum, klopfen, tasten ihn flink und genau dort ab, wo er eine Waffe haben könnte, und scheuen sich auch nicht, ihm an den Hintern zu greifen, kurz, zielsicher und geübt, zwischen die Beine und an den Schenkeln entlang bis zu den Knöcheln.

Er ist darauf nicht gefaßt und für die vier, fünf, sechs Sekunden, die das Manöver dauert, so sprachlos vor Verblüffung, daß er erst: »Na, so was . . . !« hervorstoßen kann, als sie schon fertig sind, sich gleichzeitig aufrichten und beiseite treten.

»Bitte sehr«, sagt der erste und zeigt auf die Tür.

Stein schluckt seinen aufsteigenden Zorn hinunter und geht ins Klubzimmer des »Goldenen Löwen«.

Es bleibt ihm gar nichts anderes übrig, wenn er die Chance nutzen will, Hermann Schlier aus der Nähe zu erleben.

Der Klubraum riecht nach Kleinstadt-Honoratioren.

Hier treffen sich die kommunalen Drahtzieher und Regisseure, die grauen Eminenzen und die, von denen die Vergabe von Lizenzen und der Verkauf von Grundstücken abhängt, die Schar der Königsmacher und Postenbesetzer.

Sie lockern hier ihre Schlipse und Manieren, essen gut und trinken sich Leberschäden und den Mut an, den sie brauchen. Hier feiern sie ihre Triumphe, begießen den gelungenen Abschuß des unliebsamen Bürgermeisters oder des Lehrers, der nicht in ihrem Sinne unterrichtet.

Was die Ledertapete, die Deckenbalken und die dunklen Ölgemälde — Jagdszenen darstellend — an Intrigen, Injurien und Interessengeschäften gehört haben, würde vielen Bürgern der Stadt B. jeden Glauben an die Demokratie nehmen. Zum Glück können Tapeten und Bilder nicht plaudern, und die Balken biegen sich auch nur im Sprichwort.

Acht Männer sind im Raum. Sie sitzen um einen langen Tisch, der quer vor dem gemauerten Kamin steht, in dem eine künstliche Flamme flackert.

Am oberen Ende des Tisches sitzt Hermann Schlier. Er spricht mit einem weißhaarigen Mann zu seiner Rechten, dessen Gesicht mit einem Schmiß geschmückt ist, und blickt nur kurz auf, als Paul Stein eintritt.

Links von ihm erhebt sich Dr. Leisser. Er tritt auf Stein zu, faßt ihn wieder am Oberarm, wartet einen Augenblick, bis Schlier eine Redepause macht, und sagt dann: »Ich möchte Ihnen Herrn Stein vorstellen. Er ist freier Journalist, schreibt für mehrere Zeitungen und für den Funk und ist an unserer Partei interessiert, obschon er ...« Leisser lächelt Stein an. »Ich zitiere ihn selbst: Nicht in allen Punkten mit uns übereinstimmt!«

Schlier — der einzige in diesem Kreis, den Stein bemerkenswert findet, auf den er neugierig ist —, Schlier hebt abermals den Blick und sieht ihn aus schmalen Augen prüfend an.

Stein geht um den Tisch herum auf ihn zu und reicht ihm die Hand. Schlier steht auf und nimmt Steins Hand. Sein Händedruck ist überraschend schlaff und weich.

»Willkommen!« sagt er.

»Danke, Herr Schlier!« erwidert Stein.

Mehr nicht.

Dann geht Stein die Reihe entlang, drückt weitere sechs Hände, hört Namen, die er zum Teil nicht versteht, zum Teil gleich wieder vergißt, hört Floskeln: »Erfreut!« — »Angenehm«, und setzt sich schließlich an das untere Ende des Tisches, dem Parteivorsitzenden direkt gegenüber.

Die Männer haben noch keine Getränke, aber jetzt erscheint der Kellner und bringt ein Tablett voll Gläser.

Dr. Leisser sagt über den Tisch: »Wir müssen Sie um Verständnis bitten, Herr Stein, daß unsere Leute draußen vor der Tür Sie auf Waffen untersucht haben. Es hat in jüngster Zeit mehrere Attentatsdrohungen gegeben, nur deshalb ... Bitte, verstehen Sie!«

»Das verstehe ich«, sagt Stein.

»Was wollen Sie trinken?« fragt der Kellner.

Stein bestellt einen Halbliterkrug Bier vom Faß und einen doppelten Korn. Der Kellner nickt und geht.

Ob sie ihn auch jedes Mal, wenn er hier zum Bedienen reinkommt, draußen auf dem Gang nach Schießeisen oder Bomben untersuchen? Und wenn nicht, warum nicht?

Die Gespräche der Männer, die durch Steins Eintritt unterbrochen worden waren, kommen wieder in Gang. Er sitzt ein bißchen verloren dabei, aber das macht nichts. Er wüßte im Augenblick ohnehin nicht, worüber er sich mit ihnen unterhalten sollte, ohne die Begeisterung zu heucheln, von der sie offenbar alle erfaßt sind.

Schlier trinkt ebenfalls Korn und Bier. Jetzt hebt er sein Schnapsglas, blickt in die Runde und ruft: »Dann wollen wir mal, meine Herren! Auf Ihr Wohl!«

Stein kann nicht mittrinken, weil er noch nichts hat. Als Schliers Blick bei ihm landet, sagt er deshalb: »Ich ziehe nach, meine Herren!« Und er sagt das im Korpsstudententon, den er irgendwo bei einer Reportage in diesen hehren Kreisen aufgeschnappt hat.

Der Ton kommt an.

Schlier und die Mehrzahl der Herren nehmen ihre Gläser in Brusthöhe und deuten eine kleine Verbeugung an, ehe sie trinken, und wiederholen die zackige Zeremonie mit den leeren oder halbleeren Gläsern.

Stein hat den Eindruck, daß Schliers Blick mit Wohlwollen auf ihm ruht.

»Den roten Rotzjungen haben es unsere aber vorhin im Saal ordentlich gegeben!« bemerkt ein dicker Mann an der Mitte des Tisches.

Er redet, ohne die schwarze Zigarre aus dem Mund zu nehmen. Sie wackelt, während er spricht. Die Asche fällt ihm aufs Revers. Er hat eine Reihe Ordensbändchen im Knopfloch.

»Ja!« pflichtet ihm sein Nachbar bei und blickt strahlend um sich, als hätte er selbst die Störenfriede aus dem Saal geprügelt. Sein großer Adamsapfel hüpft vor Glück.

»Ja! Sie haben es ihnen schön eingebleut!«

»Dem einen haben unsere Jungs für eine Weile das Dazwischenschreien überhaupt abgewöhnt. Der hat sich heute mindestens eine Oberkieferprothese eingehandelt«, fährt der Dicke fort.

Schlier lacht. Er klopft mit der Linken auf den Tisch.

»An dem Erlebnis hat er ’ne Weile zu kauen!« ruft ein blasser Mann, der wie ein Buchhalter aussieht.

». . . wenn er noch kauen kann!« kreischt — noch lauter

— der mit dem großen Adamsapfel.

Dröhnendes Gelächter.

»Nun«, wirft Schlier ein — und alle sind sofort still und sehen ihn an —, »das ist nun mal so: Wo gehobelt wird, fallen Zähne!«

Die Männer brüllen vor Lachen.

Es bleibt Stein nichts übrig, er muß mitlachen.

Es tut ihm weh, gegen seinen Zorn anlachen zu müssen.

Der Kellner bringt den doppelten Korn und das große Bier. Stein kippt den Korn. Das mildert die Wut und den Schmerz und die aufsteigende Übelkeit. Er gießt Bier nach. Die Männer lachen immer noch über Schliers Scherz. Einer von ihnen wiederholt immerzu und wischt sich dabei mit einem großen, rotgeränderten Taschentuch die Lachtränen aus den Augen: ». . . da fallen Zähne . . . Hahaha! Da fallen Zähne! Großartig!«

In diesem Augenblick, angesichts der grölend lachenden acht Männer, die sich so hemmungslos am Triumph der Brutalität ergötzen, die sich über vergossenes Blut und ausgeschlagene Zähne königlich amüsieren, die sich auf die Schenkel schlagen und Tränen lachen — in diesem Augenblick wünscht Stein sich plötzlich eine Pistole.

Am besten wäre eine Maschinenpistole. Die jetzt ziehen, denkt Stein, und drei, vier Schritte zurück und sie ihnen erst ein paar Sekunden zeigen, ehe man sie losrattern läßt! Das wären Sekunden!

Er schüttelt entsetzt den Gedanken ab, läßt die unheilvollen Gesichter im Kreise heil, greift zum Bierglas und gibt dem Kellner, der gerade, bedacht auf Bestellungen, über die Runde blickt, ein Zeichen, ihm noch einen doppelten Korn zu bringen.

Es ist zehn Uhr vorbei.

Stein muß sich darüber klarwerden, ob er sich dem national-konservativen Erfolgsbesäufnis hier in B. anschließen oder ob er — mit vier Korn geht das wohl gerade noch — nach Hause fahren soll.

Lieber würde er nach Hause fahren, unter die Dusche gehen und den ganzen Dreck abspülen, ein bißchen mit Ille reden und zärtlich sein und die Augen zumachen.

Andererseits kann es hier noch interessant werden. Und ergibt sich so bald wieder eine Gelegenheit, Hermann Schlier »menschlich« zu erleben?

Wenn er nur nicht so müde wäre!

Er müßte sich außerdem ein Zimmer bestellen. Die Nacht durch werden die wohl kaum sitzen, und er würde das auch nicht durchhalten. Außerdem müßte er Ille anrufen, damit sie nicht unruhig wird.

Der Kellner bringt volle Gläser und auch Steins Korn.

»Wissen Sie, Herr Ober«, fragt er flüsternd, denn Schlier berichtet seinen aufmerksam lauschenden Gefolgsleuten gerade von einer Anzeige, die gegen ihn läuft, »wissen Sie, ob hier im Hause noch ein Zimmer frei ist?«

»Einzel?« fragt der Kellner.

»Ja«, antwortet Stein.

»Ich werde mich gleich erkundigen«, verspricht der Kellner. »Soll ich es festmachen, wenn noch eins da ist?«

»Ja, bitte!« sagt Stein.

». . . ist eine sogenannte ›Arbeitsgemeinschaft demokratischer Erzieher‹«, berichtet Schlier in verächtlichem Tonfall, »auf den Gedanken gekommen, mich anzuzeigen. Ich hätte in einem Artikel in unserem *Reichsruf* und bei einer Rede in H. zum Bruch der Verfassung aufgerufen, indem ich gefordert hätte, die Lehrer aus dem Amt zu jagen, die marxistisches Gedankengut im Unterricht behandelten. Die Herrschaften halten meine Forderung für Volksverhetzung.«

»Hört, hört!« ruft einer.

»Ist ja unglaublich!« meint ein anderer.

»Die werden immer frecher!« wirft ein dritter der Herren ein.

»Nun«, fährt Schlier fort und winkt beruhigend, »wir brauchen da nichts zu fürchten. Erstens ist es eine Auslegungsfrage, wie man meinen Text auffaßt, und zweitens — und das sage ich auch und gerade in Anwesenheit der Presse in Gestalt von Herrn — äh . . .« Er sieht Stein fragend an.

»Stein«, hilft der.

»Verzeihung — von Herrn Stein«, fährt Schlier fort, » — und zweitens kann ein solcher Prozeß uns nur nützlich sein, meine ich. Denn ein Großteil der denkenden Menschen in unserem Lande ist da sicher auf unserer Seite: daß politische Agitatoren ausgemerzt werden müssen.«

»Richtig!« stimmt der Dicke mit den Ordensbändchen zu.

»Sehr richtig!« bekräftigt der mit dem kurios kletternden Kehlkopf.

»Ich habe unsere Anwälte übrigens beauftragt, mit dem Vorsitzenden der zuständigen Strafkammer Fühlung aufzunehmen«, fährt Schlier fort, und Stein fühlt sich von ihm beobachtet. »Da hat sich herausgestellt, daß wir offenbar an einen guten Mann geraten sind. Mehr möchte ich dazu jetzt nicht sagen, meine Herren! Es besteht keinerlei Grund zur Beunruhigung — ich würde meinen, im Gegenteil!«

Der Kellner bringt Stein flüsternd die Nachricht, daß er ihm noch ein Einzelzimmer reserviert habe.

»Nach hinten hinaus«, wispert er, »aber kein Bad — nur eine Dusche!«

»Vielen Dank, das genügt«, sagt Stein und drückt ihm unauffällig ein Zweimarkstück in die Hand. »Und wo kann ich telefonieren, bitte?«

»Hier, wenn Sie wollen. Ich kann Ihnen den Apparat dort in der Fensternische anschließen, ja?«

»Das wäre prima«, sagt Stein leise. »Dann brauche ich mich nicht noch einmal nach Bomben untersuchen zu lassen.«

Im faltigen Gesicht des Kellners spielt ein Lächeln. »Ich hol' Ihnen das Telefon«, sagt er.

Drei der Herren sind aufgestanden, um sich zu verabschieden. Der eine begründet seinen frühen Aufbruch weitschweifig und mit hundert Entschuldigungen. Er ist der Schlachthofdirektor, hört Stein, und muß um halb vier wieder aufstehen.

»Wollen Sie sich zu uns setzen?« fragt Dr. Leisser und deutet auf den leer gewordenen Stuhl an seiner Seite.

Stein weiß gar nicht, wie er zu dieser Ehre kommt.

»Danke, gern!« sagt er, nimmt sein Bierglas und wechselt den Platz.

Jetzt kann er Schlier nicht nur hören und sehen, jetzt riecht er ihn auch. Schlier duftet nach Zigarre, guter Seife und einem unaufdringlichen Rasierwasser. Ein gepflegter Herr.

Der Kellner kommt mit dem Telefon. Seltsamerweise trägt er den Apparat auf einem silbernen Tablett. Stein bittet Schlier und seinen Propagandachef, ihn für zwei Minuten zu entschuldigen.

»Meine Familie«, sagt er erklärend. »Wenn ich nicht anrufe, macht sie sich Sorgen.«

Die Herren nicken verständnisvoll.

Er steht auf und geht zur Fensternische, um zu telefonieren.

Ille findet es auch vernünftiger, wenn er bleibt: »Hast du dein Waschzeug im Auto?« fragt sie und will außerdem wissen, ob er auch etwas Ordentliches gegessen habe.

Er bejaht beides, wenn auch das zweite nicht so ganz stimmt, wünscht ihr eine gute Nacht, sagt ihr leise, mit dem Rücken zur Tischrunde, noch schnell, daß er sich Mühe geben werde, von ihr zu träumen, und legt auf.

Von der Erzieher-Anzeige gegen Schlier ausgelöst, sind die Herren in ein Grundsatzgespräch über Schule, Elternhaus, die Jugend von heute und Kindererziehung im allgemeinen und besonderen und im ganz besonderen nationalkonservativen Sinne geraten.

Sie sind sich im Grunde alle fünf einig, daß man Kinder »straff« an die Kandare nehmen müsse.

Der Dicke mit den Ordensbändern meint, er habe von seinem Vater ziemlich oft Prügel bezogen, und es habe ihm nichts geschadet.

Je länger Stein ihn ansieht und ihm zuhört, um so mehr zweifelt er daran, daß ihm das tatsächlich nichts geschadet habe.

Schlier sagt nicht viel. Er ist mit einem Käsebrot beschäftigt.

Stein merkt, daß er ebenfalls hungrig ist, und bestellt sich zum dritten Bier gleichfalls ein Käsebrot.

Der Herr mit dem Adamsapfel ist ein adliger Großgrundbesitzer, wie Stein jetzt erfährt. Dr. Leisser redet ihn mit »Baron« an. Der Baron spricht gerade vom mißratenen Sohn seines Verwalters.

Eine Diskussion kommt nicht zustande, weil alle einer Meinung sind.

Und als Schlier sich, kauend, als Goethe-Kenner in die Pseudodebatte mischt und mit einem Spruch aus den *Wahlverwandtschaften* auftrumpft: »Man erziehe die Knaben zu Dienern und die Mädchen zu Müttern, so wird es überall wohl stehn!« — da herrscht einmütiges Nicken im Kreise der Herren. »Wer seine Kinder liebt, der züchtigt sie«, schiebt Stein noch schnell nach, um auch mal etwas zu sagen, und behauptet mit kühner Spekulation auf die gediegene Halbbildung der fünf Herren, daß dies schon Nietzsche gewußt habe.

Die Spekulation geht ins Auge. Der Weißhaarige nämlich, der mit dem Schmiß neben dem Mundwinkel, der links von Schlier sitzt, verzieht spöttisch die unzerstörte Seite seines Mundes und berichtigt: »Nun lassen Sie mal den guten Nietzsche aus dem Spiel.« Seine Stimme klingt befehlsgewohnt. »Immer muß Nietzsche für alles herhalten. ›Wenn du zum Weibe gehst, vergiß die Peitsche nicht‹ — na schön, meinetwegen, obwohl das ganz anders gemeint gewesen sein soll. Doch die Kinder züchtigen, nee, mein Lieber, da muß man schon ein bißchen tiefer in den Zitatensack greifen. Das ist aus der Bibel. Sprüche Salomos . . . Ich weiß jetzt nicht gleich, welcher. Da heißt es: ›Wer seine Rute schont, der haßt seinen Sohn; wer ihn aber liebhat, der züchtigt ihn bald.‹ Da staunen Sie, meine Herren, wie?«

Er sieht sich im Kreise um und freut sich über die tatsächlich verblüfften Gesichter.

»Das ist aber kein Zauberkunststück und kein doppelter Boden«, erklärt er nach einem genüßlichen Schluck aus seinem Weinglas. »Ich habe fünf Semester Theologie studiert, ehe ich in die Vereinigten Stahlwerke eingeheiratet habe. Und da ist so manches hängengeblieben.«

»Bei den Stahlwerken?« frozzelt Stein.

Der Weißhaarige hat eine Sekunde lang einen harten, einen stahlharten Blick, doch dann lacht er. »Da auch, lieber Freund, jawohl, da auch . . . Zum mindesten wächst da der Wille zur Macht, um bei Ihrem Nietzsche zu bleiben!«

»Und das ist ein guter und starker Wille bei Ihnen, lieber Kropfing«, meint Schlier. »Ein begrüßenswerter und legitimer Wille, vor allem, da es um die Erhaltung der abendländischen Werte geht!«

»Danke«, winkt der Weißhaarige lächelnd ab. »Mir geht es zunächst einmal um das, was ich unter Arbeitsfrieden verstehe, lieber Schlier, und da rechne ich mit Ihnen. Die Streiks müssen aufhören. Dieses ungebildete Gewerkschaftspack . . «

Kropfing . . . ? Hat Schlier eben Kropfing gesagt? Ist das Heinrich Kropfing?

Stein hat bei der Vorstellung den Namen nicht verstanden. Aber wenn der Mann wirklich und wahrhaftig Heinrich Kropfing ist — klar, »Vereinigte Stahlwerke«, natürlich, da ist doch gerade wieder gestreikt worden! —, dann ist heraus, woher das Geld für die Partei kommt.

So so, Theologie. Fünf Semester Theologie. Da ist einiges hängengeblieben, sagt er. Aber offensichtlich nichts vom Geist Jesu. Hört man von dem nichts als Theologiestudent? Oder kommt er erst in den höheren Semestern dran?

Stein darf seinen Gedanken jetzt nicht erlauben abzuschweifen. Er muß sich auf die Gegenwart konzentrieren. Er muß die Scharte auswetzen, die ihm der bibelfeste Stahlmagnat beigebracht hat. Aber es fällt ihm so schnell nichts ein, womit er sich rehabilitieren könnte.

Er gibt es auf, befaßt sich mit dem Käsebrot, das der Kellner vor ihn hingestellt hat, und verbirgt sein Gesicht hinter dem Bierkrug.

Der Freiherr berichtet stolz, daß in einem der drei Dörfer, die ihm gehören, von 152 männlichen Einwohnern nun schon 119 Mitglieder der Partei seien.

Stein erkundigt sich bei Dr. Leisser, wie viele Mitglieder die Partei überhaupt hat.

»Zweihunderttausend«, gibt Leisser Auskunft. »Und das in knapp drei Jahren! Es werden jeden Monat etwa zwölftausend mehr!«

»Das ist ja beachtlich!« staunt Stein. Er nickt mit Hochachtungsblick und malt sich aus, wie es wäre, wenn sein Sohn Leo ihn hier reden hörte.

Die Hände schlüge er über dem Kopf zusammen und würde, geradeheraus wie er ist, sagen, daß sein Vater auch nicht besser sei als eine Hure. Und er hätte irgendwie recht.

Dennoch: Es ist keine Prostitution.

Es ist Tarnung, Kriegslist.

»Der Zweck heiligt die Mittel.«

Ein Spruch für jede Lebenslage ...

6

Man kann manches heucheln — Interesse zum Beispiel, auch Zuneigung und, unter bestimmten Umständen, sogar Liebe. Aber um es über längere Zeit glaubhaft zu heucheln, braucht es Konzentrationskraft.

Paul Stein ist die Rolle eines Sympathisanten der National-Konservativen arg zuwider. Es fällt ihm zunehmend schwerer, sich zu beherrschen. Immer wieder gerät er in Versuchung, seiner Abneigung Ausdruck zu geben, seine Zweifel zu formulieren, Fragen zu stellen, die Schlier und seinen Leuten sofort verraten würden, daß er nicht ihr Mann, daß er ihr Gegner ist.

Hermann Schlier ist nicht dumm. Er hat, das erkennt Stein, ein Gespür für Menschen. Wie unterschiedlich er allein die vier behandelt, die mit ihm am Tisch sitzen, das ist erstaunlich.

Den Dicken mit der Zigarrenasche auf dem ordensbandgeschmückten Revers spricht er jovial an, kumpelhaft: »Wissen Sie noch, Kam'rad, der Weinkeller des alten Textiljuden in Hilversum, damals, '41 ... Mann, das waren noch Zeiten! Da galt ein Mann nur etwas, wenn er auch nach dem elften Schoppen noch stehend freihändig mit der Nullacht einen Kronleuchter auspusten konnte!«

Dem Freiherrn — Paul Stein hat seinen Namen nicht verstanden; bei Akademikern und Adligen genügt »Herr Doktor« oder »Baron« —, dem Freiherrn kommt Schlier patriotisch: »Ganz Ihrer Meinung, Baron, keine bessere und waidmännische Jagd als die auf Rotwild. Aber ich meine so, wie bei uns gejagt wird — nicht die österreichische Schlamperei. Wie kann man treiben, wo Geduld und Gespür überhaupt alles sind? Und auf dem Balkan, nee, Baron, da bin ich ein zu guter Deutscher, als daß ich Freude an der Art hätte, wie sie da ... Die knallen ja bloß ab, von Jagen keine Spur. Aber es sollen sich immer mehr Leute dort — ja, auch

Abgeordnete. Können *Sie* das verstehen?«

Mit Dr. Leisser redet Schlier wenig. Ihn behandelt der Parteichef wie ein Unternehmer seinen Prokuristen, dem er zwar Vertrauen entgegenbringt, weil sie gemeinsame Leichen im Keller haben, dem er jedoch niemals — höchstens, wenn er erpreßt würde — seine Tochter zur Frau gäbe und den er vor Dritten immer »Dr. X., das beste Pferd in meinem Stall« tituliert.

»Lieber Leisser, ach bitte, sehen Sie doch mal nach, ob die Leute draußen was zu essen gehabt haben . . .«

»Ist schon erledigt, Herr Schlier . . .« erwidert Leisser.

»Natürlich, Verzeihung, wie konnte ich zweifeln, daß Sie . . .«, sagt Schlier lächelnd und blickt kurz in die Runde, ob sie auch alle merken, wie gut sein Laden funktioniert, wie gut seine Leute dressiert sind. Sogar an das Essen für die Leibwache wird gedacht.

Am interessantesten aber ist es, Hermann Schlier im Umgang mit Stahl-Kropfing zu beobachten.

»Lieber Kommerzienrat«, redet er zu dem Weißhaarigen und — in Anspielung auf die Position —: »Verehrter Kapitän!« Das soll »Industriekapitän« heißen . . .

Aber er bringt das nie unterwürfig vor. Er hält genau den richtigen Tonfall ein und jene Art von Kameraderie, die dem Geldgeber die Gewähr geben, richtig zu investieren.

Es ist auch nie, nicht eine halbe Minute lang, von Geld die Rede. Darüber wird auf dieser Ebene nicht gesprochen. Das erledigt Dr. Leisser mit dem Sekretär Kropfings. Doch wenn die beiden Bosse hier nicht über Geld reden und kaum über Politik, worüber reden sie dann?

Nun, über Erziehung, über die Jugend von heute, wie gesagt — und jetzt sind sie eben bei den Rosen angelangt.

Schlier verrät dem gespannt zuhörenden Chef der Vereinigten Stahlwerke, dem Herrn über dreißigtausend Arbeiter und Angestellte, dem Mann, der ein persönliches Vermögen von fünf Dutzend Millionen haben soll — dem verrät Schlier, wie es ihm gelungen ist, aus der weißgelb blühenden *Rosa foetida* durch Kreuzung mit einer fast schwarzen *Rosa chinensis* eine fliederfarbene Rose zu züchten, die außerdem großköpfig sei und berauschend dufte — wie Honig und Rotwein. Ja, wie Honig und Rotwein!

Es fällt den beiden Herren bereits ein bißchen schwer, so schwierige Worte wie »Rosa chinensis« auszusprechen. Sie halten sich aber gut.

Der Propagandadoktor gibt sich große Mühe mit Stein. Er fragt ihn immer wieder, was er noch wissen möchte; doch Stein will im Augenblick eigentlich gar nichts wissen. Er möchte nur jenem Mann zuschauen und zuhören.

Zu ergründen, was von diesem Schlier ausgeht, das Geheimnis seiner Ausstrahlung zu enträtseln, das ist für Stein im Augenblick wichtiger, als die strategischen Pläne der Partei für die bevorstehende Parlamentswahl kennenzulernen, ist wichtiger als die statistischen Erhebungen, wie viele junge Menschen unter 25 Mitglieder der NKVP sind und aus welchen Berufen sie stammen ... Welchen Anteil die katholische Bevölkerung stellt ... Warum Frauen über 45 häufiger zu Parteiversammlungen kommen als Frauen unter 30 ...

Dr. Leisser trägt einen postkartengroßen Notizkalender bei sich, dessen Zeilen er mit einer winzigen, spinnenbeindünnen Schrift gefüllt hat: mit Zahlen, statistischen Anmerkungen, Prozentsätzen und, dazwischen eingestreut, zweifarbig gezeichneten Diagrammen und Kurven.

»Wir sind im Begriff, eine Dokumentation über die geradezu stürmische Entwicklung der Partei in den letzten drei Jahren — also seit dem immer offensichtlicheren Scheitern unserer sogenannten Regierung auf allen Gebieten — zusammenzustellen«, sagt er. »Ich schicke sie Ihnen spätestens in vierzehn Tagen. Reicht das noch für Ihre Arbeit?«

»Aber ja, danke!« Stein trinkt den vierten doppelten Korn. Er erinnert sich nicht, ihn bestellt zu haben.

Der Dicke mit den Ordensbändern ist ziemlich betrunken und setzt alle drei, vier Minuten an, Lieder aus seiner schönen Vergangenheit zu singen.

»Es zittern die morschen Knochen . . .«, stimmt er an und: »Gen Ostland geht unser Ritt . . .«

Es hapert ein wenig mit den Texten bei ihm. Deshalb fängt er nach der ersten Zeile meistens zu summen an und wird gar nicht böse, wenn ihn der Adelige nervös unterbricht: »Aber nicht doch, Herr Schaufuß. Lassen Sie doch die alten Sachen.«

Der besoffene Sänger Schaufuß ist, wie Stein beiläufig hört, Lehrlingsausbilder in einem der großen Betriebe, die sich um B. angesiedelt haben.

Schlier und Kropfing sind, während Stein von Dr. Leisser noch immer mit seinen Zahlenkolonnen strapaziert wird, beim Thema Frauen angekommen.

»Würden Sie es nicht für gut halten, Herr Schlier«, sagt der Stahlmagnat, »wenn Sie wieder heirateten? Meinen Sie nicht, daß es den Wählern, besonders den Durchschnittsbürgern, sympathischer wäre, wenn ein Ehemann und Vater über ihre Familienprobleme spräche, statt daß . . .«

»Einspruch, lieber Kommerzienrat!« unterbricht ihn Schlier. »Da haben wir ganz andere Erfahrungen. Ich brauche Ihnen doch nicht etwa das treffendste, klassische Beispiel aufzutischen, wie?«

»Nein«, nickt Kropfing. »Das brauchen Sie nicht.«

»Fünfundfünfzig Prozent der Wähler sind Frauen«, wirft Dr. Leisser ein.

»Sie haben heute abend gehört, Herr Stein«, sagt Hermann Schlier jetzt unvermittelt, »was ich über den Wert der Familie als Wurzel der Gesellschaft gesagt habe, nicht wahr?«

»Ja«, erwidert Stein.

»Sind Sie dabei auf den Gedanken gekommen«, fährt er fort, »daß da ein Blinder von der Farbe redet? Daß es besser wäre, ein verheirateter Mann und Vater spräche da an Stelle eines Witwers und inzwischen chronischen Junggesellen?«

»Ich bin kein gutes Objekt für so eine Frage, Herr

Schlier«, entgegnet Stein ausweichend. »Ich bin nicht auf den Gedanken gekommen — aber ich bin in Ihrem Sinne auch kein Durchschnittsbürger und -wähler.«

Schlier schweigt nachdenklich.

»Wir sollten das unbedingt erforschen, Doktor«, wendet er sich nach einer kleinen Weile an Dr. Leisser. »Ich bin ja bereit, Kommerzienrat, auch dieses Opfer für Deutschlands Zukunft zu bringen und zu heiraten.«

». . . dröhnt der Marsch der Kolonnen . . .«, singt der Lehrlingsausbilder. Landesleiter der NKVP ist er auch. Darum sitzt er hier.

»Aber bitte«, bremst ihn der Baron, »bitte, Herr Schaufuß, nun lassen Sie doch die alten . . .«

». . . wenn auch schweren Herzens.« Schlier grinst. »Denn ich habe immer auf dem Standpunkt gestanden, man braucht sich nicht gleich eine Kuh zu kaufen, wenn man ab und zu mal ein Glas Milch trinken will . . .«

»Es geht ja nicht um die Milch, lieber Schlier«, meint Kropfling. »Es geht um die Sahne, um die Butter, mein Lieber! Es geht um die Partei, um Sie, um uns, um . . .«

»Um Deutschland«, fügt Dr. Leisser nach einem schnellen Seitenblick auf Stein laut hinzu.

»Schlier heiratet für Deutschland!« lacht der Baron, der im Augenblick nicht auf den Dicken aufzupassen braucht, weil der ein Nickerchen macht.

»Ja«, sagt Dr. Leisser ganz ernsthaft. »Das ist gar nicht so schlecht. Wie wäre es denn mit einer Dame aus Ihren Kreisen, Baron?«

»Nee, nee«, sagt Schlier lachend. »Kochen sollte sie schon können!«

Es geht auf zwölf Uhr dreißig.

Stein kann kaum noch die Augen offenhalten.

Zum Glück bricht der abgebrochene Theologe und gestandene Industrieboß jetzt auf.

»Die Rechnung begleiche ich,wenn Sie gestatten, meine

Herren!« sagt er, gibt allen reihum die Hand und sagt zu Schlier: »Wir sehen uns nächste Woche in K., Bester. Bis dann!«

Stein nutzt die Gelegenheit. Er kann und er mag auch nicht mehr. Sein Reservoir an Heuchelkraft ist erschöpft.

»Gute Nacht«, verabschiedet er sich also auch. »Haben Sie vielen Dank für Ihre Gastfreundschaft und Bereitschaft zur Hilfe! Ich komme auf Sie zu, wenn ich noch mehr Informationen brauche. Und ich wäre Ihnen dankbar für ein ausführliches Interview, Herr Schlier. Wäre das möglich?«

»Aber sicher«, sagt Schlier. »Sprechen Sie es mit dem Doktor ab, lieber Freund!«

Er gibt Stein seine schlaffe Hand. Der Baron bemüht sich gerade, den schlafenden Ordensträger zu wecken. Stein verläßt den Klubraum. Dr. Leisser wünscht ihm gute Nacht.

»Lieber Freund . . .«, hat Schlier ihn genannt.

Auf dem Gang sitzen noch immer die zwei Leibwächter. Hinter dem Empfangstresen liest der Hotelportier die Zeitung von gestern.

»Mord aus Nächstenliebe« schreit die dicke Titelzeile.

Stein geht auf das Pult zu und stört den Portier in seiner Lektüre.

»Ihr Kollege hat mir gesagt, er habe ein Zimmer für mich reserviert. Stein ist mein Name.«

»Ja«, erwidert der Portier blinzelnd, denn er muß seine Augen von den Buchstaben des blutrünstigen Berichts auf Steins Gesicht umstellen. »Haben Sie kein Gepäck?«

»Doch, aber im Auto«, erklärt Stein. »Und mein Auto steht da vorn an dem Platz, wo auch die Rheingold-Säle sind. Vor einer Imbißstube.«

Der lange Satz fällt ihm sichtlich schwer. Die frische Nachtluft, die durch ein offenes Fenster der Hotelhalle hereinweht, gibt ihm den Rest.

Vier doppelte Korn — oder waren es fünf? — und Bier und Tabak und die Anstrengung und der lange Tag . . . Er möchte sich jetzt nicht im Spiegel anschauen müssen.

»Wie kriegen wir das hierher?« fragt er und stützt sich auf das Empfangspult. »Ich selber kann nicht mehr fahren.«

»Ganz einfach«, entgegnet der Portier, öffnet die schmale Tür zwischen den Schlüsselregalen im Hintergrund und ruft: »He, Erwin!«

Ein Stuhl schurrt, und gleich darauf erscheint ein Mann im Türrahmen, der offenbar geschlafen hat. Seine Augen sind rotgerändert, er knöpft sich mit zitternden Fingern die Drillichjacke zu und fragt: »Ja . . . Was gibt's denn?«

»Haben Sie Ihren Wagenschlüssel da?« fragt der Portier.

Stein reicht ihn über den Tresen.

»Du mußt eben den Wagen des Herrn vom Hindenburgplatz holen und . . .« Er wendet sich wieder an Stein. »Wollen Sie eine Garage?«

Eigentlich will Stein keine Garage, aber wenn sie nun schon soviel Aufwand seinetwegen machen . . .

»Ja.«

»Der Wagen steht vor der Imbißstube. Fahr ihn in Garage vier!« befiehlt der Portier dem müden, grauen Mann, der unendlich armselig und traurig wirkt, wie er dasteht und die magere Hand nach Steins Autoschlüssel ausstreckt — so kaputt und fertig, daß Stein ihn am liebsten ins Bett schicken möchte.

Aber das geht nicht. Wahrscheinlich würde er den armen Kerl damit sogar kränken.

»Was für ein Wagen ist es?«

»Ein Renault«, erwidert Stein und nennt ihm die Nummer. »Können Sie den fahren?«

»Er kann alle Autos fahren!« wirft der Portier ein.

Der graue Mann nickt. Seine schlaffen Backen wackeln.

»Und das Gepäck?« fragt er.

»Auf dem Rücksitz liegt eine gelbe Aktentasche«, sagt Stein. »Das ist alles. Wenn Sie mir die bitte . . .«

»Wird Ihnen aufs Zimmer gebracht!« sagt der Portier und händigt ihm den Zimmerschlüssel aus, der an einem faustgroßen Messingei hängt.

Das Ding ist schwer und hat die Form einer Handgranate. 207 ist auf die polierte Rundung graviert.

»Zweihundertsieben!« erläutert der Portier. »Dort ist der Fahrstuhl, mein Herr. Zweiter Stock und gleich links. Eintragen können Sie sich morgen früh. Wollen Sie geweckt werden?«

»Nein, danke!« sagt Stein und muß sich große Mühe geben, ohne Schwanken den Fahrstuhl zu erreichen.

Das Hotelzimmer ist wie alle alten Hotelzimmer der Welt, die durch die Errungenschaften der Moderne, durch den Komfort der Neuzeit verschandelt worden sind; aber das Durcheinander von gestern und heute ist Stein im Augenblick völlig gleichgültig. Er ist so müde, daß er nicht wagt, sich aufs Bett zu setzen, weil er sonst unweigerlich einschliefe, ehe der Hoteldiener mit seiner Tasche kommt.

Also geht er zwischen Tür und Fenster auf und ab. Es sind sechs Schritte ... Beim dritten Mal hat er heraus, welche Diele knarrt, und weicht ihr aus.

Nach zweiundvierzig Schritten — er ist gerade wieder am Fenster — klopft es behutsam.

Der traurige Hoteldiener — »Hausknecht« wäre passender — bringt die Tasche. Stein gibt ihm ein Trinkgeld und bedankt sich. Auto- und Garagenschlüssel legt der Mann auf den kleinen Tisch neben der Tür. Dann murmelt er irgend etwas, das wie »Angenehme Ruhe!« klingt.

»Das wünsche ich Ihnen auch!« erwidert Stein. »Sie sehen aus, als ob Sie Schlaf brauchen könnten.«

»Daraus wird nicht viel werden«, sagt der Mann leise. Er steht mit hängenden Schultern und halbgesenktem Kopf da und sieht Stein aus seinen entzündeten Augen an.

»Warum nicht? Unten ist doch Schluß. Oder erwarten Sie mitten in der Nacht noch andere Gäste?«

»Nein, nein, das ist es nicht«, sagt er. In seinem Gesicht zuckt es. »Aber ich kann nicht schlafen.«

»Sind Sie krank?«

»Krank? — Nein ...«

»Kann ich Ihnen irgendwie helfen?«

»Danke — aber ich fürchte, das können Sie nicht. Mein Junge hat . . .«

Er bricht ab. Kopfschüttelnd wendet er sich zur Tür. Stein hat den Eindruck, als schluchze der Mann.

»Was ist denn mit Ihrem Jungen?« fragt er und ärgert sich im gleichen Augenblick über die Frage und fürchtet, eine ausführliche Familienstory anhören zu müssen. Aber man kann den Mann doch so nicht gehen lassen — jetzt sowieso nicht mehr.

»Hat er Dummheiten gemacht?« bohrt er weiter.

»Sie haben ihn zusammengeschlagen!« sagt der Mann. »Oberkiefer gebrochen, Nasenbein kaputt und sechs Zähne raus. Er liegt im Krankenhaus.«

»Wer . . . Wer hat ihn . . . ?« fragt Stein.

»Saalordner, bei so einer Versammlung«, erklärt der Mann. »Heute — nein, gestern abend in den Rheingold-Sälen. ›Geh da nicht hin!‹ habe ich ihn noch gewarnt. ›Du regst dich bloß wieder auf, und es gibt Ärger!‹ Aber die hören ja nicht auf einen, die Jungen. Und nun ist es passiert. Er habe Zwischenrufe gemacht, sagen sie. Und als sie ihn raussetzen wollten, habe er um sich geschlagen. Er und seine Freunde. Aber nur ihn hat's so schlimm erwischt. Nur meinen . . .«

»Na ja«, sagt Stein und verdrängt das Bild des blutigen Jungengesichts, das ihm vor Augen steht. »Na ja. So was heilt doch wieder! Und vielleicht hat er etwas daraus gelernt.«

»Das glaub' ich nicht, daß er etwas daraus gelernt hätte«, erwidert der Mann. »Das ist es ja eben. Ich bin bei ihm gewesen vorhin. Er kann kaum reden. Man muß sich ganz dicht an seinen Mund bücken, wenn man verstehen will, was er sagt. Und wissen Sie, was er gesagt hat?«

»Nein«, erklärt Stein. »Was hat er denn . . . ?«

»›Ich bring' ihn um!‹ hat er gesagt!«

»Wen will er . . . ?«

»Diesen Parteifritzen, diesen — na — Schlier. Ist das nicht zum Verrücktwerden?«

Stein weiß nicht, was er sagen soll.

»Aber, aber . . .«, meint er schließlich. »Es wird nichts so heiß gegessen, wie es gekocht wird . . .«

»Sie kennen meinen Jungen nicht«, fährt der Mann fort. »Aber was rede ich da — entschuldigen Sie, daß ich Sie damit belästige. Nur . . .«

»Versuchen Sie zu schlafen!« rät Stein, obschon er weiß, was das für ein unzulänglicher Rat ist.

»Mal sehn«, erwidert der Mann. »Gute Nacht!« Seine Stimme klingt sehr mutlos. Er geht hinaus.

Steins Müdigkeit ist verschwunden. Er duscht, aber er singt nicht dabei, wie er es sonst zu tun pflegt. Ihm ist mehr zum Heulen.

Eine Viertelstunde später, im viel zu weichen Bett, das nach frisch gerolltem Leinen riecht und ein wenig nach Desinfektionsmittel, unterdrückt er die Lust auf eine Zigarette, löscht die häßliche, zu dunkle Nachttischlampe und versucht, über das Seil zwischen Wachsein und Schlafen zu balancieren. Es gelingt nicht. Seine Eindrücke und Gedanken schrecken ihn immer wieder hoch.

Worte und Gesichter, Beifallsbrüllen, Begeisterungsgetrampel. Deutschland, Deutschland über alles . . . Schliers Augen. Kropflings einseitig lächelnder Mund. Der adlige Adamsapfel.

Und immer wieder das verzerrte, blutige Gesicht des fremden Jungen.

Hat es denn Sinn, gegen das Geschrei und Getrampel, gegen Lodenmäntel, Koppelriemen, Sturzhelme, Bierkrüge, Heldenverehrung, Vaterlandshysterie, Volksempfinden, Führerkult, Schlägerkolonnen und Vereinigte Stahlwerksinteressen anzuschreiben?

Besteht auch nur die mindeste Chance, mit Worten, Sätzen, Zeilen, Artikeln, mit Argumenten, Fotos und Engagement irgend etwas auszurichten?

Kann ich mit meinen Mitteln irgend etwas ändern, aufhalten?

Kann ich die Flamme ausblasen, die Berauschten ernüchtern, die Gefahr bannen?

Nein. Nichts.

Es gibt nur einen Weg.

Der verprügelte Junge hat recht: Schlier muß sterben, dann bröckelt der Spuk auseinander, dann verzieht sich das Gewitter vor dem Ausbruch. Und die Gefahr ist vorüber.

Märtyrermythos? Nein! Tote Helden können keine Säle füllen, keine Massen mobilisieren.

Schlier muß sterben.

Aber das sollte nicht so ein Junge auf sich nehmen, der das Leben noch vor sich hat. Das sollte einer machen, der nicht ans Überleben denken muß. Ich zum Beispiel . . .

Ich?

Stein knipst die Nachttischlampe an, setzt sich auf und zündet sich doch eine Zigarette an.

Ausgeschlossen, nach diesen Gedanken einzuschlafen!

Er steht auf. Es ist ein Uhr. Er zieht sich an und öffnet das Hotelzimmerfenster. Das Fenster klemmt. Draußen ist ein Hof, halb überdacht, zwei Autos stehen da, Mülltonnen, leere Bierkästen, ein Stapel Bretter.

Der Himmel ist hell. Zwischen zerrissenen Wolken schimmert der fast volle Mond. Es scheint geregnet zu haben, das gewellte Kunststoffdach im Hof glitzert naß. Über die Mauer, die das Hotelgrundstück abschließt, stolziert eine Katze mit steil erhobenem Schwanz.

Stein verläßt das muffige Hotelzimmer und geht hinaus auf den stillen Gang. Der Flurläufer verschluckt das Geräusch seiner Schritte. Er steigt die Treppe hinunter und weckt mit seinem Erscheinen den Portier in der Hotelhalle.

Der Portier versucht so zu tun, als hätte er nicht geschlafen. Aber man sieht das Muster seines Jackenärmels quer über seinem Gesicht.

»Ich kann nicht schlafen«, erklärt Stein entschuldigend.

»Wollen Sie eine Tablette?« fragt der Portier.

»Nein, danke«, sagt Stein. »Dazu habe ich zuviel getrunken.«

»Ist Ihnen nicht gut?« fragt der Portier und macht ein besorgtes Geischt.

»Doch«, erwidert Stein. »Aber ich kann nicht schlafen. Ich gehe noch eine Viertelstunde an die frische Luft. Geben Sie mir den Schlüssel mit, dann brauche ich Sie nicht wieder zu wecken.«

»Ich darf nicht ...« sagt der Portier. »Sie können mich jederzeit — ich meine, Sie können zu jeder Zeit kommen.«

»Okay«, meint Stein, »danke! Ich laufe nicht weit. Nur eben ein bißchen frische Luft schnappen.«

Der Portier ist aufgestanden, öffnet die Hoteltür, legt gewohnheitsmäßig die Hand salutierend an die Stirn, obwohl er keine Mütze auf hat, und schließt dann hinter Stein wieder ab, nachdem er ihm gezeigt hat, wo die Nachtglocke ist.

Es ist kühl. Die Luft schmeckt gut. Der vom Regen gewaschene Wind hat die Autoabgase und die andern Düfte der Zivilisation aus den Winkeln gefegt. Stein atmet tief ein und aus, ein und aus. Er sieht sich um. Die Straße vor dem Hotel ist leer und still und dunkler als gestern abend. Es brennt nur noch jede zweite Straßenlaterne. Die Schaufensterbeleuchtungen sind ebenfalls ausgeschaltet, nur ein giftgrüner Schriftzug flimmert noch über einem Blumenladen.

Stein wendet sich nach links. Er ärgert sich über seine Lederabsätze, die zu laut auf das Bürgersteigpflaster knallen.

Der Platz vor dem Versammlungslokal der National-Konservativen ist noch dunkler als die Straßen, die ihn kreuzen.

Irgendwo pfeift ein Zug. Im ersten Stock eines Mietshauses mit Jugendstilfassade verlöscht hinter einem schmalen Fenster ein Licht, als Stein vorüberläuft. Alle anderen Fenster sind sowieso dunkel. Ein Radfahrer mit quietschendem

Tretlager fährt vorbei.

»Guten Abend!« ruft Stein.

Der Mann gibt keine Antwort.

Stein läuft auf klackenden Absätzen die gerade Straße entlang, die rechts und links von vielerlei Baustilen flankiert wird. Da steht Dessauer-Bauhaus-Imitation neben Gründerzeit, Backsteingotik neben schlecht verstandenem Neoklassizismus, NS-Sandsteinrenaissance neben Jugendstil-Steinmetzzierat. Das Nebeneinander fließt in dem matten Mischlicht aus Mondschein und sparsamer Straßenbeleuchtung reizvoll ineinander und tut sich nicht weh. Die Straße, entziffert Stein, ist nach dem Dichter Grillparzer genannt, den mit an Sicherheit grenzender Wahrscheinlichkeit von den 60 000 Einwohnern der Stadt keine 600 kennen und keine 60 je gelesen haben.

Stein hat selbst nur eine vage Vorstellung.

Wieso die Stadtväter B.s ausgerechnet auf Grillparzer gekommen sind, ist rätselhaft. Vielleicht hat es einmal einen Studienrat unter ihnen gegeben, der von »Des Meeres und der Liebe Wellen« begeistert war. Andere Beziehungen zwischen der Stadt B. und dem österreichischen Sensiblen sind kaum vorzustellen.

Stein biegt in die erste Querstraße nach links. Er läuft etwas schneller, weil ihm kühl wird; aber er schiebt den Gedanken von sich, daß sein Frösteln etwas mit seiner Krankheit zu tun haben könnte. Er schiebt überhaupt jeden Gedanken an die Krankheit von sich. Er ist mit einemmal so gefangen von der Idee, Schlier zu töten, daß er kaum noch Platz für andere Gedanken hat.

Die Querstraße heißt Mühlenweg, obschon weit und breit keine Mühle mehr zu sehen ist. Sie ähnelt der Grillparzerstraße, nur stehen die Häuser weiter auseinander. Kleine Gärten grünen dazwischen, und es gibt viel weniger Läden und Schaufenster hier. Der Bürgersteig auf der linken Seite, den Stein benutzt, ist alle fünfzig Meter mit einer Linde gegen die Straße abgeschirmt. Die Bäume werfen ovale Schatten. Einzelschatten dort, wo sie außerhalb des Straßenlampenbereichs stehen und nur vom Mond beschienen werden, der sich freigeboxt hat, Doppelschatten dort, wo Mond und Straßenlampe die Baumkrone anleuchten.

Aus einem der Doppelschatten löst sich, als Stein vorbeigeht, eine Figur. Es ist ein Mädchen oder eine junge Frau mit einem Fahrrad. An der Lenkstange des Rades hängt eine große Einkaufstasche aus Plastik, stramm gefüllt, und eine Aktentasche, mehr ein alter Schulranzen, ebenfalls schwer und unhandlich und hinderlich, weil er immerzu zwischen Gabel und Vorderrad hin und her baumelt. Auf den schwankenden Gepäckträger des wackeligen Rades ist ein dicker Rohrplattenkoffer geklemmt, der von der Stahlklammer nur unzureichend gehalten wird, weil er zu groß und zu schwer ist.

Das Mädchen oder die Frau ist zierlich und einen Kopf kleiner als Stein. Sie trägt lange, weite Hosen und eine weite Windjacke, beides weder schick noch praktisch. Um den Kopf hat sie ein geblümtes Kopftuch gebunden.

Paul Stein sieht, daß sie Mühe mit dem überladenen Fahrrad hat. Entweder kippt hinten der schwere Koffer und das Hinterrad rutscht weg, oder es gleitet vorn die Einkaufstasche oder der Ranzen von der Lenkstange. Aber vorn und hinten zugleich kann sie des Rades nicht Herr werden.

Stein — noch irritiert vom stummen Vorüberfahren des Mannes — will grußlos weitergehen. Doch da fällt der Koffer vom Gepäckträger, gerade als Stein auf gleicher Höhe mit der Fremden ist. Und das verzweifelte Seufzen, fast Stöhnen, das die Frau oder das Mädchen ausstößt, reißt Stein herum. Spontan fragt er: »Kann ich Ihnen helfen?«

Er wartet die Antwort gar nicht erst ab, sondern tritt schon auf sie zu und hebt den Koffer auf, der wirklich unheimlich schwer ist.

»Ja . . . Nein . . . Ach, ich . . . Ich weiß nicht . . .«, sagt die Fremde. Sie hat eine dunkle, leise, ein wenig rauhe Stimme, eine sehr frauliche Stimme. Und nun, da das Straßenlampenlicht ihr ins Gesicht fällt, sieht Paul Stein auch, daß sie kein Mädchen mehr ist, sondern eine mädchenhafte Frau von Anfang dreißig.

»Kommen Sie«, sagt Paul Stein, »wir legen den Koffer quer auf den Gepäckträger. Sie gehen nebenher und halten ihn im Gleichgewicht, und ich führe das Rad. Allein kommen Sie ja so keine zwanzig Meter weit, ohne daß etwas herunterfällt. Einverstanden?«

»Ja, gern«, erwidert sie. »Aber . . .«

»Wollen Sie lieber die Lenkstange nehmen? Dann balanciere ich den Koffer. Meine Güte, ist der schwer. Haben Sie da Goldbarren drin?«

»Bücher«, sagt sie.

»Bücher?« staunt Stein. »Einen Zentner Bücher mitten in der Nacht auf einem Fahrrad . . . ?«

Die Frau schweigt. Stein wuchtet den Koffer auf das schwankende Fahrrad, rückt ihn zurecht und hält ihn fest.

»Bleiben Sie vorn«, sagt er zu der Frau. »Dann dirigiere ich den Koffer. Geht das?«

»Ja, sicher«, erwidert sie.

»Ist es weit?« fragt Stein.

»Zehn Minuten zu zweit«, meint sie. »Allein hätte ich die halbe Nacht gebraucht.«

Sie schieben gemeinsam die kipplige Fracht durch die leeren, stillen Straßen, ohne zu reden. Das Fahrrad knirscht und klappert. Steins Lederabsätze hallen auf dem Pflaster wider; außer einem einzelnen Autofahrer begegnet ihnen kein Mensch. An der dritten Straßenkreuzung weist ein weißes Schild mit der Aufschrift *Krankenhaus* nach links. Dort liegt der Junge, dem Schliers Schläger vor fünfeinhalb Stunden den Kiefer zertrümmert haben, und hat Schmerzen.

Die fremde Frau lenkt ihr Fahrad nach rechts.

»Wir sind gleich da!« sagt sie mit ihrer rauhen Stimme über die Schulter.

Die Straße, in die sie einbiegen, heißt Henri-Dunant-Straße. Stein braucht zehn Schritte, bis ihm einfällt, daß Dunant irgend etwas mit dem Roten Kreuz zu tun hat, also ein Menschenfreund gewesen sein muß.

Ich bin auch ein Menschenfreund, denkt Paul Stein und lächelt vor sich hin. Balanciere mitten in der Nacht einen zentnerschweren Koffer durch eine fremde Stadt. Zehn Minuten, hat sie gesagt. Wir sind schon fast eine Viertelstunde unterwegs. Mein Arm schmerzt vom Kofferhalten. Wenn das nicht Metastasen sind ... Von der Lunge zum Schultergelenk ... Eine idiotische Situation: der todkranke Menschenfreund mit den Mordgedanken ... lachhaft. Warum bin ich nicht einfach weitergegangen? Hätte sie doch zugesehen, wie sie mit diesem blödsinnigen Fahrrad und ihrem Gepäck und dem Koffer zurechtkommt. Warum muß ich immer den Christophorus spielen? Ich hätte sicher keine Schmerzen im Arm, wenn ich einfach ...

»Wir sind da!« fällt die Frau in seine Gedanken, schiebt das Rad an den Zaun, der den kleinen Vorgarten des Reihenhauses zur Straße abgrenzt, hebt Einkaufstasche und Ranzen von der Lenkstange und lehnt das Rad an die Holzlatten. Stein hievt den Koffer vom Gepäckträger und setzt ihn auf den Boden.

»Vielen, vielen Dank!« sagt die Frau. »Ich weiß gar nicht, wie ich Ihnen danken soll. Nun kann ich aber allein ...«

»Wohnen Sie hier?« fragt Stein.

»Ja«, sagt sie. »In der Mansarde.«

»Gehen Sie vor, ich trage Ihnen den Koffer nach oben!«

»Aber nein, aber — aber das ist doch nicht nötig, ich bitte Sie, das kann ich doch ... !«

»Nun gehen Sie schon«, wiederholt Stein fast schroff. »Oder ist es Ihnen unangenehm, wenn ich mit bis vor Ihre Tür komme?«

»Aber nein, aber ich bitte Sie ...« Sie ist verlegen und wischt sich eine Haarsträhne aus der Stirn. Dabei rutscht ihr das Tuch vom Kopf in den Nacken. Sie ist dunkelblond oder brünett — das ist bei dem halben Licht nicht zu sagen. Ihr Gesicht ist hübsch. Große, dunkle Augen und eine Stubsnase über vollen Lippen.

Sie wendet sich dem Haus zu.

»Wollen Sie das Rad hier stehen lassen?« fragt Stein.

»Ich schiebe es nachher hinters Haus«, entgegnet sie.

»Das machen wir gleich«, erklärt Stein. »Dann brauchen Sie nicht noch einmal die Treppe hinunter.«

Er läßt den Koffer stehen und schiebt das Rad durch die offene Vorgartenpforte über einen mit Ziegeln gepflasterten, schmalen Weg an der linken Seite des Hauses vorbei, das das letzte der Reihe ist. Die Frau geht hinter ihm her, setzt ihre Taschen vor dem Eingang ab und holt Stein ein.

»Hierhin, bitte!« sagt sie und zeigt auf eine Schuppenwand, an der eine eiserne Regentonne steht.

Stein lehnt das Rad gegen die Tonne. Es rutscht vorn weg und schrammt kreischend die Tonnenwand hinunter.

»Verflucht!« schimpft Stein leise.

»Es ist niemand im Haus, Sie brauchen nicht leise zu sein!« sagt die Frau. »Meine Eltern wohnen unten. Sie sind verreist. Sie wissen auch nicht, daß ich ...« Sie bricht ab und schluchzt. Aber sie fängt sich sofort wieder. »Verzeihung!« sagt sie und wendet sich ab.

Stein weiß nicht, was er sagen soll. Er läuft ihr nach, läuft an ihr vorbei, holt den blödsinnig schweren Koffer und schleppt ihn den Ziegelweg zum Haus. Die Frau hat indessen die Haustür aufgeschlossen. Es riecht nach abgestandener Luft und Äpfeln und ein kleines bißchen nach Ammoniak, als ob da irgendwo ein Pferd stünde. Verrückt, wie soll hier ein Pferd ... ?

»Bitte kommen Sie herein!« fordert ihn die Frau auf.

Stein tritt in den engen Flur. Links windet sich eine Holztreppe nach oben. Im selben Rhythmus wie die Treppenstufen hängen gleichgroß gerahmte Wappen an der Wand: Danzig, Königsberg, Tilsit ...

»Ich gehe voraus«, sagt die Frau und steigt mit ihren zwei

Taschen die Treppe hinauf. Stein schiebt mit der schmerzenden Schulter — Quatsch! So plötzlich fangen Metastasen doch nicht an weh zu tun! — die Haustür zu. Die Falle klickt ins Schloß. Der Bücherkoffer ist irrsinnig schwer. Stein zerrt ihn die Stufen — zehn, elf, zwölf, dreizehn, vierzehn — hinauf, vorbei an den Wappen, Tilsit, Insterburg, Marienburg, Treuburg, Allenstein . . . uff, oben! Steins Herz hämmert. Schweißperlen glitzern im Licht der handgeschmiedeten Flurlampe auf seiner Stirn.

Er würde sich gern einen Moment setzen, andererseits soll die Frau ihm die Anstrengung nicht zu deutlich anmerken. Sie ist durch eine der drei kleinen, weißlackierten Türen verschwunden, die von dem oberen Flur abgehen. Jetzt kommt sie zurück.

»Kommen Sie hier herein«, bittet sie ihn. »Es ist zwar nicht sehr gemütlich. Ich war ja weg . . . Aber ich möchte Ihnen gern irgend etwas anbieten. Ich könnte Kaffee machen. Oder vielleicht ist da noch ein Glas Wermut oder . . .«

»Machen Sie keine Geschichten«, unterbricht Stein sie, und es gelingt ihm, seine Atemlosigkeit halbwegs zu vertuschen. »Wohin soll der Koffer?«

»Lassen Sie ihn stehen, bitte. Ich packe ihn morgen aus.«

Sie schält sich aus der weiten, grauen Windjacke und hängt das häßliche Kleidungsstück an einen Haken neben einer der Türen. Sie trägt einen kupferfarbenen Sweater ohne Ärmel. Ihre Arme sind rund und braun. Einen Büstenhalter hat sie offenbar nicht an, denn unter dem glänzenden Stoff zeichnen sich ihre Brustwarzen ab. Stein senkt verwirrt die Augen und beißt sich auf die Lippen.

»Keinen Kaffee, danke!« sagt er heiser. »Es ist fast zwei Uhr. Ich will Sie auch nicht . . .«

»Sie dürfen mir nicht abschlagen, daß ich mich revanchiere«, sagt sie. »Ich war so verzweifelt, bis Sie kamen — ein Glas Wermut, ja? Und vielleicht eine Zigarette?« Sie geht voraus in das Zimmer und sieht sich einladend nach Stein um. Er folgt ihr und spürt auch schon jenes schwer zu beschreibende Ziehen in Brust und Kehle, daß sich bei so unerwarteten Aufregungen und abenteuerlichen Begegnungen einzustellen pflegt . . .

Das Zimmer ist klein. Es hat zwei schräge Wände und nur ein winziges Fenster, vor das die Frau jetzt einen buntgestreiften Leinenvorhang zieht. Die Deckenlampe gibt ein trübes Licht und ist von scheußlicher Form — mißverstandene Blumenkelche aus rosa Kunststoff. Als ob die Frau spürte, wie sehr Stein die Lampe mißfällt, schaltet sie eine Stehlampe neben der Couch ein und knipst das Oberlicht aus. Die Couch ist breit, mit buntem Chintz bezogen, mit noch farbenfroheren Kissen und Wollpuppen und Plüschtieren besetzt und füllt fast die Hälfte des Raumes aus, in dem es — wie unten im Haus — ein bißchen muffig riecht. Aber zusätzlich duftet es nach Kölnisch Wasser und nicht nach Pferdestall.

»Bitte, nehmen Sie Platz — wo Sie mögen!« sagt die Frau. Die Auswahl ist nicht groß. Außer der Couch gibt es nur noch einen Sessel im Raum. Er steht auf der anderen Seite des Mosaiktischchens, das wacklig aussieht und es auch ist, wie Stein merkt, als er dagegenstößt. Er setzt sich in den Sessel.

»Danke«, sagt er. »Aber wirklich nur einen Wermut und eine Zigarette!« setzt er hinzu.

Wenn sich sonst nichts ergibt, denkt er. Aber ich bin mir da gar nicht so sicher, denkt er weiter. Hübsch ist sie ja . . . Aber ob sie auch . . . ?

»Natürlich«, sagt sie. »Aber ich finde es lieb, daß Sie noch bleiben.«

Sie hantiert an einem Schränkchen neben der Tür, die sie geschlossen hat, holt zwei Gläser und eine Flasche mittelguten Wermut heraus, einen Aschenbecher und ein Holzkästchen, in dem vier trocken aussehende Zigaretten herumrollen. Sie schenkt die Gläser voll, viel zu voll, reicht Stein das Zigarettenkästchen, nimmt sich auch selbst eine und sieht sich suchend um, wo sie wohl Zündhölzer haben könnte.

Paul Stein angelt seine Hölzer aus der Hosentasche und gibt ihr Feuer. Ihre Finger berühren sich. »Danke!« sagt sie und setzt sich ihm gegenüber auf die Kante der Couch.

Stein sagt: »Ich hätte mich schon vorhin auf der Straße vorstellen müssen — mein Name ist Stein!« Er deutet im Sitzen eine Verbeugung an und lächelt.

»Ich heiße Luise Heidorn«, sagt sie, ebenfalls lächelnd, und erwidert Steins kleine Verbeugung. »Was da unten an der Haustür steht — Dalchow —, ist der Name meiner Eltern. Ich bin . . . Ich war . . . Nein, ich bin dem Buchstaben nach noch verheiratet. Aber ich bin im Begriff, zurück zu meinen Eltern . . . Nun, entschuldigen Sie, das interessiert Sie nicht. Es ist auch nicht wichtig. Es ist nicht mehr wichtig. Sie haben mir das letzte Stück geholfen, die Trümmer zu schleppen. Noch einmal schönen Dank dafür und . . .« Sie hebt ihr Glas. »Prost, Herr Stein!«

»Prost!« erwidert Paul Stein. Der Wermut ist ein wenig zu alt, die Flasche schon zu lange offen. Die Zigarette schmeckt wie brennendes Stroh — aber die Frau ist sehr hübsch. Sie hat sich jetzt zurück in den Kissenberg gelehnt, spielt mit einer absurd häßlichen Wollpuppe und gibt sich Mühe, ihn nicht merken zu lassen, daß sie Schwierigkeiten mit dem Zigarettenrauchen hat. Der Schmerz in Steins Schulter ist weg. Er läßt den Blick durch das Zimmerchen wandern. Neben dem Fenster hängt eine Kuckucksuhr. Sie ist stehengeblieben.

Luise Heidorn folgt seinem Blick. »O Gott«, ruft sie. »Die Uhr steht. Stehengebliebene Uhren bedeuten nichts Gutes . . .« Sie springt auf und zieht die Gewichte hoch. Dabei verheddern sich die langen Ketten. Sie will — was man mit einer Hand nicht kann — die Ketten entwirren und zugleich die Gewichte festhalten. Einer der gußeisernen Zapfen fällt herunter. Es poltert gewaltig. Stein steht auf, sucht den Eisenzapfen, findet ihn unter dem wackligen Mosaiktischchen, hebt ihn auf, tritt neben die junge Frau, hakt das Gewicht ein und hilft ihr, die Ketten zu entfilzen, die Uhr aufzuziehen, die Zeiger vorsichtig richtig zu stellen und das Pendel anzuschubsen. Die Uhr geht wieder.

Das Ganze hat drei oder vier Minuten gedauert. Sie haben eng beieinander gestanden. Paul Stein hat die Frau gerochen — ihr Haar, ihre Achselhöhlen. Er atmet tief, dreht sich zu ihr, sieht sie eine lange Sekunde an und beugt sich zu ihr hinab, um sie zu küssen.

Noch bevor er ihre Lippen erreicht, hat sie ihm die runden, braungebrannten, kühlen Arme um den Hals geschlungen. »O Gott!« sagt sie, als sich ihre Münder trennen.

»Bist du abergläubisch?« fragt Stein, ohne sie loszulassen. Er spürt, daß sie nicht losgelassen werden will.

»Ja!« sagt sie.

»Ich weiß«, meint er. »Stehengebliebene Uhren zusammen in Gang zu bringen bedeutet etwas sehr Gutes!«

»Kuckuck, Kuckuck, Kuckuck!« quäkt die Uhr.

»Sie schlägt falsch!« sagt Paul Stein. »Es ist erst zwei.«

»Das bringen wir morgen früh in Ordnung«, sagt Luise Heidorn. »Ja?«

»Aber ja!« stimmt Stein zu.

»Komm!« sagt sie und nimmt ihn an der Hand. Sie zieht ihn über den kleinen Flur, steigt vor ihm über den Koffer und führt ihn in ein noch kleineres Zimmer, in dem es nach Wäsche und Seife und nun doch wieder ein bißchen nach Ammoniak riecht. Ein Bett steht darin, ein Nachttisch, ein Hocker, sonst nichts. Luise Heidorn geht zuerst zum Fenster, zieht den Vorhang vor und macht dann die Nachttischlampe an. Sie hat einen gelben Schirm, der auf einer Seite von der Birne versengt ist. »Laß mich zuerst ins Bad«, sagt sie. »Du darfst mir schon das Bett anwärmen.«

»Bist du eine Nymphe?« fragt Paul Stein.

»Warum?« will sie wissen.

»Die haben auch immer kalte Füße und sind ebenso unwirkliche, bezaubernde, überraschende Partnerinnen.«

»Woher weißt du das?«

»Aus meinen Märchenbüchern.«

»Liest du gern Märchen?«

»Ja, sehr gern.«

»Erzählst du mir nachher eins, sobald meine Füße warm sind?«

»Nur wenn du artig bist!«

Sie lacht und will hinaus aus dem winzigen Zimmer, doch Paul Stein hält sie fest und zieht sie an sich und küßt sie und läßt seine Hände behutsam wandern und ist ganz außer sich vor atemloser Begierde und auch vor Überraschung — vor allem aber vor Begierde nach dieser gutriechenden Frau mit den dunklen Augen und den kühlen Armen und den festen Brüsten.

Sie windet sich aus seinen Armen und witscht hinaus. Er steht eine Minute in dem kleinen Zimmer neben dem aufgeschlagenen Bett. Seine Gedanken wirbeln durcheinander. Dann zieht er sich aus, wirft seine Sachen auf den Hocker, geht nackt und barfuß hinter ihr her auf den Flur, stößt mit dem Schienbein gegen den blödsinnigen Koffer, reibt sich leise fluchend die schmerzende Stelle, hört hinter der dritten Tür Wasser plätschern, vergißt seinen Schmerz, öffnet die unverschlossene Tür und läuft, nein, springt auf die nackte Frau zu, die verzückt-entsetzt aufschreit, und reißt sie an sich. Sie umklammert ihn und gräbt ihre Fingernägel in seinen Rücken. Seifenschaum und Nässe und Schweiß und der Geruch nach Haar — alles zusammen . . . Er hebt sie auf und trägt sie auf das Bett, diesmal ohne sich am Koffer zu stoßen, und läßt ihr überhaupt keine Zeit zu protestieren — sie will auch gar nicht.

»Hast du noch kalte Füße?« fragt er nach einer Weile.

»Nein«, antwortet sie leise. »Du mußt mir jetzt ein Märchen erzählen.« — »Jetzt schon?« fragt er.

»Erst einmal ein kurzes«, sagt sie. »Aber sag bitte, wie heißt du eigentlich mit Vornamen? Ich kann ja jetzt beim besten Willen nicht mehr Herr Stein zu dir sagen!«

III

Die Operation

I

»Vergiß bitte nicht, daß am Sonnabendabend die Schreiters kommen, Palle!« hat Ille am Telefon gesagt.

Heute ist Sonnabend.

Paul Stein ist kurz vor dem Mittagessen heimgekommen. Er müßte eigentlich müde sein nach der Nacht in B. — und er müßte entweder besonders lieb zu Ille sein oder mürrisch, weil er ein schlechtes Gewissen haben sollte. Aber er ist weder besonders lieb noch mürrisch, und er hat kein schlechtes Gewissen. Denn das war weder ein Ehebruch noch sonst ein Verrat. Das war eine körperliche Reaktion, einfach wie ein Besäufnis. In keiner Weise »unmoralisch«.

Was heißt überhaupt »moralisch«?

Wenn die ohnehin zweifelhafte Moral dieser Welt irgendwo ihre Geltung verliert, dann doch zuerst und bestimmt bei einem, der nur noch zweihundert Tage zu leben hat oder bestenfalls zweihundertfünfzig oder auch nur hundertachtzig.

Trotzdem brächte es Paul Stein nicht über sich, mit seiner Frau über die Nacht in B. zu sprechen. Er müßte ihr dann auch sagen, aus welcher Situation heraus er so schnell und so restlos alle Barrieren übersprungen hat. Er weiß, daß Ille ihn verstünde; aber er will nicht, daß sie weiß, wie kurze Zeit . . .

Beim Essen erzählt er von der Versammlung in B., von dem nächtlichen Sitzen mit Schlier und seinen Vasallen und von dem Hoteldiener, dessen Sohn im Krankenhaus liegt.

»Ich habe so eine Ahnung«, meint Ille, »daß dies alles zu dem zähen Braten gehört, an dem du kaust, Palle.«

»Deine Ahnung trügt nicht«, sagt Paul Stein und streichelt ihr die Hand. »Aber sei unbesorgt, ich habe gute Zähne.«

»Auch einen guten Magen?« fragt sie.

»Gut gekaut ist halb verdaut«, blödelt er.

Sie wechselt das Thema. »Ich habe zu Schreiters noch Lubinus' und Hankes eingeladen.«

»Heiliger Strohsack!« stöhnt Stein.

»Dann ist es ein Aufwasch«, erklärt Ille. »Wir sind denen eine Einladung schuldig. Sei nicht bös.«

»Ich bin nicht böse«, meint Stein. »Aber sechs auf einen Streich . . .«

»Sieben«, lacht Ille. »Hanke hat gefragt, ob er seinen Bruder mitbringen dürfe. Der ist bei ihm zu Besuch. Aus Wurzen.«

»Ein Bruder aus Wurzen«, sagt Stein und schließt gequält die Augen, »das wird ein feiner Abend.«

»Wo ist das, Wurzen?« fragt Babette, die bisher schweigend zugehört hat.

»In der DDR«, gibt Stein Auskunft.

»Hast du etwas gegen Leute aus der DDR?« fragt Babette.

»Um Himmels willen, nein!« ruft Stein, regelrecht erschrocken.

»Warum ziehst du dann so ein Gesicht, wenn jemand aus Wurzen kommt?« Babette ist hartnäckig, und es sieht fast so aus, als weide sie sich an der Verwirrung des Vaters.

»Hanke — Wilhelm Hanke ist einer von denen, die immer noch ›die verlorenen Ostgebiete zurückerobern‹ wollen«, erklärt Stein seiner Tochter. »Und sein Bruder aus Wurzen wird also wahrscheinlich so ein verbiesterter Rentner sein, der auf alles schimpft und über alles mault — und das möglicherweise in sächsischem Wohllaut. Deshalb hab' ich so ein Gesicht gemacht.«

»Aber ich verstehe nicht«, kontert Steins Tochter streitlustig, »wieso ihr euch solche Gäste einladet?«

»Es gibt bestimmte Spielregeln in unserer Gesellschaft«, erläutert Stein ohne rechte Überzeugungskraft, »die man einhalten muß. Wir sind bei denen eingeladen gewesen und sind auch hingegangen, weil Hanke beim Rundfunk Einfluß hat und mir sehr schaden könnte, wenn ich ihn schneide. Und nun müssen wir uns mit einer Gegeneinladung revanchieren, da hilft nichts.«

Eigentlich könnten wir es uns jetzt leisten, darauf zu pfeifen, denkt er im stillen. Hanke kann mir kaum noch schaden. Das ist eine positive Seite: Ich brauche die Spielregeln nicht mehr einzuhalten, die mich immer so geärgert haben . . .

»Also, ich weiß nicht«, beharrt Babette, »ich lade niemanden ein, den ich nicht ausstehen kann. Du predigst immer, man solle Zivilcourage beweisen, Papa, und dann wieder behauptest du, man müsse solche blöden Spielregeln einhalten. Also, ich weiß nicht . . .«

Paul Stein runzelt die Brauen. Babette hat recht. Aber er ist müde und hat keine Lust, sich zu verteidigen. Ille spürt das und sagt: »Sprecht ein andermal darüber! Laß Papa jetzt erst einmal eine Stunde schlafen. Sonst hält er den Abend mit dem Bruder aus Wurzen nicht durch. Nimmst du mir das übel, daß ich . . . ?«

»Nein, natürlich nicht. Wir werden es schon überstehen!« sagt Stein.

Als erste kommen Karla und Jochen Lubinus. Sie bringen eine Flasche Wein mit, guten Pfälzer, den sie, Karla, in ein Kostüm aus Kreppapier gehüllt hat, denn sie ist eine gelernte Kindergärtnerin mit kunstgewerblichen Ambitionen. Nichts in ihrer Nähe bleibt unverziert. Zu Hause hat sie sogar die Kachel mit der Klopapierrolle kunstgewerblich verschönert — eine selbstgemalte Blumengirlande aus Mohn und Margeriten umrankt die Rolle.

»Wie hübsch!« ruft Ille.

»Aber das wäre doch nicht nötig gewesen!« meint Paul Stein.

Lubinus ist Lehrer für Erdkunde und Englisch. Früher auch für Sport, aber damit ist es seit einem Muskelriß beim Stabhochsprung vorbei.

Paul Stein hat Lubinus bei einer Bürgerinitiative gegen die Errichtung eines Schießstandes kennengelernt. Lubinus war damals sehr aktiv und erstaunlich mutig. Viel aktiver und mutiger, als Lehrer sonst zu sein wagen. Seitdem pflegen sie das, was man »gute Bekanntschaft« nennt.

Lubinus ist ein molliger Mann mit Schnauzbart und trägt tagaus, tagein eine Kordjacke. Er raucht Pfeife und liest gern Krimis. Seine Frau ist dünn, hat einen unglaublich breiten Mund und spricht viel und laut. Meist läßt sie sich über Erziehung aus, obschon sie keine Kinder haben.

Paul Stein hat die Lubinus' gerade in die Sesselecke dirigiert und ihnen einen Willkommensschnaps eingeschenkt — ihm einen Calvados, ihr einen Pfefferminzlikör, bei dessen Geruch bereits sich Steins Nase sträubt, soweit das technisch möglich ist —, er hat sie also gerade versorgt, da treffen die Ehepaare Schreiter und Hanke gleichzeitig ein.

Der rosige, nach einem süßlichen Rasierwasser duftende Wilhelm Hanke hat tatsächlich seinen Bruder mitgebracht.

»Mein Bruder Emil«, sagt er und deutet mit dem Daumen auf den kleinen, ebenfalls rosigen, aber nicht ganz so feisten Sechziger im blauen Anzug.

»Verbindlichen Dank für die Einladung«, sagt Bruder Emil aus Wurzen. Sein Sächsisch ist erträglich.

Frau Hanke lispelt: »Wir haben Sie ja eine Ewigkeit nicht . . . Gut sehen Sie aus, Herr Stein! Richtig nach Urlaub!«

Gut sehe ich aus? denkt Stein verwundert und wirft, während er den Damen aus den Mänteln hilft, einen Blick in den Flurspiegel. Er sieht wirklich glatt und ausgeruht aus. Das machen die zwei Stunden Nachmittagsschlaf.

Wenn ihr wüßtet, denkt er weiter und meint die vergangene Nacht in B. und das Urteil seines Arztes und Freundes Harald.

»Wir müssen im Laufe des Abends mal eine Viertelstunde übers Geschäft reden«, erklärt Hanke.

»Machen wir«, sagt Stein. »Was gibt's denn?«

»Der Propagandabeirat macht Schwierigkeiten wegen der Feature-Serie. Sie finden die Themenstellung zu einseitig. Es soll nicht nur gefragt werden: ›Warum gehen Sie nicht in die Kirche?‹, sondern auch: ›Wann hilft Ihnen Ihr Glaube?‹ — oder in der Richtung, verstehen Sie?«

»Die Ausgewogenheit mit Rechtsdrall«, erwidert Stein. »Gut, dann verkrümeln wir uns nachher mal eine Viertelstunde in meine Schreibhöhle.«

Schreiter sagt: »Ich wollte eigentlich gar nicht kommen, Herr Stein, weil ich Ihnen genaugenommen böse bin!«

»Nanu«, sagt Stein, den Witz witternd, »habe ich irgendwo etwas über die Ehrlichkeit der Bauunternehmer geschrieben?«

Bauunternehmer Schreiter lacht polternd. »Nicht ganz so schlimm, aber Sie haben beinahe meine Ehe zerrüttet, weil meine Frau schon zweimal abends eine Sendung von Ihnen gehört hat, anstatt . . .«

»Jürgen!« ruft Frau Schreiter, Karin Schreiter, entrüstet und wird rot, bis tief in den Ausschnitt hinein.

»Sehen Sie!« poltert Schreiter. »Da haben Sie's!«

»Ich weiß nicht, ob ich es bedauern soll oder ob ich geschmeichelt sein darf . . .« meint Paul Stein.

»Sie . . . !« droht Karin Schreiter lächelnd.

Ille und Paul Stein kennen das Ehepaar Schreiter von irgendeiner Party her. Paul Stein hat seitdem mit dem untersetzten Bauunternehmer, der sich mit imponierendem Geschick vom Maurer zum Millionär gemausert hat, sechs-

oder achtmal Skat gespielt. Die Skatabende waren immer ziemlich lang und sehr feucht und manchmal richtig komisch. Ille hat Paul Steins Hang zu solchen Männerabenden immer ein bißchen belächelt, und er hat den Versuch, ihr zu erklären, was ihm daran Vergnügen bereitet, längst aufgegeben, weil er es sich im Grunde selber nicht erklären kann. Vielleicht ist es die Unbeschwertheit der Blödeldialoge, vielleicht der Spielreiz — schwer zu sagen.

Frau Hanke hat noch vor dem Flurspiegel zu tun. Frau Schreiter auch. Die vier Herren warten. Stein macht Konversation mit dem Bruder aus Wurzen.

»Sind Sie schon öfter in der Bundesrepublik . . . ?«

»Jedes Jahr meine vier Wochen«, erklärt der Bruder. »Immer reihum, wissen Sie? Ich bin ja der einz'sche von fünfen, der so dämlich war, in der Zone zu bleiben. Na ja. Ich habe mich eben verkalkuliert . . .« — er sagt »vergalguliert« — »und habe gemeint, der Spuk geht bald vorüber . . . Aber nee, die regiern immer noch. Erst haben wir ja gedacht, der Adenauer macht's und vertreibt die Bagage mit der Bundeswehr, und auf die Amerikaner haben wir lange gerechnet — aber jetzt ist's ziemlich hoffnungslos. Sie werden mich wohl auf'm sozialistischen Friedhof beerdigen . . .« »Be-eerdchen«, sagt er.

Inzwischen sind die Damen soweit. Einmarsch und Vorstellung des Bruders aus Wurzen. Die anderen kennen sich. Händeschütteln. Platznehmen. »Willst du nich lieber aufs Sofa?« — »Mich nicht am Kamin, Stein. Ich schwitze sowieso so leicht!« — »Was darf ich Ihnen zu trinken anbieten?«

Flaschen öffnen, Gläser holen. Die Schalen mit Nüssen, Gebäck, Salzmandeln, Schokolade, Keksen.

So. Endlich. Alle sitzen. Halt, die Aschenbecher!

»Oh, ein neuer Fernseher? Farbe? Schön, nicht wahr?«

»Was machen die Kinder?«

»Also wir waren dieses Frühjahr auf Teneriffa. Eine Blumenpracht, sage ich Ihnen! So was haben Sie noch nicht . . .«

»Ja, da sind Sie besser dran. Wir können überhaupt nicht richtig verreisen in der Zone. Höchstens mal nach Rügen. Aber da muß man schon in der Gewerkschaft . . .«

»Mein Mann sagt auch immer . . .«

»Aber die Preise . . .«

»Wo das noch hinführen soll . . .«

Eine gute halbe Stunde geht das so. Die Frauen reden über Tiefkühlkost und das Einfrieren von Gemüse. Schreiter fragt den Lehrer Lubinus, wie das weitergehen solle mit der Leibesertüchtigung der Jugend. »Die Sportler aus der Zone schnappen unseren Leuten alle Rekorde weg!« Dazu hat natürlich Emil Hanke aus Wurzen einiges aus eigener Anschauung beizutragen. Frau Lubinus, die Erziehungsfanatikerin, ebenfalls.

Babette kommt aus dem Jugendzentrum. Sie gibt reihum die Hand und deutet Knickse an. Die Kommentare der Gäste sind die gleichen wie immer und überall.

Frau Hanke: »Mein Gott, was ist sie groß geworden! Wo willst du denn noch hinwachsen, Kind?«

Herr Hanke: »Na, Mädchen . . . alles okay?«

Frau Schreiter: »Ein hübscher Pullover . . . Selber gestrickt?«

Herr Schreiter: »Da schaffen Sie sich man fix Selbstschüsse und Fußangeln an, Stein — bei so einer niedlichen Tochter!«

Frau Lubinus: »Macht die Schule noch Spaß, Babette?«

Herr Lubinus: »Am meisten in den Ferien, wie? Und am Wochenende . . . Wie sieht's denn aus mit deinen Erfahrungen in der reformierten Mittelstufe?«

Emil Hanke aus Wurzen ist der einzige, der sich immerhin aus dem Sessel erhebt, »Hanke« sagt und: »Angenehm, Sie kennenzulernen, Fräulein Stein!«

Davon ist Babette so beeindruckt, daß sie rot wird und verlegen irgend etwas Unverständliches stottert. Dann verdrückt sie sich, nicht ohne vorher eine Handvoll Pralinen und Kekse aus den Schüsseln auf dem Tisch erbeutet zu haben.

Stein hat immerhin zu tun. Er muß für die Getränke sorgen, den Kamin so in Gang halten, daß es nicht zu warm wird, aber auch nicht zu kühl, muß die Aschenbecher leeren und saubermachen, für Knabberzeug-Nachschub sorgen und das Gespräch, wenn es einzuschlafen droht, wieder zum Leben erwecken.

Das letzte nimmt ihn am wenigsten in Anspruch, denn sowohl Hanke wie Schreiter sind richtige Salonlöwen und produzieren sich viel zu gern, als daß sie nicht eine Pause sofort nutzen würden, um sich gleich in Szene zu setzen. Und schließlich ist die Politik dran, was bei der Anwesenheit eines DDR-Bewohners vorauszusehen war.

Bei näherer Betrachtung geht es keinem in der Runde beruflich, wirtschaftlich oder persönlich schlecht. Außer Bruder Emil sind die Herren alle Besitzer schöner Autos. Lubinus bewohnt eine große Eigentumswohnung. Schreiter ist in einer richtigen Zehn-Zimmer-Villa mit parkähnlichem Garten und Swimming-pool zu Hause. Hanke hat ein Reihenhaus und ein Wochenendhäuschen in der Heide. Sie sind — und das trifft auch auf den DDR-Menschen Emil Hanke zu — allesamt gut genährt und ordentlich gekleidet. Ihre Altersversorgung ist gesichert, und sie brauchen vor nichts Angst zu haben.

Trotzdem sind sie unzufrieden.

Lubinus bemängelt die Disziplinlosigkeit der Jugend.

Seine Frau spricht von den Idealen, die den Kindern und jungen Menschen heutzutage fehlen.

Hanke findet, daß die Freiheit der Meinung durch zu viele Partei- und Gewerkschaftsfunktionäre eingeengt werde. Daß Demokratie, wie sie in den Beschlußgremien seines Senders zum Beispiel praktiziert werde, eine recht unvollkommene Sache sei. Daß manchmal schon ein starker Mann mit einem Machtwort zur richtigen Zeit gut wäre und not täte.

Frau Hanke lispelt etwas von zu weitgehender Freiheit in jenen »Dingen, die das Heiligste darstellen«, und sagt, sie habe da neulich aus Versehen einen Film gesehen ... »Also wissen Sie, ich bin ja nun wirklich nicht prüde. Aber das hat mir doch die Schamröte ...« Sie wird auch prompt wieder rot und verhaspelt sich und schweigt.

Schreiter seinerseits hat nichts gegen nackte Busen, und er sagt das auch. Nur — und da geht sein polterndes Lachen in grimmiges Knurren über — die Bestrebungen gewisser Elemente, Grund und Boden zu verstaatlichen, also das sei ja wohl das Blödsinnigste, was er jemals gehört habe. Wo solle da denn noch die Privatinitiative — er sagt: »— initative«, weil er mit Fremdwörtern nicht eben auf gutem Fuß steht —, wo solle denn da noch das gesunde Wettbewerbsdenken herkommen?

Frau Schreiter setzt sich aufrecht hin, denn ihr Mieder, die Basis und Stütze ihres tiefen Ausschnitts, drückt — sie setzt sich aufrecht hin und meint: »Das sag' ich auch ...«

Bruder Emil bemerkt: »Bei uns in der Zone ...«

Paul Stein nimmt den Namen Hermann Schlier und wirft ihn wie einen Brocken in den Teich der Konversation.

Im Grunde erwartet Stein eine Mischung aus Gleichgültigkeit und Desinteresse als Reaktion. Er ist überrascht, daß außer Lubinus keiner so reagiert. Lubinus erklärt: »Schlier und die National-Konservativen halte ich für eine ganz und gar überbewertete Angelegenheit. Wir haben doch eine festgefügte Demokratie. Da kann ja wohl so was nicht wieder zum Zuge kommen. Vielleicht wird es ja auch bewußt hochgespielt von den anderen. So als Menetekel, als Schreckgespenst, wenn Sie wissen, was ich meine. Auch Demoskopen sind bestechlich, nicht wahr?«

Frau Lubinus meint: »Die Erziehungsgrundsätze dieser Partei sind in einigen Punkten nicht uninteressant. Gewiß, das ist alles nichts Neues, aber daß mal wieder einer auszusprechen wagt, daß an den Schulen und Hochschulen Ruhe und Ordnung herrschen müssen, das finde ich doch ...«

Hanke äußert sich so: »Nicht so ernst nehmen. Laßt sie doch ruhig mal ran. Die werden sich schnell ihre Trara-Töne abgewöhnen, wenn es an die praktische politische Arbeit geht.«

Frau Hanke pflichtet ihrem Mann bei.

»Das sage ich auch . . .«

Schreiter poltert los: »Der Schlier ist mir in mancher Beziehung am kleinen Finger lieber als alle die pflaumenweichen Heinis, die wir jetzt an der Spitze haben. Der wird's denen schon beweisen, die immer bloß das Maul aufreißen, aber keinem die Zähne zeigen. Unser Volk braucht nun mal einen starken Mann, da beißt die Maus keinen Faden ab!«

Frau Schreiter hofft, daß sich unter einer Regierung Schlier die Preise stabilisieren.

»Ich habe doch vorige Woche für ein halbes Pfund Rindersteak achtfünfzig bezahlen müssen. Mein Mann ißt so gerne mal ein schönes, abgehangenes Steak. Mit viel Zwiebeln und einem bißchen roten Paprika . . .«

Emil Hanke aus Wurzen beschließt den Reigen: »So einer wie dieser Schlier, der würde ja auch nicht so mit sich umspringen lassen, schon gar nicht von den Leuten aus dem roten Lager, glaub' ich.«

Ille Stein wundert sich, daß ihr Mann nicht in die Luft geht. Er hört sich alles an, ohne ein Wort dazu zu sagen. Er schenkt die Likör- und Weingläser voll, legt einen neuen Holzklotz auf die Kaminglut, reicht Zigaretten und Zigarren herum und schweigt sich zu den Meinungen über Schlier aus.

Paul Stein, der seit gestern nacht mit dem Gedanken spielt, Schlier zu töten, nickt nicht einmal. Er lenkt das Gespräch in andere Bahnen. Massentourismus oder individuelles Reisen werden nun diskutiert, die verschmutzten Badestrände überall und die Hotelburgen und Ferienzentren. Die Meinungen sind unterschiedlich. Schreiter schwankt zwischen Bauunternehmer-Ja und Individualisten-Nein — »Invidualisten« sagt er —, und Emil Hanke gibt DDR-Erfahrungen zum besten.

Paul Stein ist fest entschlossen, Schlier zu töten.

Es wird halb zwei, ehe die Gäste gehen. Hanke ist betrunken. Er hat das »geschäftliche« Gespräch mit Stein nicht mehr geführt, weil er es vergessen hat. Seine Frau hat die Autoschlüssel. Sie wird ihn und Bruder Emil nach Hause fahren. Bruder Emil ist gleichfalls angeschickert. Er spricht viel sächsischer als zu Beginn des Abends.

»Selten so anrächend underhaldn . . .«, sagt er.

Schreiter ist zwar auch angetrunken, aber er gibt seiner — ebenfalls nicht mehr ganz nüchternen — Frau den Autoschlüssel nicht. Sie haben es nicht weit. Nur vier, fünf stille Straßen. Das wird schon gutgehen.

Lubinus' laufen. Aus gesundheitlichen Gründen. Steins halbherziges Angebot, sie heimzufahren, lehnen sie fast entrüstet ab. So ein Zwanzigminutenweg durch die Nacht scheint das Wundervollste zu sein, wenn man sie so schwärmen hört.

Während Paul Stein und Ille aufräumen, kommt Leo nach Hause. Er ißt noch ein Riesenbutterbrot und trinkt dazu eine Flasche Bier.

»Was hat hier denn für 'ne Orgie stattgefunden?« fragt er kauend.

»Geselliges Beisammensein des Mittelstandes mit Damen«, gibt Stein Auskunft. »Ungemein tiefschürfende Gespräche. Auch die meisten Damen sind der Auffassung, daß Hermann Schlier durchaus diskutabel sei — als Regierungschef, versteht sich. Man solle ihn ruhig mal ranlassen. Er würde den verfahrenen Karren schon aus dem Dreck ziehen. Und auch bei euch, Leo, mein Sohn, würde dann endlich die Ruhe einkehren, die für ein gedeihliches Studium so notwendig ist!«

»Hör auf, Väterchen«, lacht Leo. »Du spinnst wieder mal.«

»Nein. Die reden so. Die denken auch so. Und die wählen auch so. Du wirst es erleben!«

»Aber warum lädst du dir solche Leute ein?«

»Solche Leute? Lubinus — dein Englischlehrer — ein im Grunde gescheiter und liberaler Mann.«

»Der wählt national-konservativ?«

»Nein, aber er toleriert sie. Er hat keinen Durchblick. Er hält sie nicht für gefährlich. Er glaubt, sie würden überbewertet und dienten am Ende nur als Schreckgespenst.«

»Und was hast du dazu gesagt, Papa?«

»Nichts, mein Junge!«

»Du hast nichts gesagt?« Leo schaut seinen Vater zweifelnd und verständnislos an.

»Soll und kann ich den Bauunternehmer Schreiter und seine offenherzige Frau Gemahlin überzeugen? Ist gegen den Redakteur Hanke und seine einfältige Dulcinea oder gar gegen seinen Bruder aus Wurzen ein Kraut gewachsen? Ist das Kraut etwa auf meiner Zunge gewachsen, zum Teufel? Alle sind sie in meinem Alter. — Sie haben alle das gleiche erlebt wie ich, oder hätten es wenigstens erleben müssen, wenn sie Augen und Ohren aufgesperrt hätten, damals im Tausendjährigen Reich. Kann ich denen, die damals nichts gelernt haben, jetzt noch etwas beibringen, Leo? Nein, mein Junge. Die wählen wieder den ›starken Mann‹ oder tolerieren ihn oder ›lassen ihn ruhig mal machen‹, bis es abermals zu spät ist. Du wirst es sehen! Wenn nicht vorher . . .«

»Stopp, Väterchen«, unterbricht ihn Leo. »Nun mal keine Panik! Wir sind ja auch noch da.«

»Ihr? Entschuldige, Leo, ich will deinem Optimismus nicht zu nahe treten — aber wer seid ihr denn?« Paul Stein öffnet eine weitere Flasche Bier und setzt sich zu seinem Sohn in die Küche, wo es nach abgestandenem Alkohol riecht und nach kaltem Rauch. Ille ist nach oben gegangen. Sie sieht — alte Muttergewohnheit — nach, ob Babette schläft und auch richtig zugedeckt ist, ob ringsum die Fenster zu und die Türen verschlossen sind.

Jetzt kommt sie zurück, bleibt im Küchentürrahmen stehen und macht große Augen, als Leo erklärt: »Tausende, du! Viele Tausende! Nicht nur Studenten. Auch Lehrlinge und Arbeiter und Schüler und Frauen. Viele Frauen. Die lassen nicht wieder so mit sich umspringen. Dazu ist ihr politisches Bewußtsein zu klar, das kannst du mir glauben!«

Paul Stein denkt an die Menschenmenge in den Rheingold-Sälen in B. Er trinkt sein Bier aus und ist mit einemmal unendlich müde.

»Bitte, Leo, laß uns morgen weiter darüber reden. Ich bin ziemlich down. Laß uns schlafen gehn.«

»Worüber hast du vorhin mit Leo gesprochen?« fragt Ille eine Viertelstunde später. Paul Stein hat den Arm unter ihrem Kopf liegen und schreckt aus dem Einschlafen auf.

»Über unsere Gäste. Über Politik. Über Schlier und seine Partei«, murmelt er.

»Du hast ganz anders reagiert als sonst«, meint Ille. »Ich hatte schon ein bißchen Angst, jetzt ginge gleich eine Mordsstreiterei los, als die alle so halb und halb ihre Sympathien mit den National-Konservativen bekannten. Aber du hast gar nichts gesagt. Willst du für die zweite Hälfte deines Lebens die Streitlust streichen?«

»Zweite Hälfte . . .« Stein lacht heiser. Er hört seine eigene Heiserkeit und spürt wieder einen Anflug von Angst. »Ich will nicht neunzig werden, Ille!«

»Warum nicht?« fragt sie und läßt ihre Fingerspitzen über sein Profil wandern. »Wir haben doch noch viel vor zusammen!«

»Ja«, sagt er. »Unendlich viel . . . Gute Nacht, mein Schatz!«

2

Vom Gedanken an einen Revolver als Waffe ist Paul Stein sehr bald abgekommen. Das ist zu unsicher.

Er hat zwar probehalber zwei verschiedene Fabrikate in der Hand gehabt, den Plan dann aber doch verworfen, eine davon zu benutzen, wenn er auch zugeben muß, daß so ein griffiges, glattes, kleines Stahlding eine unheimliche Faszination ausübt.

Allein die Vorstellung, daß man mit einem unmerklichen Krümmen des Zeigefingers ein Leben auslöschen, pulsierendes Blut zum Gerinnen, zuckende Muskeln zum Stillstand, eine Stimme zum Schweigen bringen kann — allein diese Vorstellung ist so ungeheuerlich, daß ein Revolver in der Hand viel mehr ist als ein bloßer mechanischer Gegenstand.

Das kleine, dunkle Loch, aus dem das Geschoß in ein Leben fliegt, Haut aufreißt, Adern zerstört, Knochen zersplittert — das kleine, dunkle Loch kann einen Schlußpunkt unter zehntausend Tage Glück und Gleichgültigkeit, Freude, Furcht, Angst, Atemlosigkeit, Hunger und Sehnsucht setzen.

Eine winzige Bewegung des Zeigefingers, und der wunderbare geheimnisvolle Blick eines Auges ist für alle Zeit erloschen.

Eine leichte Beugung, vielleicht anderthalb Zentimeter, und unzählige Erinnerungen versinken, Bilder verschwimmen, Pläne verblassen für immer.

Aber es ist zu ungewiß, ob das auch jedesmal klappt.

Erstens ist Stein sich seiner Hand nicht sicher. Schon ein Zittern um Millimeterbreite könnte den Hermann Schlier zugedachten Tod in eine harmlose Fleischwunde an der Wange verwandeln.

Außerdem passen die Männer vor, hinter und neben ihm auf wie die Schießhunde.

Vor gut zwei Monaten haben sie irgendwo im Rheinland einen Mann zum Krüppel geschlagen, bevor der seinen Revolver noch richtig aus der Tasche hatte ziehen und auf Schlier schießen können.

Das mißglückte Attentat hat der Partei der National-Konservativen nur genützt.

Man redet schon davon, daß der Retter des Vaterlandes unsterblich sei und unter Gottes persönlichem Schutz stehe ...

Das ja nicht. Stein will nicht dazu beitragen, daß solche Legenden entstehen, indem er mit vor Aufregung zitternder Hand vorbeischießt.

Gift ist noch unsinniger. Es ist schwer zu beschaffen, und es gibt kaum Gelegenheiten, es dem Opfer beizubringen. Stein hält es für unwahrscheinlich, daß Schlier einen mit Rattengift bestrichenen Toast von ihm annehmen würde. Er hat sich aus der Universitätsbibliothek Dutzende von Büchern besorgt und hat wochenlang die verschiedensten Gifte und Giftmethoden studiert, hat intensiv nachgelesen, wie das von den Zeiten der Borgias bis in unsere modernen Tage praktiziert wurde. Er hat die unmöglichsten Ideen durchdacht, hat hin und her überlegt und schließlich alle Einfälle wieder als undurchführbar abgetan.

Darüber ist viel Zeit vergangen. Mehr als ein Monat, fast zwei. Sechsundvierzig Tage genau von den etwa zweihundert, die ihm Harald noch zu leben in Aussicht gestellt hatte.

Er hat kaum etwas anderes getan, kaum an etwas anderes gedacht seit der Nacht im Hotel »Zum Goldenen Löwen« in B., seit der Nacht, in der er den Entschluß gefaßt hat, Hermann Schlier zu töten.

Er ist in seinem Entschluß durch den Bericht im *Kurier* bestärkt worden, den ein junger, begabter Reporter über die »Jungen Wölfe«, die Jugendorganisation der NKVP, geschrieben hat, über ihre militärisch straffe Führung und ihre Gewaltaktionen gegen andere friedlichere Jugendgruppen.

Nicht der Bericht hat Stein in seinem Entschluß bestärkt, sondern das Echo, das der Reportage gefolgt ist.

Gregor Ruschel hat ihm zwei Dutzend der paar hundert Leserbriefe gezeigt, die auf diesen Bericht hin bei der Redaktion eingegangen sind.

Schlimme Briefe. Man hätte das große Gruseln kriegen können:

»... junge Männer, die gelobt werden sollten, wenn sie mit harter Hand gegen die Verwahrlosung unserer Jugend ...« und:

»... es ist richtig, daß den Gammlern mal einer zeigt, was 'ne Harke ist.«

Als Stein das, vor Gregor Ruschels schön gemasertem Schreibtisch sitzend, gelesen hat, ist ihm klargeworden, noch klarer, daß gegen Leute wie die National-Konservativen Hermann Schliers kein Kraut gewachsen ist, wenigstens keines, das aus Worten besteht.

Wahrscheinlich hat der alte, gescheit gewordene Napoleon unrecht gehabt mit seiner Weisheit: »Es gibt zwei Mächte auf der Welt: den Geist und den Degen. Auf die Dauer aber wird der Degen immer vom Geist besiegt.«

Das alles ist Stein durch den Kopf gegangen, und er hat sich immer wieder über sich gewundert, denn er verabscheut Gewalt.

Er verabscheut sie immer noch. Aber er weiß keinen anderen Ausweg und hat keine andere Wahl: Schlier muß sterben. Und das Sicherste ist: Er wird ihn mit einer Bombe unschädlich machen. Stein wird diese Bombe bei sich tragen, bis die Gelegenheit da ist, bis er sich und Schlier in die Luft jagen kann. Stein wird die Bombe nicht, wie weiland Stauffenberg, in einer Aktentasche unter einen Tisch stellen und sich selbst zu retten versuchen. Er ist allerdings auch besser dran als Stauffenberg. Er wird nach dem Attentat nicht mehr gebraucht. Er verliert nichts, wenn ihn die Explosion mit zerreißt. Er verliert nichts als ein paar lumpige Tage.

Eine Bombe ...

Paul Stein, der Bombenattentäter.

Bombenkerl, bombensicher, bombenfest, Bombardement, Bombenelement, Bombenerfolg ...

Wie kommt man zu einer Bombe?

Wie baut man sich eine?

Wie wird sie in Gang gebracht? Wie funktioniert sie?

Stein hat keine Ahnung. Er steht vor dem Problem wie der sprichwörtliche Ochse vorm neuen Tor. Er weiß noch nicht einmal, wer ihm zeigen könnte, wie man mit einer Bombe umgeht und wie man sie baut.

Er fährt wieder zur Bibliothek, bringt die Giftbücher zurück und läßt sich heraussuchen, was es an Berichten über Attentate gibt.

Es gibt bergeweise Attentatsberichte. Das fängt schon im Alten Testament an mit der Erschlagung des fetten Königs Eglon von Moab durch Ehud, der dann die Kinder Israels zum Sieg über die Moabiter führt, und zieht sich wie ein blutroter Faden durch die Geschichte der Menschheit.

Judith tötet Holofernes, Olympias, die Tochter des Königs Neoptolemos von Epirus, stiftet das Attentat auf den Makedonenkönig Philipp II. an, aus Herrschsucht, sagt die Geschichtsschreibung, und wird schließlich selber zu Tode gesteinigt. Es gibt Attentate mit Dolch und Schwert und Gift und Bomben. Namen wie Caesar und Wallenstein, Kotzebue, Heydrich, Trotzki und Kennedy ziehen vorüber.

Seltsamerweise sind die Namen der Attentäter in der jüngeren Geschichte meist weniger bekannt als die Namen der Opfer. Wer weiß, daß ein Student namens Carl Ludwig Sand Kotzebue umgebracht hat? Und wer hat schon den Namen Devereux im Gedächtnis, wenn von Wallensteins Tod die Rede ist? Wer weiß, daß ein gewisser Ramon Mercader del Rio Trotzki getötet hat, mit einem Eispickel übrigens? Wem sagen die Namen Kubiš und Gabčik etwas? Es waren die Männer, die in Prag Heydrich ermordet haben.

Stein liest sich fest, und er ist vorübergehend wieder völlig verzagt, weil er sieht, wie selten die Hoffnungen der Attentäter in Erfüllung gegangen sind, wie oft sogar gerade das Gegenteil dessen eingetreten ist, was sie sich erhofft hatten.

Nach dem Attentat auf Alexander II. von Rußland wurde die Unterdrückung des Volkes für viele Jahre noch schlimmer als zu Lebzeiten des Alleinherrschers. Die Ermordung des deutschen Botschaftssekretärs vom Rath in Paris durch den jungen Juden Grynspan löste eine Judenverfolgung in Deutschland aus, der Millionen zum Opfer fielen.

Was wird geschehen, wenn er Schlier töten sollte?

Hermann Schlier ist freilich kein König Dionys, kein Zar Alexander und kein offizieller Vertreter eines machtgierigen Landes wie seinerzeit der unschuldige vom Rath in Paris. Hermann Schlier ist »nur« Führer einer Partei, die latent gefährlich ist, die aber wahrscheinlich nur mit ihm und durch ihn gefährlich ist.

Sein Tod wird dieser Partei nicht an die Macht helfen, denn die Wähler wählen Hermann Schlier und erst in zweiter Linie seine Parolen. Stein darf sich also von anderen, fehlgeschlagenen Attentaten nicht entmutigen lassen.

Er will sich auch gar nicht entmutigen lassen.

Er liest nicht, um ein moralisches Alibi in der Geschichte zu finden. Er liest, um zu erfahren, wie man Bomben baut und wirft und zündet.

Aber immer wieder, unerwartet und manchmal lästig, kommen Paul Stein mitten in seiner autodidaktischen Ausbildung zum Attentäter Zweifel und Hemmungen: Ist der politische Mord, den ich plane, etwas anderes als Mord »aus niedrigen Beweggründen«? Gibt es eine Wertskala für Mord — den notwendigen, den guten Mord . . . den bösen, unnützen, eigennützigen . . .? Ist es eine Unterlassungssünde gewesen, daß die weitblickenden Gegner Hitlers nicht viel früher probiert haben, den Mann zu beseitigen, der das millionenfache Sterben auslöste und verschuldete?

Stein liest und liest, lernt und lernt ... und er ist fixiert auf die selbstgestellte Aufgabe. Er ist fixiert, weil er erfahren hat, daß er sterben muß. Das macht ihn in einer Weise unbeweglich, die an Suggestion grenzt ... er lebt und handelt, arbeitet und plant in einem Zustand, der dem Lauf eines Langstreckenläufers gleicht: Da bleibt kein Raum für das, was links und rechts geschieht und vorbeizieht, da wird nichts wahrgenommen als die Straße, die zum Ziel führt — und das Ziel ist alles, maßlos übersteigert in seinem Sinn und Wert. Da verändern sich Perspektiven, da wird kritisches und selbstkritisches Vermögen immer kleiner geschrieben und die Neigung zu Fehlbeurteilungen steigert sich.

Paul Steins Zeit ist geschrumpft. Seine Welt ist klein und eng geworden — es ist fast eine Wahnwelt geworden, die ihn ganz und gar in Anspruch nimmt, ausfüllt, fesselt und kaum noch zum Nachdenken kommen läßt.

Aber in dieser Beziehung helfen ihm die Bücher nicht weiter.

Er lernt, daß es viele Arten Sprengstoff gibt, vom knetbaren Plastik-Sprengstoff Nexit über die verschiedensten Arten Pulver bis zum gallertähnlichen Donarit.

Er orientiert sich über Brand-, Aufschlag-, Schnur- und Reißzünder, über Bomben mit mechanischen, elektrischen oder chemischen Zeitzündern und über englische Bleistiftzünden und Kassettenbomben; er liest über das richtige Mischungsverhältnis von Kaliumchlorat und rotem Phosphor und vieles andere mehr.

Weil er jedoch für technische Dinge so begabt ist wie ein Maultier für die Hohe Schule, weil er schon bei einem Radwechsel am Auto verzweifelt in Schweiß gerät und für die Reparatur eines kaputten Lichtschalters auf die Hilfe eines Elektrikers angewiesen ist, scheint es ihm sinnlos, selbst eine Bombe zu basteln, abgesehen davon, daß er gar nicht wüßte, woher er Nexit, Donarit oder auch nur roten Phosphor kriegen könnte.

Ein paar Tage denkt er darüber nach, wie er sich einen fertigen Sprengkörper besorgen könnte, eine Handgranate oder noch besser mehrere, der größeren Wirkung wegen.

Und er verbringt nach langen Telefonaten mit den zuständigen Dienststellen zwei endlos quälende Tage damit, Recherchen für eine angebliche Armee-Reportage anzustellen, für eine Reportage, die er nie schreiben wird.

Er läßt sich von einem fast peinlich beflissenen Presseoffizier durch Kasernen, über Exerzierhöfe, in Mannschaftsunterkünfte schleppen, darf im Kasino mitessen, fragt nach Dingen, die ihn nicht für fünf Pfennig interessieren, spielt den Aufmerksamen bei Vorgängen, die er zum Davonlaufen findet, läßt sich Geschütze und gepanzerte Fahrzeuge, Dienstvorschriften und den Geist der Truppe erklären. Und er darf dort, wo er wirklich interessiert ist, seine Neugierde nicht zeigen. Das ist in der Waffenkammer und im Munitionsdepot.

Da liegen hinter Schloß und Riegel ganze Berge von Granaten, auch kleine, handliche darunter, genau richtig für seine Absicht, und sind gezählt und numeriert und so unerreichbar wie die schöne, jungfräuliche Tochter eines spanischen Granden für einen evangelischen Ehemann aus Egenbüttel.

Wahrscheinlich gibt es leicht Mittel und Wege, an eine der Handgranaten zu kommen, über die so streng Buch geführt wird. Es wird — wie alles in dieser Welt — vor allem eine Preisfrage sein.

Der Oberfeldwebel oder Wachtmeister, der die Schlüssel für das Arsenal verwaltet, ist möglicherweise für zweitausend Mark oder ein bißchen mehr oder ein bißchen weniger bereit, sich zu verzählen oder irgendwelche Zahlen zu ändern.

Doch wenn er es nicht sein sollte, wenn er ein pflichtbewußter Soldat und korrekter Beamter und außerdem ein aufrechter Bürger wäre, dann könnte schon eine solche Frage dazu führen, daß Stein die hundertundpaar Tage, die ihm noch bleiben, in einem Untersuchungsgefängnis verbringt.

Die Justiz ist überaus allergisch gegen Leute, die an Bomben und Granaten interessiert sind, ohne damit nachweislich die Verteidigung der FDGO, der Freiheitlich-Demokratischen Grund-Ordnung, im treuen Auge zu haben.

Sela.

Also gibt Stein die zwei Tage Bundeswehrrecherche dran und grübelt über andere Möglichkeiten nach.

Wenn er nur mit jemandem reden könnte, der etwas von Sprengkörpern versteht! Und wenn er jemanden fände, der ihm so ein Ding baut, wäre das geradezu ideal.

Die Wissenschaft von den Sprengkörpern heißt Pyrotechnik. In pyrotechnischen Betrieben werden Feuerwerkskörper hergestellt, und dort müßte es eigentlich Leute geben, die auch eine Bombe basteln können.

Stein verbringt eine weitere Woche damit, im Umkreis von zweihundert Kilometern alle einschlägigen Betriebe abzuklappern, die er im Telefonbuch findet.

Sein Presseausweis verschafft ihm überall Zutritt.

Er redet mit Ingenieuren, Feuerwerkern und Arbeitern, staunt, wie groß, modern und also einträglich einige der Knallfroschfabriken sind, stellt fest, daß die Hersteller von Schwärmern durchaus keine Schwärmer, sondern sehr nüchterne Geschäftsleute sind — und merkt bald, daß er in dieser Branche an der falschen Adresse ist. Denn die buntglitzernden Raketen, die hier fabriziert werden, haben mit der Kassettenbombe, die er braucht, ungefähr so viel zu tun wie ein Café mit einem Kaffee. Aber nutzlos sind seine Besuche in der lebensgefährlichen Industrie zuletzt doch nicht.

Denn als er am Nachmittag des letzten Tages das Riskio eingeht, Verdacht zu erregen, und einen der Feuerwerker direkt fragt: »Könnten Sie mit Ihren technischen Kenntnissen denn auch eine Bombe mit Zeitzünder bauen?«, sagt der Mann: »Das denk' ich schon, obwohl da noch ein bißchen mehr dazugehört als zu unserem Job hier. Aber mit 'nem kurzen Nachhilfeunterricht würde ich mir das zur Not zutrauen. Warum fragen Sie? Brauchen Sie eine Bombe? Schikaniert Sie Ihr Chef?«

Sie lachen. Stein spielt mit einem leichten Kribbeln im Rücken vabanque.

»Nein, ich wollte eigentlich meinen Schwiegervater . . .«

»Das geht ja noch«, meint der Mann. »Ich dachte schon, Sie hätten es aufs Finanzamt abgesehen. Aber ich kann Ihnen sowieso nicht helfen. Ich versteh' zuwenig von Bomben — so von richtigen Attentatsbomben mit Zeitzündern. Da müßten Sie sich schon an einen wie Jimmy King wenden, wissen Sie, der damals so viel Aufsehen erregt hat mit seinen raffinierten Bomben. Aber der sitzt wohl noch im Knast.«

Da holt Stein tief Luft.

Natürlich — Jimmy King!

Daß er nicht auf den gekommen ist! Er hat doch seinerzeit eine große Reportage über ihn geschrieben und ein Interview mit ihm gemacht. Das ist . . . ja, sieben oder acht Jahre her.

Jimmy King, mit bürgerlichem Namen Karl Ewald Knothke, hatte damals mit Erpresserbriefen und Bombenanschlägen gegen die Post ein Heer von Polizisten und die Öffentlichkeit in atemloser Spannung gehalten.

Zu Hause liest Stein seine Reportage. Es ist tatsächlich acht Jahre her, und Ewald Knothke alias Jimmy King, seinerzeit zu zwölf Jahren Freiheitsentzug verurteilt, müßte, wenn er im Knast nicht aufgemuckt hat, was Stein sich bei ihm allerdings nicht vorstellen kann, bereits wieder auf freiem Fuß sein, weil in solchen Fällen die Strafe nach Verbüßung von zwei Dritteln der Zeit zur Bewährung ausgesetzt werden kann und meist auch ausgesetzt wird.

Es ist heute abend zu spät, um noch irgend etwas zu unternehmen.

Morgen wird Stein versuchen herauszufinden, wo

Knothke ist. Und dann wird er zu ihm fahren und mit ihm reden.

Ille kommt ins Arbeitszimmer.

»Willst du nicht aufhören und noch eine halbe Stunde unten bei mir sitzen?« fragt sie. »Ich schäle uns eine schöne Apfelsine, und du spendierst einen Cognac dazu?«

»Gute Idee«, antwortet er. »Ich komme heute abend doch nicht weiter.«

»Fein«, sagt sie und freut sich. »Ich finde sowieso, daß du dich zu sehr vergräbst in der letzten Zeit. Ist die Geschichte so schwierig?«

»Blödsinnig schwierig«, sagt er.

»Woran liegt's?« will sie wissen.

»Vielleicht an mir selber«, meint er. »Ich nehme es zu genau, zu ernst — und es gibt so vieles, was ich nicht weiß und erst herausfinden muß . . .«

»Kann ich dir dabei helfen?« fragt sie.

»Ja«, sagt er. »Mit deiner Nachsicht, einer Portion Geduld und — zum Beispiel — einer schön geschälten Apfelsine!«

3

Krummhäuser Landstraße 156, 2. Stock, bei Wesemeyer.

Das ist die Adresse, die Paul Stein nach mehreren vergeblichen Anläufen bei allen möglichen Justizstellen und -ämtern schließlich vom Straffälligen-Fürsorgeverein genannt worden ist.

Dort soll Ewald Knothke wohnen.

»Wenn er nicht zu Hause ist, kann er eigentlich nur bei seiner Schwester sein«, empfiehlt die freundliche, redselige Fürsorgevereinsdame. »Denn daß er schon arbeitet, halte ich für ziemlich unwahrscheinlich, wo er doch eben erst eine Woche raus ist, nach acht Jahren. Jedenfalls wissen wir nichts davon. Aber eingezogen ist er dort in der Krummhäuser Landstraße. Das Zimmer haben wir ihm besorgt. Ist ja nicht fürstlich, natürlich nicht . . . Für hundert Mark kann man auch kaum mehr verlangen. Aber die Leute sind nett. Sie haben uns schon öfter einmal . . .«

Die Krummhäuser Landstraße sieht so aus, wie sie heißt. Sie beginnt am Leipziger Platz noch ganz reputierlich mit mehrstöckigen Gründerzeit-Wohnhäusern, zwischen deren hübsche Fassaden, dort, wo der Krieg Lücken gerissen hat, glatte Klinkerbauten gequetscht worden sind. Aber nach drei-, vierhundert Metern, gleich nach der ersten Kreuzung, wird bereits der Abstieg deutlich.

Da bröckelt schadhafter Putz von den Mietskasernengesichtern wie das Make-up alternder Animierdamen nach drei Uhr nachts.

Ein chromblitzender Supermarkt, der im Umkreis von zehn Fußgängerminuten die kleinen Tante-Emma-Läden samt und sonders ruiniert hat, schiebt sich noch einmal, kommerziellen Glanz verbreitend, in das graue Bild; doch dann wird es ganz trist; denn von jetzt an stehen an der Krummhäuser Landstraße fast nur mehr krumme Häuser Spalier.

Kleine, wacklig wirkende Vierfamilien-Quartiere, eine Kette rußgeschwärzter Reihenhäuser aus einem Baukasten von 1900, eine alte Lagerhalle, deren Eisenkonstruktion durch Mauerwerk und Mörtel ragt wie die Rippen eines verwahrlosten Hundes durch struppiges Fell, leere, unkrautüberwucherte Grundstücke, auf denen ausrangierte Autos abgestellt sind und Kinder spielen . . .

Das Haus Nr. 156 hat sicher auch schon siebzig Jahre auf dem Buckel. An seinem Giebel sind Reste einer Reklame zu lesen, die in gotischen Lettern »ff. Confection . . .« anpreist.

Im Parterre links liegt neben der schweren Haustür, deren Holz unter vielen Farbschichten konserviert ist, ein großer Laden. Hinter schmutzigen Schaufensterscheiben verstauben Klosett- und Waschbecken vor sich hin. »Sanitäre Anlagen« steht über der Ladentür.

Der Laden rechts neben der Haustür scheint verlassen zu sein. Das eine Schaufenster ist mit Brettern vernagelt, das andere von innen mit Packpapier beklebt. Das Packpapier ist vergilbt und wellig und von Fliegendreck gesprenkelt. Die verwitterte Schrift über den Schaufenstern verkündet »Kolonialwarenhandlung Max Möbius«.

Stein blickt, ehe er eintritt, an der Fassade hinauf. Das erste und zweite Stockwerk schmücken Balkons mit gußeisernen Gittern, die, wie exotische Ranken geformt, eigenartig orientalisch wirken. Die Fenster sind fast alle mit dichten Stores und Wolkengardinen verhängt. Auf den Fensterbrettern stehen die obligatorischen Töpfe mit Alpenveilchen und Geranien.

Die Tür quietscht ein bißchen. Im Hausflur riecht es nach dem Hausfrauenkampf gegen Schmutz und Verfall: nach Seife, Lysol, Bohnerwachs und Farbe.

Außerdem umwehen ihn, während Stein die ausgetretenen Stufen hinaufsteigt, Schwaden von Kohl- und Kaffeegeruch. Die Fenster an den Treppenabsätzen sind hoch und schmal. Ihre zum Teil unversehrte, alte Buntverglasung sollte seinerzeit wohl eine Kirchenstimmung erzeugen. Bei Stein funktioniert das allerdings nicht. Lichteffekte verfangen heute nicht bei ihm. Er ist ausgesprochen nüchtern gestimmt, gespannt wohl, aber nicht auf mystische Dinge.

Es geht ihm um etwas sehr Reales.

Er dreht die Klingel an der Wohnungstür im zweiten Stock, an der »Wesemeyer« steht.

Die Klingel drin läutet nicht, sondern ratscht wie eine Karnevalsrassel.

Zwanzig oder fünfundzwanzig Sekunden ticken vorüber, ohne daß sich etwas rührt. Stein will gerade abermals rasseln, da klappt innen eine Tür, und schlurfende Schritte sind zu hören. Die Wohnungstür wird zwei Handbreit geöffnet.

Knothke guckt durch den Spalt.

Sein Gesicht hat die unverkennbare fahle Farbe, die alle kriegen, die länger als dreihundert Tage eingesperrt sind. Aber sonst ist er völlig unverändert.

»Guten Tag, Herr Knothke!« sagt Stein.

»Ja?« sagt Knothke und legt den Kopf schief.

Das hat er damals schon genauso gemacht, wenn ihn der Vorsitzende des Schwurgerichts etwas fragte.

»Sie werden sich sicher nicht gleich an mich erinnern«, redete Stein drauflos. »Mein Name ist Stein. Paul Stein. Ich habe Sie in der U-Haft besucht und interviewt, als . . .«

»Ja, ja«, sagt Knothke. »Aber ich will nichts mehr damit zu tun haben. Überhaupt nichts, hören Sie. Gar nichts!«

»Ich komme heute auch nicht als Journalist zu Ihnen«, sagt Stein und probiert ein Lächeln. »Ich komme als Privatmann. Ich wollte Sie gerne einmal sprechen, wenn Sie eine Viertelstunde . . .«

Er zögert. Stein sieht, wie es hinter Knothkes Stirn arbeitet. Er spürt richtig sein Mißtrauen — aber zugleich seine Neugier und seinen Drang, mit jemandem zu reden.

»Ich habe nämlich eine Frage — beziehungsweise eine Bitte an Sie!« fügt Stein fort. »Eine ganz persönliche Bitte. Aber das kann ich nicht hier im Treppenhaus . . .«

»Kommen Sie herein«, sagt Knothke und macht die Tür auf.

Stein tritt ein. Knothke ist kleiner, als er ihn in Erinnerung hat. Im Flur ist es dunkel. Nur durch eine geöffnete Tür fällt ein wenig Licht in den engen Gang.

»Mein Zimmer ist da hinten«, sagt Knothke, schließt hinter Stein die Wohnungstür und geht voraus.

Stein folgt seiner schmächtigen Gestalt. Es riecht intensiv nach Katze in der Wohnung. Ein Radio dudelt. Knothke bleibt stehen und fordert Stein mit einer Handbewegung zum Eintreten in sein Zimmer auf.

»Sie haben Glück gehabt«, sagt er, plötzlich gesprächig, »daß Sie mich überhaupt noch angetroffen haben. Eine

Viertelstunde später wäre ich nämlich weg gewesen. Nein, nicht ganz weg — aber für ein paar Tage. Ich will zu meinen Schwiegereltern — also zu meinen ehemaligen Schwiegereltern aufs Land. Meine dritte Frau hat sich ja auch von mir scheiden lassen; aber meine Schwiegereltern, ihre Eltern, die halten noch zu mir und haben mich eingeladen, ich solle sie einmal besuchen. Mein Schwiegervater ist ja inzwischen Rentner, und sie haben sich ein Siedlerhaus in einem Dorf bei Oldenburg gekauft. Mit Hühnern und Enten und Ziegen und, ich glaub' sogar, einem Schwein. Da wollte ich jetzt hin. Aber ich kann auch den nächsten Bus nehmen. Wenn Sie eine Viertelstunde später ... Also, da wäre ich weg gewesen. Sie haben Glück.«

Stein ist sich nicht ganz so sicher, ob es ein Glück ist, daß er ihn angetroffen hat.

Das Zimmer ist nicht groß und sehr einfach möbliert. Vor einer der hellgetünchten Wände, auf denen ein Rollmuster Blumen blüht, steht das Bett. Es ist ein sogenanntes Reformbett. Stein hat nie kapiert, welche Reform mit oder in solchen Betten angestrebt oder vollzogen wird. Eine buntkarierte Decke ist über das Bettzeug gebreitet. Am Fenster steht ein weißbeiniger Tisch, davor ein Stuhl, der braune, gedrechselte Beine und einen geflochtenen, durchgesessenen Peddigrohrsitz hat. Über der Stuhllehne hängen ein ausgebeultes dunkelblaues Jackett und eine gestreifte Kunststoffkrawatte.

Stein erkennt die Krawatte wieder. Es ist die gleiche, die Knothke als Angeklagter getragen hat.

Auf dem Tisch liegt eine Zeitung, der gläserne Aschenbecher daneben ist voll Zigarettenstummel. Über dem Tisch hängt ein goldgerahmtes Bild an der Wand. Es ist ein Druck und stellt eine Gebirgsdorfszene dar, in der ein schmucker Bursch mit Wanderstab und Ränzel gerade winkend Abschied nimmt, weil es ihn hinaus in die Welt zieht, während die Mutter und eine jüngere Frauensperson — vermutlich die Herzallerliebste des Scheidenden —, beide in Tracht, in ihre frischgestärkten Schürzen schluchzen.

»Nehmen Sie Platz, bitte«, sagt Knothke und zeigt auf den braunen Drechselbeinstuhl. Er nimmt Jackett und Krawatte von der Lehne und legt sie neben sich auf das Bett, auf das er sich, in Ermangelung einer zweiten Sitzgelegenheit — für die allerdings auch kaum Platz wäre — niederläßt.

Stein setzt sich dankend und bietet Knothke eine Zigarette an. Der nimmt sie, seine Finger zittern leicht.

»Wie geht es Ihnen, Herr Knothke?« fragt Stein.

»Soweit ganz gut«, erwidert der blasse Ex-Sträfling. »Es ist ja alles ziemlich komisch, müssen Sie wissen. Die Türen stehen alle offen. Und es hat sich unheimlich viel verändert in den acht Jahren. Die Autos. Die Häuser. Und die Mode . . .«

Er muß aufstehen, um seine Zigarettenasche in den Aschenbecher zu schnippen.

Stein stellt das volle Glasgefäß zwischen sich und Knothke auf den abgetretenen Sisalläufer vor dem Reformbett.

»Haben Sie denn Geld zum Leben?« fragt er.

»Es reicht für eine Weile«, meint Knothke. »Das Geld, das ich im Knast verdient habe. Und etwa hundert Mark hatte ich noch auf'm Sparbuch. Das hat ja auch Zinsen gebracht in der Zwischenzeit. Aber es ist alles so furchtbar teuer geworden! Ein Brötchen zwanzig Pfennig — das darf ja nicht wahr sein . . . Aber ich komme sicher aus, bis ich eine Arbeit finde.«

»Haben Sie schon etwas in Aussicht?«

»Nein. Ich hab' mich auch noch gar nicht drum gekümmert . . . Muß erst mal Luft holen, wenn Sie verstehen, was ich meine.«

Er macht einen ziemlich kaputten Eindruck, ist fahrig, unsicher und geduckt. Alle Augenblicke guckt er über die Schulter zur Tür, als ob jemand kommen könnte. Er raucht hastig, mit tiefen Lungenzügen. Stein schwankt, ob er ihn überhaupt fragen soll.

Ist es zu verantworten, jemanden wie Knothke auszunutzen? Und was ist, wenn der seine Pläne verrät?

Stein tröstet sich damit, daß sie nach dem Attentat kaum werden feststellen können, wer die Bombe gebaut hat. Und mit Knothke wird ihn kaum jemand in Verbindung bringen. Schließlich werden von ihm nach der Explosion nichts als ein paar Fetzen Fleisch übrig sein.

Er glaubt auch nicht, daß Ewald Knothke ihn verpfeifen wird. Und wollte er es wirklich tun, könnte Stein immer alles abstreiten. Der Journalist Stein wäre bestimmt glaubwürdiger als der frisch entlassene Bombenbastler, der schon damals einen seltsamen, nicht ganz zurechnungsfähigen Eindruck gemacht hat. Zur Strafmilderung hat es allerdings nicht gereicht.

Vor allem, denkt Stein, will ich Hermann Schlier ja auch für Leute wie Knothke töten, die unter einem Regime der NKVP sicher noch weniger zu lachen hätten als jetzt.

Aber das ist ein an den Haaren herbeigezogenes Argument.

»Sie wollten mich etwas fragen?« unterbricht Knothke seine Überlegungen.

»Ja«, sagt Stein. Er wischt seine Bedenken beiseite und packt den Stier bei den Hörnern — obschon dieser Vergleich beträchtlich hinkt.

»Ich suche jemanden, der für mich eine Zeitzünderbombe baut. Für eine absolut sichere Sache. Gegen gute Bezahlung . . .«

Knothke sieht Stein an, als ob er ein Marsmensch wäre. In seinem schief geneigten Kopf öffnet sich der Mund mit den zersprungenen Lippen etwa zentimeterweit. Er schluckt und zwinkert und zerdrückt dann seine Zigarette im Aschenbecher.

»Das . . . das fragen Sie *mich*?« stottert er.

»Ja, Herr Knothke, Sie. Ich weiß keinen, der das besser könnte.«

»Ich werde verrückt«, sagt der und wischt sich mit der Hand über die Augen, als ob er einen Traum wegwischen sollte.

»Ich habe deswegen gerade acht Jahre gesessen«, fährt er fort. »Ich bin noch keine Woche wieder draußen — und da kommen Sie und fragen, ob ich wieder ... Das kann ja wohl nicht Ihr Ernst sein?«

»Mein voller Ernst!« sagt Stein.

»Vielleicht wollen Sie mich bloß reinlegen. Ich bin ja nur auf Bewährung freigelassen. Vielleicht schickt Sie die Post, weil die immer noch Angst haben, ich lasse sie hochgehen. Und da wollen Sie mich mit einem faulen Trick ... Nein, mein Lieber! Da müssen Sie sich schon einen Dümmeren ...«

»Was ich brauche, ist eine Kassettenbombe«, fällt ihm Stein ungerührt ins Wort, »die in ein tragbares Tonbandgerät eingebaut ist und zu einem bestimmten Zeitpunkt losgeht. Tausendfünfhundert Mark. Fünfhundert sofort und tausend bei Abholung. Ich hole sie selber ab. Außer Ihnen, Herr Knothke, und mir weiß keine Menschenseele von der Sache. Mein Ehrenwort! Tausendfünfhundert!«

Knothke schweigt. Stein bietet ihm eine neue Zigerette an. Knothke sieht seinen Besucher lange an, ehe er sie nimmt. Stein gibt ihm Feuer. Das Radio in der Neben- oder Unterwohnung leiert einen Blues.

»Wofür brauchen Sie die Bombe?« fragt Knothke.

Der Zigarettenrauch sprudelt ihm zwischen den Lippen hervor und schwebt flockig zur Decke.

»Das ist meine Sache!« sagt Stein. Er sagt es ziemlich scharf.

Knothke kuscht sofort.

Wenn sie auch sonst nichts lernen im sogenanten Strafvollzug — auf bestimmte Töne zu kuschen, das lernen sie. In jedem Fall.

Stein kommt sich ziemlich schlimm vor, wie er hier mit seiner durchaus brüchigen Überlegenheit Knothke einfach überfährt. Doch so eingeschüchtert ist Ewald Knothke noch nicht. Er gehört zu den Stillen, Zähen, die schwerer kleinzukriegen sind, als man denkt.

»Beihilfe zum Mord«, sinniert er mit einem Blick, der jedem Schauspieler, der in *Kabale und Liebe* den Wurm zu spielen hätte, begeisterte Kritiken einbringen würde, »Beihilfe zum Mord ist auch nicht zu verachten. Ich habe ein paar Monate mit einem zusammengesessen, der hat vier Jahre deswegen kassiert. Und ich bin in der Bewährung; da kommen meine vier Jahre noch dazu. Macht insgesamt acht. Dann bin ich über vierzig . . .«

»Zweitausend«, sagt Stein. »Und dazu die Garantie, daß Sie draußen bleiben.«

»Und wenn man Sie kriegt, was wollen Sie denn erzählen, wer Ihnen das Ding gebaut hat?«

»Man kann mich nicht kriegen«, sagt Stein. »Außerdem kenne ich Sie gar nicht, Herr Knothke!«

»Sind Sie schon mal zehn Stunden hintereinander verhört worden?« fragt Knothke. »Zehn Stunden, mit einer dünnen Suppe zwischendurch und drei Beamten, die sich abwechseln? Ohne Zigaretten? Haben Sie das schon mal erlebt?«

»Nein«, sagt Stein und bietet ihm auf das Stichwort hin die dritte Zigarette an.

»Danke«, sagt Knothke. »Da kennen Sie bald jeden, nach dem Sie gefragt werden.«

»Man wird mich nicht verhören können«, erwidert Stein, »weil ich weg sein werde. Weit weg. Und nun zum letztenmal, Herr Knothke: Zweitausend und noch zweihundert drauf fürs Material! Einverstanden?«

»Ich weiß nicht . . .«, sagt Knothke.

Aber das klingt schon ganz gut. Es klingt schon nach »ja — aber . . .«

»Wo wohnen denn Ihre ehemaligen Schwiegereltern?« fragt Stein.

»Draußen in Bennewitz. Das ist eine Dreiviertelstunde

mit dem Bus vom Bahnhof.«

»Kommen Sie«, meint Stein. »Ich fahre Sie hin. Wir können dann unterwegs noch darüber reden.«

»Ich weiß nicht . . .«, wehrt sich Knothke noch einmal. »Ich weiß auch gar nicht, woher ich das Material kriegen soll.«

Die Sache läuft. Der Mann überlegt schon, woher er das Material kriegen soll. Prima.

»Kommen Sie!« drängt Stein. »Fahren wir! Mein Auto steht vor der Tür.«

4

Mindestens vierzehn Tage brauche er, hat Ewald Knothke gesagt.

Das heißt, er kann die Bombe ungefähr Anfang Oktober fertig haben.

Das ist der Zeitpunkt, zu dem der Wahlkampf auf vollen Touren läuft. Stein hat dann etwa 130 Tage von den rund 200 Tagen hinter sich, die Harald Sachse ihm als Frist genannt hat. Er weiß nicht so genau, wie viele Tage bis jetzt verstrichen sind. Nach den ersten zwei Wochen hat er aufgehört, die Tage zu zählen. Er hat überhaupt aufgehört zu zählen — nicht, weil ihn die kleiner werdende Zahl geängstigt hätte, sondern weil er seit dem Entschluß in jener Nacht im Hotel »Zum Goldenen Löwen« in B. anderes zu tun und zu denken hatte, weil ihn die Vorbereitungen auf das Unternehmen — wie sagt man? — mit Haut und Haaren aufgefressen haben. Die Vorbereitungen auf dieses Unternehmen, an das er ein paar Monate zuvor nicht im Traum gedacht hätte, die Vorbereitungen darauf, einen Menschen zu töten.

Und nun ist alles bedacht und getan, was bedacht und getan werden konnte und mußte. Stein hat Knothke engagiert, er hat seine Arbeit bevorschußt, hat ihm sein altes Tonbandgerät gebracht, genauso eins, wie das, mit dem er jetzt immer unterwegs ist, und er hat nichts weiter zu tun, als die zwei Wochen abzuwarten, bis Knothke fertig ist.

Es ist nicht so, daß Stein nun Leerlauf hätte oder Langeweile. Er nutzt die Zeit, um alles das zu ordnen, was in Ordnung sein muß, wenn er weg ist. Er räumt auf, verbrennt alte Briefe, ja, auch die von Marianne, die er vor Ille immer versteckt gehalten hat. Er verbrennt sie, ohne sie noch einmal zu lesen. Wozu auch? Aber in den alten Manuskripten liest er, ehe er sie wegwirft. Meine Güte, was hat er alles zusammengeschrieben! So vieles, das er gar nicht mehr wiedererkennt: die verspielten, ein wenig albernen Glossen von vor zwanzig Jahren, die bierernsten Filme »Geschichte des Schachspiels« oder »Harzreise auf Heines Spuren« — weg damit! Es ist ihm unerträglich, sich vorzustellen, daß da nach seinem Tod noch jemand drin herumliest und aus lauter Pietät vielleicht sogar noch meint, das Zeug gut finden zu müssen. Berge von Papier zerreißt und zerknüllt er, ehe er sie dem Müll anvertraut.

Das ist eine Heidenarbeit — und seltsamerweise macht sie fast Spaß. Nein, Spaß ist falsch. Sie erleichtert, befreit, gibt Paul Stein das Gefühl einer praktischen Selbstkritik; denn bisher konnte er sich von keinem Schnipsel Papier trennen, auf dem auch nur eine Skizze zu einem Zweizeiler gestanden hatte. Nicht, daß er die Notizen und Entwürfe für so großartig oder unwiederbringlich gehalten hätte. Nein, er hat alles aufgehoben, weil er immer gemeint hat, das irgendwann noch einmal irgendwie brauchen zu können. Da diese Hoffnung aber nun gegenstandslos geworden ist, da es kein Irgendwann mehr gibt, macht es Spaß — ja doch, es macht Spaß! —, den Ballast abzuwerfen. Es ist jener Spaß, den alle Dinge bereiten, die zu tun man Mut braucht. Stein gesteht sich ein, daß er Mut dazu braucht, sich selber immer wieder einzugestehen, daß er nur noch wenige — er zählt nicht mehr, wie viele — Tage zu leben hat.

Die Krankheit — »maligner Tumor« hat Sachse gesagt — quält ihn nicht. Er hat sich keine näheren Informationen darüber verschafft. Er ahnt nur dunkel, was da in ihm vorgeht. Er will es gar nicht genau wissen.

Er hat auch, wie gesagt, keine Zeit für solche sinnlosen Überlegungen. Er will auch keine Zeit dafür opfern.

Manchmal ist Stein ziemlich müde. Dann nimmt er eine oder zwei von den Pillen, bittere, weiße Kügelchen, die ihm Dr. Sachse gegeben hat. Er hat sich vorsichtshalber noch einmal eine Packung besorgt, aber sehr viele hat er nicht gebraucht. Sachse war nicht in seiner Praxis, als Stein sich das bereitliegende Rezept abgeholt hat. Aber er hat tags darauf angerufen. Wie es ihm denn ginge? Er ließe ja gar nichts von sich hören? Ob das mit der Lebensversicherung geklappt hätte, für die er ihm völlige Gesundheit attestiert habe? Was er denn triebe? Ob er Schmerzen hätte? Husten? Gewichtsabnahme? Und er möchte doch jederzeit zu ihm kommen, wenn sich sein Zustand verschlimmere ...

Diese Wochen haben etwas Eigenartiges und Einmaliges an sich. Stein macht die Entdeckung, daß er vieles mit ganz anderen Augen ansieht als bisher, weil er immer wieder denkt: Das ist das letzte Mal ...

Er ist mit Ille und Babette in der Oper gewesen. Mozart, *Don Giovanni.* Das war so schön wie nie zuvor. Freilich ist er niemals ein großer Opern-Enthusiast gewesen, eher im Gegenteil: Bei den großen, sogenannten klassischen Opern hat er sich meist tödlich gelangweilt. Es ist sogar passiert, daß er eingeschlafen ist und Ille ihn mit sanften Rippenstößen hat wecken müssen, weil er zum Schnarchen angesetzt hat. Man schnarcht leicht, wenn man im Sitzen schläft.

Diesmal jedoch hat Stein nicht geschlafen. Er hat sich umgeschaut und hat das Bühnenbild studiert, die Bewegungen und Gesichter der Sängerinnen und Sänger, den Rükken des Dirigenten, die Lichteffekte, die Nacken der Leute vor sich, die Kleider der Damen im Foyer, die blasierten Mundwinkel, die erregten Augen, die verlegen lächelnden Mienen, die unsicheren und die sehr sicheren Gesten — das alles hat er sich angeschaut, mit dem ewigen Gedanken: Es ist zum letzten Male ...

Stein ist dabei seltsam zumute. Die Empfindung hat etwas von Hunger, von Gier, von raffiger Genußsucht an sich. Sie erinnert ihn heftig an die kurzen Urlaubstage im Kriege, wenn er aus Rußland für zwei oder drei Wochen nach Hause kam. Dann ließen ihn Unrast und Urlaubsgier nicht zur Ruhe kommen. Er tanzte, trank und liebte — liebte unkritisch alles, was sich ihm bot, weil im Hintergrund stets der Gedanke lauerte, es könnte vielleicht zum letztenmal sein.

Diesmal ist es allerdings noch anders, weil es kein Vielleicht gibt. Sie haben damals dauernd darüber gesprochen, was sie machen wollten, wenn sie heil nach Hause kämen. Jetzt hat Stein keine Aussicht, heil nach Hause zu kommen. Er braucht deshalb auch keine Pläne zu schmieden. Dennoch hat er unentwegt neue Pläne, und er merkt, wie sehr Plänemachen zum Leben gehört. Er plant mit Ille, wie sie den Urlaub verbringen wollen, mit Leo den Um- und Ausbau des Dachgeschoßzimmers, mit Babette die Anschaffung eines Mofas ... Er diskutiert neue Projekte mit Redakteuren vom Funk, mit einer Filmproduktion, mit einem Verlag.

Es bleibt ihm ja gar nichts übrig, als Pläne zu machen. Soll er sagen: Im Winter können Sie nicht mehr auf mich rechnen? Soll er sagen: Nächstes Jahr um diese Zeit bin ich tot?

Nein, es ist nicht so, daß er Leerlauf hätte, seit er auf die Fertigstellung seiner Bombe wartet. Dreimal, auch viermal pro Woche besucht er das Hauptquartier der National-Konservativen Volkspartei. Es heißt nicht Hauptquartier; sie nennen es Zentrale. Aber Hauptquartier paßt besser.

Stein hat einen »Passierschein« bekommen, mit dem er

jederzeit freien Zutritt zu der alten Villa neben dem früheren Friedhof hat.

Das Haus hat ihnen die Witwe eines Keksfabrikanten geschenkt, der zwar nie Mitglied von Schliers Partei gewesen ist, aber seit der Gründung erhebliche Gelder in die neue »Bewegung« investiert hat. Die Villa ist richtig schön. Sie hat eine gut gegliederte, spätklassizistische Fassade. Die Schlier-Leute haben Ärger mit den Denkmalschützern. Sie hätten so gern dies oder das an der Villa geändert, aber sie dürfen nicht einmal ein Schild draußen anbringen, das eine bestimmte Größe überschreitet.

Der Unterhalt des Hauses kostet viel, weil auch der beste Baustein nach hundert Jahren müde wird. Doch Geld haben sie offensichtlich genug.

Da ist nicht nur Kropfing als regelmäßiger, großzügiger Spender tätig. Da fallen auch viele andere Namen: Bollnick, die Kekswitwe, Diem, der Hauptaktionär des Elektro-Konzerns, Buttweiler, der Ölmillionär, Stringel, der weite Teile der Chemieproduktion kontrolliert, Rothermann, das Oberhaupt der berühmten Kosmetik-Familie, Hellbauer, der Hotelfürst . . und . . . und . . . und.

Die nach Geld klingenden Namen werden in Schliers Hauptquartier nicht oft und nicht mit besonderem Nachdruck genannt — »Seht mal, was wir für Freunde haben!« —, sie fallen eher beiläufig, eher versehentlich, und Stein erlebt immer wieder, daß sie ein warnendes Zwinkern hervorrufen, Verlegenheit, Vertuschungshüsteln, sooft er dabei ist. Keiner der Genannten ist offizielles Parteimitglied; keiner steht in irgendwelcher Mitgliederliste verzeichnet; es ist sogar möglich, daß dieser oder jener einer anderen Partei angehört, einer, die zur Zeit regiert — man weiß es nicht.

Die Zentrale kostet, vorsichtig gerechnet, rund dreihunderttausend im Monat. Da sind zweiunddreißig fest angestellte Leute: Abteilungsleiter, Referenten, Bürokräfte, Boten, Fahrer. Da wird ohne Rücksicht auf Gebühren telefoniert. Da stehen vier große und drei kleine Wagen in ständiger Fahrbereitschaft. Da gibt es täglich alle wichtigen Zeitungen. Da geht für viele tausend Mark wöchentlich Post raus — Drucksachen, Werbemittel, Wurfsendungen in alle Teile des Landes. Und es wird nicht gespart.

Die Stimmung unter den Mitarbeitern der Schlier-Zentrale ist ausgesprochen gut. Sie sind ohne Ausnahme Mitglieder der Partei. Und sie sind alle vom kommenden Wahlerfolg überzeugt. In diesem Punkt herrscht völlige Einigkeit. Auch in der Bewunderung, in der Verehrung Hermann Schliers sind sich alle einig. Er genießt das Vertrauen und den Respekt der Mannschaft. Der Respekt ist zwar gestuft, er reicht von subalterner Unterwürfigkeit bis zu kumpelhafter Kameraderie; aber es ist Respekt. »Der Chef«, so sagen sie, wenn von ihm die Rede ist, »der Chef macht das schon.«

Nichts von Bedeutung wird ohne sein Wissen und sein Einverständnis beschlossen. Nichts wird ohne ihn geplant. Sein Foto hängt in allen Räumen, in denen gearbeitet wird. Es ist jenes Foto mit der Segensgeste, das Paul Stein damals ins Auge fiel, als er nach Haralds Diagnose in seiner Gewissenskneipe am Fluß saß, seinen Schock zu überwinden versuchte und gewohnheitsmäßig nach der Zeitung griff, auf deren Titelseite Schlier abgebildet gewesen war.

Neben der Einigkeit über den kommenden Wahlsieg herrscht noch etwas anderes in der alten Villa mit der klassizistischen Fassade: ein Ton, wie er — so denkt Stein sich das wenigstens — in Regiments-, Divisions- und höheren Stäben einer Armee üblich ist. Ein kalter, knapper, naßforscher Ton, selbstsicher und überlegen. Ein Ton, der Elitedenken, Elitesprache und Elitegewohnheiten ausdrückt, das Streben nach Sieg und Macht und Herrschaft und die bedingungslose, fanatische Gläubigkeit an die Berechtigung dieser Herrschaft.

Natürlich gibt es, trotz aller Einigkeit, zwischen den Abteilungsleitern deutliche Differenzen. Dr. Leisser zum Beispiel, der sich als Chefideologe gebärdet, erhebt Anspruch auf die Rolle des Kronprinzen. Die wird ihm bei jeder Gelegenheit von einem untersetzten, bulligen Mann namens Krah streitig gemacht. Krah ist Organisationsleiter der Partei. Er leitet die großen Veranstaltungen, plant den Einsatz der Werbemittel vom Plakat bis zum Lautsprecherwagen, sorgt für den Transport des Musikzuges, der Ordner, für den reibungslosen Ablauf der An- und Abfahrt Schliers. Er hat gute Verbindungen zu Polizei und Feuerwehr, zu Kommunalbehörden, zu Behörden überhaupt — er ist ein rundum wirklich glänzender Organisator.

Zwischen ihm und Dr. Leisser besteht eine Dauerfehde, die sofort unterdrückt wird, sobald Stein im Hause ist. Aber Stein bekommt doch Wind davon — die beiden können ihre Aversion voreinander einfach nicht verbergen. In den Interviews etwa, zu denen Stein sie vor sein Mikrophon bittet — einzeln, jeden für sich —, streichen sie ihre Funktion groß heraus und werten die des anderen ab.

Stein führt viele Interviews im Hauptquartier der NKVP. Er läßt die beiden Wächter am Eingang ebenso in sein Mikrophon reden wie den Leiter der Fahrbereitschaft, die Sekretärinnen, die Boten, die Mädchen aus der Telefonzentrale und — eben — die Abteilungsleiter.

Es ist wichtig, daß er unablässig mit seinem Tonbandgerät herumläuft. Jeder muß das Gefühl bekommen, es gehöre zu ihm wie sein Anzug. Das ist wichtig, weil er nicht riskieren kann, daß jemand im letzten Moment sein Gerät — das andere, das mit der von Knothke eingebauten Bombe — kontrolliert und damit alle Arbeit zunichte macht.

Der letzte Moment wird Freitag, der 13. Oktober sein. Am Freitag, dem 13. Oktober, abends zwischen 20.20 Uhr und 20.40 Uhr wird der letzte Moment sein ...

Stein hat mit Ewald Knothke ausgemacht, daß der einen Zwanzig-Minuten-Zeitzünder einbaut. Wenn also Hermann Schlier um 20.20 Uhr wie geplant das Rednerpult der

Nordland-Halle in F. betritt — übrigens arbeitet Dr. Leisser schon an der Rede —, dann wird Stein auf den Knopf »Aufnahme« drücken und das Mikrophon von seinem besonderen Presseplatz neben dem Rednerpult, den er sich bei Leisser und Krah erkämpft hat, aus hochhalten. Und genau zwanzig Minuten später wird für Schlier und Stein der letzte Augenblick gekommen sein.

Wahlkampfbeginn mit Lebensende.

Stein hat sich in der vorigen Woche, nachdem er erfahren hat, daß Schlier die Endphase des Wahlkampfs in jener Halle in F. beginnen will, das Gebäude angesehen. Es faßt viertausend Menschen. Dreitausendneunhundertundachtundneunzig Personen werden also — vorausgesetzt, daß die Nordlandhalle ausverkauft ist, woran niemand zweifelt — Schliers Tod und damit das Ende der NKVP miterleben. Von Steins Tod wird gewiß weniger Notiz genommen werden — und das ist auch gut so.

Es kann passieren — das ist Stein klar, und es stört ihn —, daß außer Schlier und ihm noch ein paar andere betroffen sind. Verletzte gibt es sicher. Aber Stein weiß nicht, wie er das verhindern soll. Er kriegt Schlier niemals allein vor sein Mikrophon. Das einzige Interview, das Schlier ihm gegeben hat, fand im Beisein seiner engsten Mitarbeiter statt: Dr. Leisser, Krah, Krumbach, des Fahrbereitschaftschefs. Auch König und Siethe, seine beiden ständigen Leibwächter, waren zugegen. Sie werden auch am 13. Oktober um ihn sein.

Das Interview war übrigens unergiebig. Schlier war nicht gut in Form und wäre, hätte Stein Wert darauf gelegt, mit Fragen und Zusatzfragen und Zwischenfragen leicht aufs Kreuz zu legen gewesen. Er redete Programm, und Stein schien es streckenweise, als ob er gar nicht recht hinhöre, was er sagte.

Besonders verdächtig sind seine Auslassungen zum Thema Recht und Ordnung und zur Forderung, die »Achtung vor den Verteidigungskräften unseres Vaterlandes wiederherzustellen«, wenn sie auch in manchen Ohren angenehm klingen mögen. Es ist viel von einer »Inpflichtnahme« der Bürger die Rede und noch mehr davon, daß man mit allen Mitteln »das Bewußtsein des einzelnen auf die Volksgemeinschaft ausrichten« werde.

Stein kann sich gut vorstellen, wie man den einzelnen »auszurichten« gedenkt.

Vorübergehend beherrscht ihn zwar die Idee, daß weder die Franzosen noch die Engländer oder die Amerikaner eine solche »Ausrichtung« zulassen werden; aber er verwirft diese Hoffnung sogleich wieder. Solange die Kanonen, das hat sich immer wieder gezeigt in den letzten Jahrzehnten, in die richtige Richtung gerichtet sind, darf auch das Volk nach Wunsch ausgerichtet werden. In den vielen Diktaturen, die in der westlichen Hemisphäre existieren, hat noch keine der Großmächte gegen die Ausrichtung des Bürgerbewußtseins interveniert — und wenn, dann so vorsichtig und rein verbal, daß es eher ein Hohn war als eine Hilfe. Von dort ist keine Hilfe zu erwarten.

Bei alldem ist Schlier nicht einmal unbedingt unsympathisch. Er versteht zu formulieren, kann auch Verblasenes, Unglaubhaftes, sogar eindeutig Falsches mit Überzeugungskraft vortragen. Er hat sehr gute Manieren. Er ist gewiß nicht dumm. Er kann charmant sein. Er kann lächeln. Er sagt Sätze wie diesen: »Politik, lieber Herr Stein, ist ein elendes, schmutziges und undankbares Geschäft. Man muß seine Gefühle unterdrücken, muß den Mut haben, auch einmal weh tun zu können, man muß dauernd über seinen Schatten springen und oft gegen sein Herz entscheiden, weil Politik nur mit dem Verstand, niemals mit dem Herzen gemacht werden darf. Und das ist — was mich betrifft — das Allerschwerste.«

Dazu hat er einen so wehmütigen Zug um den Mund, daß man ihm seine Worte beinahe glauben möchte.

Stein sieht sich in der Redaktion Bilder von Hitler und Stalin an. Die konnten beide ähnlich dreinschauen. Nur richtig lachen konnten sie offenbar nicht. Es gibt keine Fotos, auf denen sie echt und herzhaft lachen.

Schlier ist kein Hitler und kein Stalin. Aber herzhaft lachen kann auch er nicht. Das läßt sich nicht lernen. Trauer kann einer spielen und Mitleid und Güte — aber Fröhlichkeit, solche, bei der die Augen mitlachen, die ist nicht zu heucheln.

Schlier ist kein Hitler und kein Stalin, nein. Aber er ist gefährlich. Je besser Stein ihn und seine Leute, die Atmosphäre um ihn und die Perfektion seines Machtstrebens kennenlernt, um so deutlicher wird ihm das. Denn auf solche wie ihn fliegen hierzulande die Leute.

Paul Stein wird immer gewisser, daß sein Plan richtig ist.

5

Donnerstag, 12. Oktober. Es ist spät, eine halbe Stunde vor Mitternacht.

Stein sitzt im Bademantel vor seinem Schreibtisch. Es ist dunkel im Zimmer und sehr still. Von der ruhigen Vorortstraße her fällt Bogenlampenlicht, von Birkenblättern gefiltert, in den Raum. Es riecht nach kaltem Zigarettenrauch, Bücherstaub und gilbendem Papier. Steins Schreibtisch ist ungewöhnlich ordentlich. Den Leitzordner mit Verträgen, Versicherungspolicen und anderen wichtigen Dokumenten hat er auf die Schreibtischunterlage gelegt. Wenn Ille ihn morgen abend oder übermorgen zur Hand nimmt und aufklappt, wird sie das Kuvert finden, auf das er »Testament« geschrieben hat.

Es genügt, hat der Rechtsanwalt gesagt, den er neulich deshalb angerufen hat, wenn »der Verblichene« handschriftlich »seinen Letzten Willen« aufgezeichnet hat.

In zwanzig Stunden wird Stein »der Verblichene« sein.

Seinen »Letzten Willen« hat er handschriftlich niedergelegt. Alles hat seine bürgerliche Ordnung. Ille wird Alleinerbin sein und die Nutzung des Hauses haben. Okay — das sind Formalien, die ihn gar nicht sonderlich berühren.

Ihn hat, wenn er an die vergangenen Wochen zurückdenkt, der Gedanke an das, was nach seinem Tod sein wird, überhaupt nicht sonderlich berührt, geschweige denn erschüttert. Was er tun konnte, damit Ille und die Kinder einigermaßen gesichert sind, ist geschehen. Die zusätzliche Lebensversicherung wird man auszahlen müssen, denn es wird nicht nachzuweisen sein, ob sein Tod bei der Explosion der Bombe ein Unfall war oder Selbstmord. Wer will wissen, ob er nicht selbst ein Opfer ist?

Kurz nach Mittag hat Leo in das Arbeitszimmer geguckt und: »Tschüß bis Montag, Väterchen!« gesagt. Er fährt mit irgendwelchen Leuten auf ein Wochenendseminar.

»Tschüß, mein Junge!« hat Stein geantwortet, und dann hat er am Fenster gestanden und seinem Sohn nachgeschaut, wie er schlaksig zu dem bunten Auto gegangen ist, den Leinenbeutel mit seinen Sachen über der Schulter, den Parka unterm Arm. Leo hat sich nicht umgedreht. Stein hat die Zähne zusammenbeißen müssen, und es ist ihm gelungen, nicht loszuheulen.

Sie haben sich oft in den Haaren gelegen, Leo und er. Sie haben lange, heiße und manchmal böse und beiderseits unfaire Diskussionen gehabt. Über Erziehungsfragen haben sie sich gestritten, über tagespolitische Themen gerauft, sich über Aktionen der einen oder anderen Seite ereifert. Leo hat seinen Vater angegriffen, weil der — manchmal wider besseres Wissen — die Evolution der Revolution vorgezogen hat, weil er auch und erst recht von Revolutionären Disziplin gefordert hat, weil er von Mimikry gesprochen hat, die er für nötig halte, wenn man im Dschungel dieser Gesellschaft überleben wolle. Und Leo hat seines Vaters Arbeit im Zorn »liberalen Scheiß« genannt, wenn der ihn gereizt hatte.

Aber geliebt hat Leo ihn trotzdem; denn seine anhaltenden Bemühungen, den Vater zu überzeugen, ihn für seine Ideen zu gewinnen, waren Bemühungen aus Zuneigung.

Am späten Nachmittag ist Babette gekommen und hat gefragt, ob er ihr helfen könnte, einen Hausaufsatz über Eichendorffs *Taugenichts* zu schreiben. Sie hat geklagt, daß sie die Geschichte so entsetzlich langweilig fände, und saß dann eine Dreiviertelstunde bei ihm und hörte sich mit wachsendem Interesse an, was er ihr von dem alten Doktor Mannheimer erzählte.

Vater und Tochter haben eine sehr schöne Stunde in seinem Arbeitszimmer verbracht. Dann ist sie mit ihrem Zettel voll Notizen in ihrer krakeligen Handschrift, die außer ihr keiner lesen kann, abgeschwirrt, um den Aufsatz zu schreiben. Morgen muß sie ihn abliefern. Wenn sie ihn zensiert zurückbekommt, ist Stein schon tot. Er wird also nicht mehr erfahren, ob ihr Deutschlehrer ihr dafür eine Eins oder eine Fünf gibt.

Stein hat plötzlich einen Anfall von schlechtem Gewissen. Das ist Unsinn. Ille, Leo und Babette werden den Schock leichter überwinden als die Quälerei wochenlangen Zusehenmüssens, wenn er an Krebs zugrunde geht.

Ille muß Leo und — vielleicht später — auch Babette erzählen, warum er das getan hat. Oder sie muß ihnen, wenn sie das will, gleich den Brief vorlesen, einen 10-Seiten-Brief, den er ihr geschrieben hat und morgen nachmittag aufs Kopfkissen legen wird, ehe er mit seiner Bombe für Schlier nach F. fährt. Er will nicht, daß seine Kinder einen Märtyrerkranz um ihren Vater winden. Auch auf Gloriolen sonstiger Sorte legt er keinen Wert. Er möchte nur nicht — und das hat er Ille in dem langen Brief auseinandergesetzt —, daß bei ihr oder Leo oder Babette der Gedanke aufkommt, er hätte gekniffen.

Sie darf seinen Brief niemanden zeigen oder vorlesen, außer den beiden Kindern. Das hat er ausdrücklich vermerkt und dick unterstrichen. Denn der Brief ist ja ein Mordgeständnis. Sie muß ihn sofort vernichten. Auch wegen der Versicherung.

Eine Weile hat er mit dem Gedanken gespielt, ihr das, was er zum Schluß und zum Abschied sagen wollte, auf ein Tonband zu sprechen. Aber die Vorstellung ist doch zu makaber, so makaber, daß sie schon wieder zum Lachen reizt — die Vorstellung, daß die drei vor dem Lautsprecher sitzen und sich die letzten Worte ihres toten Vaters anhören.

Nach dem Abendessen haben sie noch eine Stunde zu dritt vor dem Fernseher gehockt und einen Krimi gesehen, dessen Handlung Stein jetzt schon wieder vergessen hat. Er wäre viel lieber mit Ille mal ums Viereck gegangen, um den Gärten und Wiesen Lebewohl zu sagen und neben ihr herzulaufen. Aber es regnete vorhin, und er darf sowieso nichts tun, was ganz ungewöhnlich wäre. Sie sind so selten miteinander ums Viereck gegangen, wenn ein Krimi lief schon gar nicht. Es wäre ihr aufgefallen, falls er das — noch dazu bei Nieselregen — vorgeschlagen hätte.

Kurz vor halb zehn hat Babette gute Nacht gesagt.

»Träum was Schönes!« hat er ihr gewünscht.

»Ja«, hat sie gesagt. »Von einem weißen Schloß, einer Postkutsche und einem Typ, der Geige spielt und dazu singt.«

»Was soll denn das?« hat Ille erstaunt gefragt.

»Wir haben uns heute nachmittag über Eichendorffs *Taugenichts* unterhalten«, hat Stein erklärt.

»So was!« Ille hat gelacht. »Ein Typ, der Geige spielt. Ausdrücke hast du, Mädchen!«

In einer Sendung zur Eröffnung des Wahlkampfes hat der Parteichef der jetzigen Regierungspartei gesprochen. Er hat unter anderem erwähnt, daß die Demoskopen zwar einen Wahlerfolg der Rechten für möglich hielten, daß er aber sicher sei, da wäre ihnen ein Rechenfehler unterlaufen.

»Sie haben einen, und zwar den wichtigsten Faktor, nicht in ihre Hochrechnungscomputer eingefüttert: die Klugheit unseres Volkes! Deshalb ist die demoskopische Berechnung falsch. Es wird keinen Erfolg Schliers geben, weil die Mehrheit der Deutschen erkannt hat, daß dieser Mann und seine Partei eine Katastrophe für die Freiheit bedeuten.«

Du hast keine Ahnung, mein Lieber, hat Stein gedacht. Du solltest mal unter die Leute gehen, in eine der Versammlungen der National-Konservativen. Dann würdest du anders reden.

»Was meinst du, Palle«, hat Ille gefragt. »Besteht die Gefahr, daß Schlier irgendwelchen Einfluß gewinnt?«

»Nein, Ille«, hat er geantwortet. »Das ist so sicher wie das Amen in der Kirche.«

»Wieso bist du da so sicher?« hat sie gefragt.

»Weil ich es einfach nicht will, daß er siegt«, hat er geantwortet.

»Huh«, hat sie gemacht und ihre Nase kraus gezogen und gelacht. »Weil du es nicht willst! Palle Stein, der große Mann über den Wolken, der Geheime hinter den Kulissen! Palle Stein will nicht, also wird Hermann Schlier nichts.« Plötzlich ernst, fuhr sie fort: »Ich habe auch nicht gewollt, daß Hitler einen Krieg anzettelt. Ich habe es mit allen meinen kindlichen Kräften nicht gewollt, damit sie meinen Vater nicht an die Front schickten. Ich habe sogar vor dem Einschlafen gebetet: Lieber Gott, mach, daß es keinen Krieg gibt ... Siehst du, und es hat trotzdem Krieg gegeben, und mein Vater ist gleich in Polen gefallen. Es hilft nichts, wenn man etwas nicht will. Hast du etwas gegen Schlier und seine Partei getan? Ich bis jetzt nicht.«

Sie war richtig aufgeregt, biß sich auf die Lippen und hatte ängstliche Augen.

Er hat das Fernsehgerät ausgeschaltet.

»Mach dir keine Sorgen, Ille«, hat er gesagt. »Es ist eine ganze Menge in Vorbereitung. Ein bißchen habe ich auch daran mitgewirkt. Schlier wird scheitern, darauf kannst du dich hundertprozentig verlassen!«

»Ich will dich nicht ärgern, Palle«, hat sie leise erwidert, »und ich weiß, daß du an die Wirkung deines Berufs glaubst. Deshalb mag ich das eigentlich gar nicht sagen. Aber glaubst du im Ernst, daß deine *Kurier*-Serie einen Sieg der National-Konservativen noch verhindern kann?«

»Ich bin noch nie so überzeugt wie jetzt gewesen, daß ich mit dem, was ich tue, eine Änderung herbeiführe«, hat er gesagt. »Du wirst es sehen, Ille. Aber nun laß uns ins Bett gehen. Ich habe morgen einen anstrengenden Tag!«

Sie sind halb elf schlafen gegangen. Er hat vorher lange und mit viel heißem Wasser geduscht und ist dann noch zu Ille unter die Decke geschlüpft, obwohl sie schon halb schlief.

Er hat sie in die Arme genommen wie tausend und mehr Male zuvor, hat sie geküßt und gestreichelt und die Wärme und den Geruch ihrer Haut gespürt und geatmet, hat ihr leise ins Ohr gepustet und in die Halskuhle gemurmelt, daß er sie liebe — alles, wie tausend und mehr Male zuvor ... Aber er hat gezittert, weil er wußte, daß es das letzte Mal war, das letzte Mal von tausend und mehr Malen.

Als sie eingeschlafen war, ist er leise, leise aufgestanden. Sie hat sich ein bißchen geräkelt, ist aber nicht wach geworden, auch nicht, als er seinen Arm unter ihrem Kopf Zentimeter für Zentimeter weggezogen hat. Er hat sich über ihre Schlafzimmertür geärgert. Die quietscht. Und er muß sie morgen früh noch ölen, ehe er aus dem Hause geht ...

Da sitzt er also nun nach einem Tag voll letzter Male — und wenn er noch ein paar Stunden hier sitzen bleibt, wird er zum letztenmal über dem Haus des Baustoffkaufmanns gegenüber die Sonne aufgehen sehen.

Auf seinem Schreibtisch liegt ein kleiner flacher Schlüssel. Knothke hat ihn gestern, wie vereinbart, geschickt. Es ist der Schlüssel zu einem Schließfach in der Hauptbahnhofhalle. Das Schließfach ist für achtundvierzig Stunden gemietet. Morgen nachmittag spätestens muß Stein es aufschließen und das Tonbandgerät herausnehmen, das Knothke für ihn präpariert hat.

6

Die Nordlandhalle, das moderne Messe-, Sport- und Versammlungsgebäude der Stadt F., liegt direkt an einem Kanal, der den Schiffahrtsweg von Westen und Norden nach Osten verkürzt und von vielen Frachtern, kleinen Tankern und anderen Schiffen benutzt wird. Wenn man in dem Restaurant sitzt, das wie eine große Veranda vor die Versammlungshalle gebaut ist, sieht man über der grünen Deichkante die Schiffsaufbauten und Masten vorübergleiten, mal eine halbe Stunde lang keine, mal mehrere hintereinander von West nach Ost, und dann von Ost nach West. Es herrscht wechselnder »Einbahnstraßenverkehr« auf dem Kanal zwischen den Schleusen, weil zwei dicke Schiffe nicht aneinander vorbeifahren könnten.

Es ist sieben Uhr und schon dunkel. Paul Stein sieht nur noch Lichter vorüberschweben, rote und grüne und die erleuchteten Fenster von Deckskajüten und Ruderhäusern. Der große Parkplatz links vor den Eingängen zur Nordlandhalle ist noch leer. Die Veranstaltung beginnt erst in einer Stunde. Nur zwei Busse stehen dort. In ihnen ist vorhin der Musikzug der NKVP eingetroffen.

Das Restaurant ist nicht gut besucht. Stein sitzt allein an einem der Fenstertische und raucht und verdaut die sehr gute Seezunge Müllerin, die er sich bestellt hat. Im Glas vor ihm funkelt noch ein Rest Weißwein. Er wird nachher noch einen Kaffee bestellen müssen, damit er den Schwips auffängt, der sich leise ankündigt.

Drei schwere Reisewagen fahren auf den Parkplatz. Aus dem ersten springen vier Männer, die sich sichernd nach allen Seiten umsehen. Dem dritten entsteigen drei weitere Männer, von denen einer die Tür des zweiten Wagens öffnet und Hermann Schlier hilfreich die Hand beim Aussteigen an den Ellbogen legt.

Sie kommen zu acht, neunt auf das Restaurant zu. Stein

läßt die Hand sinken und streicht mit den Fingerspitzen über die Ledertasche, in der sich sein Tonbandgerät, das von Knothke bearbeitete, befindet. Das Leder fühlt sich glatt und kühl an. Stein streichelt Hermann Schliers Tod.

Der Parteiboß kommt mit seinem Stab, von den Leibwächtern wie von Schäferhunden umspielt, durch das Lokal. Die Gruppe geht auf einen separaten Raum zu, über dessen Tür »Clubzimmer« steht. Dr. Leisser sieht Stein, löst sich aus dem Männerpulk und tritt an seinen Tisch.

»Tag, Herr Stein!« sagt er und gibt ihm die Hand.

»Guten Abend, Doktor!« erwidert Stein und lädt ihn mit einer Handbewegung ein, sich zu ihm zu setzen.

»Leider keine Zeit«, sagt Leisser. »Muß mit dem Chef noch etwas besprechen wegen der Pressekonferenz nach der Versammlung. Kommen Sie?«

»Natürlich«, antwortet Stein.

Es wird keine Pressekonferenz geben. Aber das weiß Dr. Leisser noch nicht. Außer Stein weiß es keiner.

»Wann kommt denn Ihre Sendung?« fragt Dr. Leisser.

»Ich habe noch keinen Termin«, erwidert Stein.

»Aber jedenfalls vor der Wahl?« will er wissen.

»Selbstverständlich vor der Wahl«, lügt Stein.

»Na gut«, sagt Leisser. »Ich bin gespannt, was Sie aus Ihren Eindrücken machen, nach so langen Recherchen ... Mit Ihrem Platz neben dem Rednerpodium heute abend — das geht ja wohl klar?«

»Alles klar«, sagt Stein nickend. »Vielen Dank, Doktor!«

»Keine Ursache!« sagt Dr. Leisser, winkt freundlich und wendet sich ab.

Da hast du recht, denkt Stein. Keine Ursache.

Er bestellt sich einen Kaffee. Sie machen guten Kaffee hier. Seine letzte Tasse Kaffee. Sie hilft ihm, den kleinen Schwips zu bekämpfen. Er muß ja unbedingt die nächste Stunde klar bleiben. Nicht ganz klar — aber so klar, wie es nötig ist, um einen Mord zu begehen, der zugleich »Krönung« und Ende des eigenen Lebens sein wird.

Der große, helle Saal ist bis auf den letzten Platz besetzt. Die National-Konservativen haben ihre Wahlkampfveranstaltung mit großem Aufwand vorbereitet. Eine Dreiviertelstunde vor Beginn fahren die ersten Autos auf den weiten Parkplatz. Jetzt ist dort keine Lücke mehr zu finden. Auch gecharterte Autobusse stehen zwischen den vielen Wagen. Von der Innenstadt zur Nordlandhalle ist außerdem ein Bus-Pendelverkehr eingerichtet worden, der alle fünf Minuten neues Publikum herankarrt.

Paul Stein sitzt direkt neben dem Rednerpult, das mit rotem Tuch verkleidet und mit der Wolfsangel, dem Zeichen der Partei, verziert ist. Anders als in B., wo Stein zum erstenmal so eine Versammlung miterlebte, haben sie hier ihren Bundesmusikzug hinter dem Rednerpult aufgebaut, so daß er quasi eine lebende Kulisse für den Redner bildet. Die Männer in den weißen Hemden mit den roten Schlipsen und schwarzen Schulterriemen und Hosen schmettern flotte Marschweisen, während Stein mit seinem Tonbandgerät hantiert, das Mikrophon reinstöpselt und so tut, als kontrolliere er, ob es funktioniert. Sie schmettern diszipliniert und blasen die richtige Stimmung unter die viertausend Menschen.

An den von Steins Platz aus sichtbaren fünf Ausgängen stehen je vier Uniformierte der Ordnungstruppe des Kameraden Krah. Im Mittelgang, der für den obligatorischen Einzug Schliers in voller Breite freigehalten worden ist, patrouillieren weitere Ordner. Drei Meter vor Stein, links und rechts neben dem Rednerpult, stehen ebenfalls zwei. Diese zwei sind besonders ausgesuchte Männer: groß und breitschultrig und gut gewachsen. Es ist wahrscheinlich, daß sie nach der Explosion der Bombe nicht mehr so schön sind. Eigentlich sollte Stein Mitleid mit ihnen haben; aber er hat keine Zeit für Mitleid. Zudem riskiert man als Leibgardist eines Führers einer so militanten Organisation immer, daß einem etwas passiert. Wenn sich die Männer über das Risiko klar sind und trotzdem Schlier beschützen, braucht sich Stein ihrethalben keine Gewissensbisse zu machen.

Neben Stein hat Schliers Fahrer Platz genommen. Er ist ein mittelgroßer, rotblonder Mann namens Klotz, Adolf Klotz. Stein hat in den vergangenen Wochen nur einen einzigen Satz von ihm gehört, obschon er Klotz oft begegnet ist. Der Satz kam aus seinem verkniffenen Mund, als im Hauptquartier die Rede von einem amerikanischen Politiker war, der seinen deutschen Gesprächspartnern in Genf große Schwierigkeiten machte, obwohl er selbst aus Deutschland stammte, als Sohn eines jüdischen Frankfurter Kaufmanns 1937 rechtzeitig ausgewandert war.

»Das ist auch einer von denen, die besser mit vergast worden wären!« sagte Adolf Klotz. Etwas anderes hat Stein nie von ihm gehört.

Klotz nickt Stein zu, als er Platz genommen hat, und beugt sich interessiert zu dem Tonbandgerät. Der Platz zu seiner Linken ist frei. Dort liegen nur ein paar Lederhandschuhe. Die weiteren Stühle sind mit Männern besetzt, die Stein nicht kennt. Wahrscheinlich Parteiprominenz aus der Stadt oder der Umgebung. Sie sitzen alle mit dem Rücken zum Musikzug und schauen in den vollen Saal.

Punkt acht Uhr werden hinten, am Ende des Mittelganges, die Flügeltüren aufgerissen. Die Ordner laufen zusammen und bilden eine Art Spalier. Schlier tritt auf. Er ist umgeben von zwölf, vierzehn Männern. Die Leute im Saal fangen an zu klatschen und zu schreien.

»Schliiiiier!« schreien sie und winken und recken die Arme.

Schlier nickt nach allen Seiten. Er sieht aus, als ob er jetzt schon schwitze. Es ist tatsächlich bereits ziemlich warm in dem vollen Saal. Als er den freien Raum zwischen den ersten Sitzreihen und dem Rednerpult erricht hat, wendet er sich um, hebt beide Arme und begrüßt mit erhobenen Armen und offenen Händen die Versammlung. Dann setzt er sich in die erste Reihe. Neben ihm nehmen Krah und Dr. Leisser und noch zwei Leute aus der Parteispitze Platz und rechts und links außen je zwei Leibwächter. Der Hohenfriedberger dröhnt.

Einer der Männer aus dem Gefolge geht zum Rednerpult, prüft durch Klopfen am Mikrophon die Lautsprecheranlage und beginnt mit der Begrüßungsrede. Es läuft alles glatt und präzise und genauso ab wie in B. Die Organisation klappt vorzüglich bei den National-Konservativen.

Schliers Blick ist auf Stein gefallen. Er sitzt ihm in acht oder zehn Metern Entfernung gegenüber. Schlier nickt Stein zu. Stein erwidert sein Nicken und hebt wie zum Gruß das Mikrophon, das er an seine Bombe gestöpselt hat.

Zwanzig Uhr und neun Minuten.

Der Begrüßungsredner spricht von der großen Ehre und Auszeichnung, die der Stadt F. widerfahre, indem Hermann Schlier gerade hier seinen Wahlkampf eröffne, der ihn zum Siege führen und dem deutschen Volk endlich wieder einen Mann geben werde, der es ...

Zwanzig Uhr sechzehn.

Schon der Eröffnungsredner erhält viel Beifall. Die Stimmung ist ausgezeichnet, wohlwollend bis begeistert.

Zwanzig Uhr achtzehn.

Die schwarzweißrot Uniformierten hinter Stein blasen einen Tusch. Schlier steigt umjubelt auf das Podest hinter dem Rednerpult. Paul Stein drückt die Taste »Aufnahme«. Seltsamerweise ist er ganz ruhig.

Schlier beginnt zu sprechen. Stein hält das tote Mikrophon in seine Richtung. Schliers hochroter Kopf ragt über die Kante des Rednerpultes, seine Hände fuchteln in der Luft. Stein findet, daß er unkonzentriert spricht, atemlos und —

— da bricht der Parteichef plötzlich ab, sechs oder sieben Minuten nach Beginn seiner Rede. Mitten im Satz hört er auf und bewegt nur noch stumm die Lippen. Er ringt nach Luft. Er krampft seine Linke vor der Brust zusammen und reißt sich mit der Rechten den Kragen auf. Jetzt stößt er einen gurgelnden Laut aus — auf einmal ist sein Kopf verschwunden.

Es poltert dumpf. Er bricht zusammen.

Stein sieht, als er sich zurückwendet, seine Hand schlaff über den Rand des Podestes baumeln. Durch die Menge geht ein entsetztes Stöhnen. Fünf, sechs, acht Leute kommen angelaufen: Leisser, Krah, zwei, drei aus dem Musikzug. Der eine noch mit seiner Posaune in der Hand. Klotz, der Fahrer, drängt an Stein vorbei. Sie heben Schlier auf und schleppen ihn zur Seite. Stein läuft mit. Im Saal brechen einzelne Schreie auf.

Zwanzig Uhr neunundzwanzig.

Irgend jemand redet über das Mikrophon: »Eine Unpäßlichkeit ... bitte, bewahren Sie Ruhe ... Kein Grund zur Aufregung ... Bitte, bleiben Sie auf Ihren Plätzen ...«

Zu viert tragen sie Schlier durch einen kleinen Gang hinter die Bühne. Die Musik beginnt zu spielen, nicht ganz sauber. Stein steht vor der Tür des Raumes, in den sie Schlier getragen haben. Sein Bandgerät hat er über der Schulter. Das Mikrophon ist weg. Er hat es verloren.

Zwanzig Uhr zweiunddreißig.

Die Tür geht auf. Stein sieht Schlier auf einer Tragbahre liegen. Vier Leute stehen um ihn herum. Ein älterer Mann mit weißem Haar, über ihn gebeugt, richtet sich jetzt auf. Er nimmt die Stöpsel eines Stethoskops aus den Ohren und sagt kopfschüttelnd: »Das Herz. Er ist tot, meine Herren!«

Zwanzig Uhr vierunddreißig.

Stein rennt los. Er rennt den Gang entlang zu einer Eisentür, über der NOTAUSGANG steht. Sie ist verschlossen. Er rüttelt. Nein, sie klemmt nur. Er rennt hinaus. Er weiß nicht, wo er ist. Es ist ein Hof mit einer Mauer. Dort ist eine Pforte in der Mauer. Er rennt darauf zu. Die Pforte ist verschlossen. An der Mauer ist ein Pfeil, der nach links zeigt. Er rennt nach links. Zwischen Mülltonnen hindurch kommt er auf den Parkplatz vor der Nordlandhalle.

Er spürt seinen Herzschlag im Hals und rennt auf den Kanal zu.

Kein Schiff. Gottlob, kein Schiff.

Er reißt das Gerät von der Schulter. Der Riemen verheddert sich an einem Jackettknopf, hängt fest ... Er reißt an dem Riemen wie verrückt. Der Knopf springt ab. Er wirft das Gerät in weitem Bogen ins Wasser. Es gibt einen hellen Ton, als es aufklatscht.

Zwanzig Uhr siebenunddreißig.

Er kauert sich hinter die Deichkante. Er wartet.

Nichts passiert.

Er hockt dort schweratmend zwei, drei, vier Minuten.

Nichts.

Er zündet sich eine Zigarette an. Vielleicht kann so eine Bombe unter Wasser nicht hochgehen. Vielleicht wäre sie überhaupt nicht hochgegangen. Vielleicht ... Vielleicht hat Knothke ihn reingelegt?

Schlier ist tot.

Herzschlag.

Nachspiel

Der Stuhl ist unbequem. Er ist noch genauso unbequem wie vor viereinhalb Monaten.

Paul Stein rutscht auf dem kunstlederbezogenen Sitz nach vorn, sitzt dann geknickt wie ein nur halb aufgeklapptes Taschenmesser und spürt sehr bald seinen Bandscheibenschaden.

Seit einer guten Stunde ist er in Haralds Praxis. Es ist Montag morgen. Den ganzen Sonnabend und den halben Sonntag hat Stein geschlafen, nachdem er Freitag nacht von der Versammlung in F. wieder zu Hause eintraf ... Von der Versammlung, die mit Hermann Schliers plötzlichem Tod endete, mit einem anderen Tod Schliers endete, als Paul Stein ihn seit Monaten geplant hatte.

Stein hat am Sonntag, gestern nachmittag, Harald zu Hause angerufen und ihn gefragt, ob er heute zu ihm in die Praxis kommen könnte.

»Geht es dir schlechter?« hat der Arzt gefragt.

»Nein«, hat Stein erwidert. »Nein. Im Gegenteil, es geht mir gut.«

»Ja«, hat Harald Sachse gesagt, »das gibt es häufig, daß da noch mal ein Aufschwung — ach, entschuldige, Palle!«

Es gibt nur wenig gute Psychologen unter den Ärzten.

Sachse hat Paul Stein heute früh halb neun bestellt. Nüchtern. Vor dem Röntgenschirm hat Stein bereits gestanden. Harald ist — was er sonst nie tut — aus dem abgeschirmten Nebenraum hereingekommen und hat Stein in verschiedene Stellungen gedreht. Dann haben sie, nach vielen Aufnahmen, eine Pause gemacht. Nach der Pause haben sie Paul Stein noch einmal reingeholt und wieder vor das gespenstische Gerät gestellt und haben noch einmal Aufnahmen gemacht. Als sie damit fertig waren, ist Harald abermals hereingekommen in den Röntgenraum und hat unter Kopfschütteln gesagt: »Du mußt bitte ein bißchen warten, Palle. Setz dich in mein Sprechzimmer! Ich weiß nicht ... Ich kann dir im Augenblick überhaupt nichts sagen ... Ich muß da erst etwas überprüfen ...«

Er hat einen beinahe verstörten Eindruck gemacht und so unsicher geredet, daß Stein gefragt hat: »Irgendwas Besonderes!«

»Ja, ungewöhnlich — aber vielleicht ... Manchmal reagieren ja auch Geräte nicht normal ... Also, ich weiß nicht ... Bitte, hab ein paar Minuten Geduld! Ich komme gleich rüber!«

Nun sitzt Paul Stein seit fast zwanzig Minuten in dem unbequemen Stuhl. Er nimmt sich vor, dem Freund diesmal zu sagen, daß der Stuhl eine Zumutung für seine Patienten sei.

Was er wohl gemeint hat mit »ungewöhnlich«? denkt Stein. Und warum war er so — so verstört? Ist der Befund ungewöhnlich schlecht? Kann er noch schlechter als schlecht sein?

Paul Stein ist seit Freitag abend ziemlich durcheinander. Es geht ihm wie einem Schauspieler, der eine große und schwierige Rolle gelernt, sich in sie eingelebt hat — und nun findet die Aufführung des Stückes gar nicht statt. Natürlich hinkt der Vergleich, aber etwas daran stimmt: Stein lebt noch immer in der Rolle dessen, der alles »zum letzten Mal« erlebt ... Aber sein »letzter« Sonnenaufgang hat sich seither dreimal wiederholt, wenn er ihn auch zweimal verschlafen hat.

Aus der »letzten Tasse Kaffee« sind unterdessen sechs oder sieben geworden. Aus den vielen Abschieden — von Ille, von Leo, von Babette — sind neue Begegnungen geworden. Und Paul Stein hat seinen Lebewohl-Brief an Ille und die Kinder (den Ille zum Glück auf ihrem Kopfkissen noch nicht gefunden hatte, als er nach Hause kam) in den Band sechs des Konversationslexikons gesteckt, um ihn bei erster Gelegenheit zu vernichten, weil nicht mehr stimmt, was er da geschrieben hat.

Er ist der festen Meinung, daß das alles nur ein Aufschub ist, und er fängt jetzt, da seine Gedanken nicht mehr ausschließlich um das Attentat kreisen, auf einmal an, sich vor dem Sterben zu fürchten.

Die Samstagzeitungen haben Schliers Herztod groß gemeldet. Die heutigen Zeitungen berichten bereits von Auseinandersetzungen im Parteivorstand der NKVP. Es gibt Spaltungsgerüchte.

Paul Stein ist das alles gleichgültig. Er hat sein Ziel erreicht und verloren in einem.

Und er fängt an, sich vor dem Sterben zu fürchten.

Dr. Harald Sachse kommt herein. Stein legt die seltsame Briefbeschwerer-Glaskugel mit den darin schwebenden Strepto- oder sonstigen Kokken aus der Hand und fragt: »Nun? Was ist, Harry?«

Der Arzt tritt zu ihm, sieht ihn an wie eine Erscheinung und sagt mit ratlosem Ausdruck: »Es besteht kein Zweifel, Palle, das Röntgengerät funktioniert einwandfrei. Aber bei dir — bei dir ist nichts mehr zu sehen. Keine Tumore, keine . . .«

»Augenblick«, fällt Stein ein, »mach bitte nicht solche Witze! Hast du mit Ille geredet? Wollt ihr mich . . . ?«

Harald Sachse schüttelt heftig den Kopf. Er will antworten. Aber Stein ist aufgestanden, steht schwer atmend vor ihm und fragt erregt: »Oder war die Diagnose im Juni falsch?«

»Palle«, sagt der Doktor beschwichtigend, »ich habe deine damaligen Röntgenbilder und die heutigen hier. Es ist . . . Es ist unfaßlich . . . Aber die heutigen Aufnahmen . . . Wir müssen zur Kontrolle noch Gewebeschnitte machen . . . Aber . . . .«

Ein Lächeln taucht in seinem Gesicht auf, noch ziemlich vage, aber doch schon wie ein Vorzeichen richtiger Freude.

Paul Stein zittern die Knie.

Er setzt sich auf den Stuhl vor dem Schreibtisch.

Der Stuhl ist wirklich schrecklich unbequem.

Die auf Seite 34 zitierten Parteiprogrammpunkte sind nicht erfunden. Sie stammen aus einem halbseitigen Inserat der DP (Deutsche Partei), Bremen, veröffentlicht im *Hamburger Abendblatt* vom 22./23. Dezember 1973.